Palacio Quemado

Alfaguara es un sello editorial del Grupo Santillana

www.alfaguara.com

Argentina
Av. Leandro N. Alem, 720
C 1001 AAP Buenos Aires
Tel. (54 114) 119 50 00
Fax (54 114) 912 74 40

Bolivia
Avda. Arce, 2333
La Paz
Tel. (591 2) 44 11 22
Fax (591 2) 44 22 08

Chile
Dr. Aníbal Ariztía, 1444
Providencia
Santiago de Chile
Telf (56 2) 384 30 00
Fax (56 2) 384 30 60

Colombia
Calle 80, 10-23
Bogotá
Tel. (57 1) 635 12 00
Fax (57 1) 236 93 82

Costa Rica
La Uruca
Del Edificio de Aviación Civil 200 m al Oeste
San José de Costa Rica
Tel. (506) 220 42 42 y 220 47 70
Fax (506) 220 13 20

Ecuador
Avda. Eloy Alfaro, 33-3470
y Avda. 6 de Diciembre
Quito
Tel. (593 2) 244 66 56 y 244 21 54
Fax (593 2) 244 87 91

El Salvador
Siemens, 51
Zona Industrial Santa Elena
Antiguo Cuscatlan - La Libertad
Tel. (503) 2 505 89 y 2 289 89 20
Fax (503) 2 278 60 66

España
Torrelaguna, 60
28043 Madrid
Tel. (34 91) 744 90 60
Fax (34 91) 744 92 24

Estados Unidos
2105 NW 86th Avenue
Doral, FL 33122
Tel. (1 305) 591 95 22 y 591 22 32
Fax (1 305) 591 91 45

Guatemala
7ª avenida, 11-11
Zona nº 9
Guatemala C.A.
Tel. (502) 24 29 43 00
Fax (502) 24 29 43 43

Honduras
Colonia Tepeyac Contigua a Banco Cuscatlan
Boulevard Juan Pablo, frente al Templo
Adventista 7º Día, Casa 1626
Tegucigalpa
Tel. (504) 239 98 84

México
Avda. Universidad, 767
Colonia del Valle
03100 México D.F.
Tel. (52 5) 554 20 75 30
Fax (52 5) 556 01 10 67

Panamá
Avda. Juan Pablo II, nº 15. Apartado Postal
863199, zona 7 Urbanización Industrial
La Locería - Ciudad de Panamá
Tel. (507) 260 09 45

Paraguay
Avda. Venezuela, 276
Entre Mariscal López y España
Asunción
Tel. y fax (595 21) 213 294 y 214 983

Perú
Avda. Primavera, 2160
Surco
Lima 33
Tel. (51 1) 313 40 00
Fax. (51 1) 313 40 01

Puerto Rico
Avenida Roosevelt, 1506
Guaynabo 00968
Puerto Rico
Tel. (1 787) 781 98 00
Fax (1 787) 782 61 49

República Dominicana
Juan Sánchez Ramírez, nº 9
Gazcue
Santo Domingo R.D.
Tel. (1809) 682 13 82 y 221 08 70
Fax (1809) 689 10 22

Uruguay
Constitución, 1889
11800 Montevideo
Uruguay
Tel. (598 2) 402 73 42
y 402 72 71
Fax (598 2) 401 51 86

Venezuela
Avda. Rómulo Gallegos
Edificio Zulia, 1º-Sector Monte Cristo
Boleita Norte
Caracas
Tel. (58 212) 235 30 33
Fax (58 212) 239 10 51

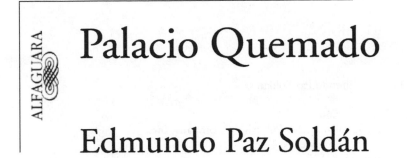

Palacio Quemado

Edmundo Paz Soldán

ALFAGUARA

© 2006 Edmundo Paz Soldán

© De esta edición:
2006, Santillana USA Publishing Company, Inc.
2105 NW 86th Avenue
Miami, FL 33122
Teléfono: (305) 591-9522
www.alfaguara.net

ISBN-10: 1-59820-546-3
ISBN-13: 978-1-59820-546-3
Impreso en los Estados Unidos
Printed in USA

Diseño:
Proyecto de Enric Satué

Diseño de interiores:
José Luis Trueba Lara

© Diseño cubierta
Antonio Ruano Gómez

PRIMERA EDICIÓN: octubre de 2006

A Willie, siempre ahí
A Asun Lasaosa, por tantos años de
amistad
Al imprescindible Diego Salazar

The we that is inescapable: the present moment, the common lot, the current mood, the mind of one's country, the stranglehold of history that is one's own time. Blindsided by the terrifyingly provisional nature of everything.

PHILIP ROTH,
The Human Stain

Estamos a punto de hablar de asuntos muy feos.

STENDHAL,
La cartuja de Parma

Sentirías una conciencia culpable, pesada, pero no tomarías ninguna medida seria para cambiar el rumbo.

JORGE EDWARDS,
El inútil de la familia

I

1

Desde el principio escribí discursos para quienes postulaban a un cargo en las juventudes de su partido o en la dirección de su carrera universitaria. *Compañeros: cuando yo era niño, soñaba que algún día caminaría por los parques apacibles de la ciudad de mi juventud, y sería feliz y no tendría deseo alguno de irme del país que me vio nacer.* El rumor de mi mano fácil para la frase certera, la diatriba juguetona, la invectiva demoledora, fue difundiéndose por los pasillos del Monoblock —ese adefesio con las ventanas rotas y las paredes atiborradas de graffiti izquierdoso, que en su momento, quién lo creyera, fue uno de los edificios mas admirados en sudamérica: los ascensores con diseño tiawanakota, especialmente construidos para la universidad, quedaban como recuerdo del gran logro de Gabino Villanueva—. Me comenzaron a llegar pedidos para que escribiera los discursos de líderes universitarios a los que no conocía en persona pero que ya tenían un prestigio bien ganado. Nunca dije que no. *Hermanos: cuando yo era adolescente, me extraviaba en los recuerdos del porvenir, y sólo encontraba felicidad en ellos: tengo un hermoso sueño, y es que el futuro es nuestro.* Mi pluma se alquilaba al mejor postor. *Camaradas: mi recuerdo más antiguo se remonta al día en que, en los hombros de papá, vi el lejano horizonte y pregunté si ya habíamos llegado al día siguiente: el futuro se asomaba como una bendición.*

Ahora que nos toca construirlo, qué maravilla saber que no dependemos de nadie más que de nuestro propio esfuerzo.

Fascinado por mi súbita popularidad, descuidé los estudios y acepté tantas propuestas que hubo ocasiones en que me las vi en figurillas porque al mismo tiempo debí escribir discursos para un dirigente de la FUL que ansiaba mantenerse en el poder y para el opositor que deseaba desbancarlo. En las paredes de la cafetería un afiche con la foto de uno de los candidatos proclamaba *Un voto por mí es un voto contra la política entreguista del gobierno;* en las ventanas del segundo y tercer piso se habían pegado varias calcomanías con la sigla del partido del candidato opositor y con el lema *Bolivia se nos muere: con tu apoyo, apoyaremos a nuestro presidente.*

Aunque muchas veces se me ofreció participar activamente siempre me negué ; les decía a quienes me contactaban que podía ser más útil tras bambalinas, que no daba la talla para arengar a otros estudiantes en las frecuentes reuniones partidarias. Mi temperamento servía más para planear la estrategia en la sombra, en los cónclaves secretos de los dirigentes, o en todo caso para escribir las palabras que otros pronunciarían a voz en cuello desde un balcón, con las manos gesticulantes y las venas henchidas por el fervor en el luminoso atardecer. A decir verdad, no quería rebajarme a ser un simple político, un demagogo de bolsillo, traicionero como una serpiente, y, como los cocodrilos, feliz de revolcarme en el pantano. Prefería mantenerme en las alturas del análisis, de la crítica, del discurso. Me daba cuenta de la ironía: estaba a disposición de gente a la que veía menor.

Evité comprometerme con alguna ideología específica, con los colores de un partido. Hice como muchos otros y picoteé tanto de la centro-izquierda como de la centro-derecha; después de todo los partidos se iban pareciendo cada vez más, los líderes recalcitrantes de la izquierda que habían prometido no cruzar los ríos de sangre que los separaban de sus extorturadores de derecha decían que era hora de "construir puentes" sobre esos ríos. Y yo construía puentes, o más bien telarañas que alcanzaban a casi todos los partidos del espectro universitario, nunca a los de extrema derecha o izquierda; esos tenían demasiada fe en sus ideas, eran incapaces de un ágil movimiento de cintura.

Apenas terminé la universidad me dediqué a trabajos flotantes. Nunca ejercí de historiador, aunque sí agradecí que mis estudios le hubieran dado cierta densidad a mi mirada, la textura que sólo tiene aquel que es consciente de la acumulación del tiempo a sus espaldas. Habitaba el presente, pero a la vez me sentía parte de una tradición. El edificio ya estaba construido y sólo me tocaba darle mi propio matiz, pulir el cerrojo de una puerta en uno de los pisos más altos. A ratos me vanagloriaba de las ventajas de tener cierta perspectiva histórica para enfrentar la coyuntura que me había tocado en suerte; pero no todo era maravilla, porque otros ratos vivía esa coyuntura como una maldición. Quizás pude haber sido más útil en otro momento histórico, me decía, cuando la república era joven, el camino que se ofrecía ante ella estaba sin transitar, y la carga de fatalidad, el destino adverso que es parte fundamental de nuestro paisaje, todavía no había tergiversado nuestros pasos.

Algunos compañeros me decían que merecía difundirse mi tesis acerca de la sobrevaloración que se había hecho del letrado, en cuanto a su rol en el período fundacional del siglo XIX. Había habido, es cierto, hombres ordenadores del caos que habían inscrito sus palabras en la *tabula rasa* de la nación; escritores de la Constitución, de las leyes que regulaban la vida social, de la gramática que codificaba las formas en que se bifurcaba el castellano en el continente. Pero las más de las veces esos hombres eran ventrílocuos: habían prestado sus plumas para que a través de sus palabras hablaran otros: los caudillos militares, los políticos oportunistas. No me había sido difícil imaginar lo ocurrido porque yo me veía como un desendiente directo de esos letrados decimonónicos: en una escala reducida hacía lo mismo.

En verdad, no estaba interesado en convertir mi tesis en libro. Temático, obsesivo, trabajaba en todo tipo de labores para hacer lo que me apasionaba. Ya me había hecho de cierto nombre como alguien que podía salvar del apuro a quien necesitara de un discurso, y me llenaba de gozo que sonara el teléfono con un pedido apremiante de algún excompañero que todavía no se graduaba de San Andrés. *Queridas secretarias: ahora que tienen el título en sus manos, y pueden escribir a máquina con envidiable naturalidad, y saben transcribir lo que les dictan sus jefes con lenguaje pulcro y atildado, quiero contarles un sueño que tuve de niño, cuando todavía no había comenzado a transitar en el futuro. Soñé que la patria ardía...* Incluso algunas veces escribía los discursos de funcionarios menores, para la entrega de materiales escolares en una escuela fiscal en Achumani (hice que un secretario del alcalde dijera *nuestros niños no son ni el futuro ni el presente, son un presente futuro*) o la clausura del año deportivo en el Colegio Militar (un coronel leyó con enhiesta seriedad *las competencias deportivas son la mejor preparación para las contiendas bélicas; tratemos de ganar, pues, porque en el fondo nos jugamos el destino del país*).

Una vez al mes iba a Cochabamba a visitar a mis papás. Mamá tenía las piernas varicosas y se quejaba de furibundos dolores en la espalda. Había abierto la florería *Siempreviva* cerca de la plaza Colón, le iba bien pero trabajaba a destajo: se despertaba a las seis de la mañana y no paraba hasta caer rendida a las diez de la noche. Los años le habían llegado de golpe: algunas arrugas habían aparecido en sus mejillas, y asomado canas en sus negra cabellera. ¿Qué ha sido de ti, Glorita?, se preguntaba sentada frente al espejo de su dormitorio mientras se limaba las uñas como al descuido. ¿Qué ha sido de la niña que se enamoró de un cura cuando tenía quince años? Amor platónico, pero, qué churro que era, y tú, Glorita, no estabas nada mal…

Yo sentía su frustración, porque la vida se le iba y no había hecho todo lo que hubiera querido. Había dejado sus estudios de contabilidad cuando se casó con papá; se dedicó de la manera más abnegada a ser esposa, madre, ama de casa, pero cuando nos fuimos a vivir a La Paz algo pareció despertar en ella. No tenía cerca a sus amigas, con las que chismeaba y jugaba rummy en Cochabamba, y eso le hizo bien; tenía más tiempo libre y se puso a leer y escribir artículos feministas, muy influida por las ideas de Simone de Beauvoir en *El segundo sexo*. Luego se cansó de ellos y quiso buscar trabajo. Papá se opuso con vehemencia: ¿qué dirían de él si vieran a su esposa trabajando? ¿Que no podía llevar el pan a la casa? Las continuas peleas a gritos e insultos, las dramáticas amenazas de suicidio que marcaron esa época, mostraban que había algo más en el fondo: se había extinguido el amor. El divorcio parecía la única salida. Fue en ese momento crucial que Felipe se suicidó. Aunque mamá no tenía la culpa, sintió que en algo era responsable: tanta inestabilidad familiar, decía, había contribuido a que un ser tan sensible como Felipe se quitara la vida. El mundo lo hería por todas partes, y ella, en vez de protegerlo, se había extraviado en sus propias miserias y ayudado, así, a que Felipe apretara el gatillo. Al final, no fue capaz de divorciarse: pudo más el miedo al vacío, a la soledad. Asumió su frustración personal y volvió al redil del matrimonio. Fue una buena compañera de papá, pero ya no fingía que la pasión se había extinguido. Nunca más volvió a quejarse en voz alta, pero no era difícil rasgar la coraza que la protegía y descubrir su amargura. Me alegraba que hubiera abierto un negocio: la florería la mantendría ocupada, encauzaría su energía y distraería sus pensamientos que solían girar en torno a Felipe.

Mamá me preguntaba con las manos crispadas: para qué quieres quedarte en La Paz si ni siquiera tienes un buen trabajo. Y yo recordaba la vez en que se tiró de espaldas en el piso de la sala de nuestra casa en Arequipa, y movió los brazos con lentitud, arriba abajo, arriba abajo, como aleteando, y me dijo que estaba llamando al fantasma de Felipe, pidiéndole volver pues se le había aparecido la noche anterior. A las tres de la mañana, se había despertado al sentir que alguien apoyaba con levedad sus labios húmedos en los suyos. Papá roncaba a su lado. Encendió la lámpara de su velador, escuchó el golpeteo de una ventana. Se levantó y se dirigió al living. Todo permanecía como si nada hubiera ocurrido, las ventanas cerradas, los cisnes de Lladró en su lugar, la colección de perros de cerámica en un estante. Ah, pero ella sabía: era la acongojada revelación de un mundo: Felipe que la llamaba a su lado. Un misterio, cómo había podido sobrevivir con tanto dolor a cuestas.

—Pero si te encantaba La Paz —respondía.

—Esos eran otros tiempos —decía. Durante mi infancia habíamos vivido dos años en La Paz, a papá le habían ofrecido ser ministro de Informaciones y él, asaeteado por mamá, aceptó a regañadientes y dejamos nuestra vida bucólica en Cochabamba. Vivíamos a tres cuadras del Palacio de Gobierno y por eso me la pasaba visitándolo en su despacho, tirado en el suelo de parquet recién lustrado con mis juegos de mesa y autitos de carreras y a veces un Meccano mientras él hablaba con periodistas que le pedían noticias acerca de un posible aumento salarial a los maestros. Tenía pocos amigos, solía juntarme con un primo llamado Mauricio, que andaba detrás de mi hermana Cecilia, cinco años mayor que yo, y al que perdí el rastro apenas nos fuimos. Había sido una época feliz y no sé si eso se debía a que vivía en el territorio de la infancia o en La Paz. Y todo, todo había terminado de manera tan abrupta ese febrero de 1974, miércoles por la tarde, cuando mi hermano Felipe, que acababa de cumplir diecisiete años, tuvo una discusión agitada con papá en su despacho en el Palacio Quemado, y luego salió al gran patio y le pidió a un policía que le mostrara su revólver, y antes de que éste reaccionara, Felipe ya había apretado el gatillo y estaba en el piso, el cuerpo arqueado.

—Necesito alguien que me ayude con la contabilidad —insistía mamá mientras regaba los gladiolos y claveles de su jardín cada vez más exuberante—. Ya me he olvidado del tema, me equivoco mucho. Tu papá es un cero a la izquierda con los números y la Cecilita está todo el día metida en sus libros. ¿De dónde me salieron una socióloga y un historiador? No tendrán dónde caerse muertos y mucho menos nosotros.

No le contestaba nada porque sabía que incluso un buen trabajo no la hubiera convencido de mi necesidad de vivir en una ciudad en la que ella no vivía. Me sobreprotegía desde que murió Felipe. No ayudó nada que a los doce años, un mediodía abrasador en el que había ido a Queru Queru a recoger los discos de José Luis Perales y Emmanuel que le había prestado a un amigo, perdiera el control de mi bicicleta y cayera a una acequia a media cuadra de mi casa; me golpeé la cabeza y quedé un buen rato tirado junto a unas piedras y matorrales. Sentí un líquido viscoso escurrirse por mis mejillas. Escuchaba gritos y veía imágenes borrosas en las que predominaban el verde y el amarillo. El dolor me hizo cerrar los ojos y preguntarme si todavía seguía vivo. Acaso la muerte era eso: ruidos, destellos de luces de colores en medio de una tiniebla sobrecogedora y, pese al dolor, el abrazo envolvente, cálido, del universo a mi alrededor. Luego perdí el conocimiento; no lo recuperé durante una tarde. A veces me asaltan imágenes en las que me veo flotando en un río de aguas turbias, y quiero salir a la superficie y no puedo. Y me toco la cicatriz que persiste en mi frente, y se me ocurre que con apretar un poco ésta se abrirá y dejará discurrir un líquido ambarino y pegajoso, alguna metáfora que contenga el secreto de esa tarde en que estuve en el mundo y a la vez no estuve.

Papá no decía nada, hundido en un sofá frente al televisor, viendo todo lo que fuera a dar a la pantalla gracias a su hiperkinético control remoto, le gustaban sobre todo las películas mexicanas y cualquier acontecimiento deportivo en directo, incluso el letárgico Tour de Francia. Iba pocas veces a su bufete y su inconstancia le hacía perder clientes. Las columnas-cartas que publicaba ya no eran siempre originales, reciclaba las que tenía sin que nadie se diera cuenta, sólo cambiaba los nombres de las autoridades de turno.

—Nuestra historia es cíclica —me dijo a manera de explicación—. Si algunas cosas deben cambiar para que todo permanezca igual, entonces lo justo es que no siempre escriba cosas nuevas.

—Estás equivocado —le contesté—. Nuestra historia es lineal, como la de todos. Quizás las cosas empeoren, pero nada permanece igual.

—Cuando llegues a mi edad me entenderás —me dijo, dando la discusión por terminada. Sólo faltaba que me dijera *El diablo sabe más por viejo que por diablo* u otro de esos aforismos con que los mayores defienden sus errores cometidos bajo el barniz protector de la experiencia.

Ah, papá: había estudiado abogacía pero carecía de pasión para ejercerla. Era un hombre de gran vocación ciudadana. A principios de los ochenta, cuando retornó nuestra tambaleante democracia, se puso a escribir su columna sabatina en *Los Tiempos*, a la manera de cartas dirigidas a las autoridades. *Querido señor presidente: ¿para cuándo un sistema de pensiones que garantice que no nos moriremos de hambre en la tercera edad? Estimado señor alcalde: ¿ha notado lo descuidada que está la jardinera de la avenida Villazón?* En esas cartas se quejaba de la corrupción, la ineficiencia administrativa, el alza del costo de la vida, la falta de norte de nuestra democracia, y proponía medidas terapéuticas para salir de la crisis. La gente lo leía pero las autoridades lo ignoraban. Esa indiferencia oficial no lo hacía desistir; más bien, lo obligaba a esforzarse aún más. Yo me recordaba leyendo el periódico tirado sobre el sofá en la pieza que fungía de sala de juegos y de escritorio, un durazno mordido y una bolsa de pasank'alla a mi lado, y viendo pasar a papá en su raída bata marrón y pantuflas de cuero gris descolorido, sus labios moviéndose en silencio, como haciendo un esfuerzo por encontrar el título del artículo que escribiría pronto. Me hacía un comentario del tipo "Ah, las medidas de shock son en verdad un shock, se acabó la inflación pero tampoco hay bolsillo que aguante", y continuaba su camino. Luego ponía un casete de tangos en una vieja radio alemana en la que yo escuchaba el fútbol los domingos, y ya estaba listo para pasar varias horas en su escritorio; el tableteo de la Remington acompañado por los gritos del loro Julián, que caminaba por entre los papeles de la mesa de trabajo picoteando libros y cagándose sobre los cartapacios apilados a un costado: algún día, decía papá mientras se ajustaba los lentes redondos con marco de cables retorcidos, la indignación moral de sus cartas sería el testimonio más contundente de por qué se había hundido el país. Sin orden, sin paz, sin trabajo, ¿cómo podría funcionar una democracia? Me conmovía verlo inclinado sobre la mesa de trabajo, una taza de café en la mano y en la mirada el esfuerzo por atrapar una idea, hacer que ésta caiga del cielo con la poesía de la nieve leve en el invierno, y la fuerza y precisión de un misil en el campo de batalla.

En las noches, en la soledad de ese cuarto que cobijó mi adolescencia, echado en esa cama que era mía pero ya no era mía, rodeado de muebles que reconocía y desconocía, escuchaba un casete de Queen con los audífonos puestos y me atacaba la culpa porque veía que papá y mamá envejecían sin pudor y yo no me encontraba a su lado.

Fui administrador de un cementerio privado. Cobrador de pensiones atrasadas en un colegio. Columnista de un tabloide muy frecuentado por los taxistas. Analista de fútbol en un semanario político. Crítico de cine en el suplemento dominical de *La Prensa*. Hiciera lo que hiciera, no dejaba de perfeccionar mi retórica, de añadir palabras a mi vocabulario. Si había comenzado pintando frescos en miniatura, ahora me sentía capaz del desparpajo de un mural a la mexicana. Con todo, a veces recordaba los esfuerzos de mamá por conducirme a aguas más tranquilas, ingeniería o economía, esas profesiones que la gente aprueba porque la gente aprueba. Verás lo difícil que es ganarse la vida acarreando una vocación como la tuya a cuestas. Le daba la razón, pero eso no cambiaba las cosas. Yo no podia dejar de ser lo que era.

Los años se fueron acumulando. A veces recordaba cómo había sido mi reencuentro con La Paz, cuando, a fines de los ochenta, me vine a estudiar historia a San Andrés. Me impresionó el color entre ocre y rojizo de los cerros, una conformación caliza que insinuaba que nos encontrábamos en un lugar poco dado a las manifestaciones legañosas de la rutina, y la nevada majestad del Illimani dominando la ciudad desde la distancia. Me sorprendía el continuo pulular de gente en las calles, aparapitas cargando cajas de madera y envases plásticos de aceite, jóvenes de tez cobriza y pelo lacio que les caía sobre la frente, las mejillas chaposas por el sol cercano y abrasador del altiplano. Varitas enanos de uniforme verde oliva en las esquinas, tiendas que ofrecían platería y chompas de alpaca y poleras con el rostro del Che en sus vitrinas, agencias de turismo que ofertaban un paseo al lago y a Tiwanacu, *cuna de una de las civilizaciones más antiguas de los Andes*. Me dejé abrumar por los edificios de paredes espejadas al lado de las iglesias de fachadas barrocas. En la plaza San Francisco me hice tomar una foto por un anciano desdentado con su trípode de madera y la cámara oscura a cuestas. Las calles de pendientes inclinadas me cortaban la respiración, y después de caminar media cuadra resollaba como caballo después de una carrera. ¿A quién se le había ocurrido fundar una ciudad a casi cuatro mil metros de altura? No importaba: La Paz tenía personalidad y a su lado Cochabamba aparecía como una ciudad chiquita y algo artificial, tan sedienta de modernidad que por ello era capaz de vender su alma y su historia al diablo.

Nunca me terminé de acostumbrar a las dificultades cotidianas de mi nueva ciudad: el frío de escándalo en las noches, clima que me recordaba que las cumbres nevadas rodeando la topografía de la urbe andina no existían tan sólo para hacer más espectacular el paisaje; las protestas continuas de grupos descontentos con el gobierno —desde maestros de escuela hasta fabriles y universitarios—, que paralizaban las calles con pasmosa facilidad; las tensiones raciales a las que no era ajeno el resto del país, pero que aquí afloraban a cada paso, tanto en la forma en que te trataban tus compañeros de rostros cobrizos —una sonrisa amable pero el desprecio en la mirada— como en la manera en que las clases privilegiadas se segregaban en Calacoto, San Miguel, y en el resto de los exclusivos barrios residenciales de la zona sur (Sopocachi todavía albergaba a una clase acomodada, pero el barrio comenzaba a cambiar con rapidez. Se estaban construyendo muchos edificios en la zona, y eso permitía que las clases populares, literalmente, bajaran de zonas como

Tembladerani a Sopocachi o cruzaran barrios. Mucha gente de clase media de Miraflores se instalaba en Sopocachi).

En mis recuerdos de la infancia esas tensiones y dificultades de La Paz no aparecían. Tener cinco años en 1972 me protegía de esa época turbulenta: luego me enteraría de las torturas y el exilio, de los opositores asesinados, del ministro al que intentaron secuestrar y terminó muerto. No era sólo eso: los años hacen que olvidemos los conflictos y nos concentremos en la buena fortuna de nuestro destino, o alteremos desasosiegos y los convirtamos en parte de esa fortuna. O quizás la infancia no es necesariamente el territorio de las ansiedades. Mentira. Esa época fue traumática porque mis papás peleaban sin descanso y volaban los zapatos y cuchillos por el aire; mamá no se cansa de hablar de mi temprana madurez, de cómo la sorprendí el día en que cumplí siete años y me acerqué a su cama, de donde ella no había salido toda la tarde, y le aconsejé que, por el bien de todos, se divorciara de papá. Esa época también fue difícil porque Felipe andaba de mal humor y se agarraba a gritos con mis papás: por lo que entendí, estaba metido en una tortuosa relación sentimental que lo absorbía hasta el punto de no dejarlo ni estudiar ni dormir en paz y que, para colmo, mis papás no aprobaban (Cecilia me contó que Felipe salía con una mujer mayor, casada). Era irrespirable el aire en nuestra casa vieja y ófrica, llena de goteras y ruidos extraños en el techo y en el sótano —fantasmas bulliciosos que arrastran cadenas, decía Cecilia, y yo, con una risa nerviosa, le decía que si era así entonces nos habían tocado fantasmas poco originales—. Por eso, papá prefería quedarse a trabajar hasta tarde en sus oficinas en el Palacio Quemado (decían que allí también había fantasmas, al igual que en el edificio de la Cancillería). Apenas llegaba del colegio corría a visitar a papá en el Palacio. Él trabajaba y yo jugaba. Papá hizo que su secretaria tomara una foto de los dos, él mirando a la cámara y yo asomando la cabeza debajo del escritorio (en ese entonces la pensé original, luego descubrí que ese instante congelado en uno de nuestros álbumes era una réplica de una foto icónica de John Kennedy y su hijo John John, un simulacro, patético pero no por ello menos conmovedor). Con el tiempo, me animé a abandonar su despacho y aventurarme en el Salón Rojo y en el de los Espejos, y convertí al Palacio en mi hogar verdadero. Conocía a los edecanes por sus apodos y jugaba con las secretarias, merodeaba por los pasillos sin que nadie me dijera nada y entraba sin pedir permiso a despachos importantes. A mí me conocían como Oscarito o el hijo del ministro, como si hubiera un sólo ministro en el gabinete. En verdad no tenía con quién competir, sólo dos ministros tenían sus despachos en el Palacio, y el último presidente que había vivido con su familia en las habitaciones del tercer piso era Torres; Banzer y su familia vivían en la residencia presidencial que había hecho construir en San Jorge.

En Arequipa un compañero de curso me entendió mal y pensó que yo había vivido en el Palacio Quemado porque era hijo del presidente; no lo desmentí. A partir de entonces trataron a papá con admirado respeto cada vez que venía a recogerme al colegio. Cuando volvimos a Cochabamba después del interludio peruano, yo estaba cargado de recuerdos de esa ciudad apacible de postres muy dulces y gente que acusaba de su mal humor al polvillo del sillar —esa piedra volcánica abundante en la zona—, pero aun así pocas veces hablaba de Arequipa; prefería hastiar a mis compañeros de curso con anécdotas del Palacio. Apenas me escuchaban iniciar la frase, la terminaban por mí: *cuando mi papá trabajaba en el Palacio…* Me preguntaban si no había hecho otra cosa en La Paz. Se burlaban, me decían si por casualidad no había sido yo el presidente de la república esos años.

¿Qué les podía contestar? Tenían razón, era obsesivo al respecto. Pero no podía ser otra cosa, mi estadía en La Paz y mis visitas al Palacio eran lo más impactante que me había ocurrido. Que mi hermano hubiera decidido despedirse de la vida en el Palacio había terminado por imprimir a fuego ese edificio en mi mente. A ratos pensaba que no me volvería a ocurrir algo de magnitud similar y viviría el resto de mis días con el recuerdo difuminado de aquella época.

Quizás por eso no haya sido extraño que una de las primeras cosas que hice al volver a La Paz fuera visitar el Palacio y no la casa donde viví en la calle Illimani. La plaza Murillo era mucho más pequeña que la que conservaba en mis recuerdos; ni los jubilados en los bancos ni las palomas en torno a la estatua de Murillo se habían movido. Me había olvidado del mausoleo donde reposaban los restos del Mariscal Santa Cruz, al lado de la Catedral. En una esquina de la plaza divisé la barroca portada de piedra del Museo Nacional de Arte, otrora casona del Oídor Francisco Tadeo Diez de Medina, quien una vez apresado Túpac Catari después del sitio de 1781, mandó que su cuerpo fuera desmembrado por cuatro caballos.

Ni siquiera intenté entrar al Palacio, no tenía un pase especial, aunque me hubiera gustado ver el gran patio donde Felipe había muerto. Me contenté con sacar fotos de la fachada color crema del edificio, con la gran bandera de Bolivia yerta en el aire estancado del mediodía, y posé junto a los soldados inmóviles de la guardia del Palacio, apostados en la puerta principal con el pantalón blanco de bayeta y la chaquetilla y sombrero rojos, tal como era el uniforme del regimiento Colorados durante la guerra del Pacífico.

Me fijé con asombro contenido en la gente que entraba y salía del Palacio. Reconocí a un ministro cruceño, a un par de senadores, a un diputado. Los vi como seres lejanos, inalcanzables para nosotros. Sus zapatos relucientes y corbatas italianas eran de un mundo al que no teníamos acceso. Había algo en ellos que relumbraba, el aura de pertenecer a la cofradía exclusiva de visitantes habituales del Palacio. Nosotros habíamos formado parte de ese reino y lo habíamos perdido.

En el aire fresco del mediodía, descubrí que vivía esa pérdida con un dolor que no laceraba pero que estaba ahí, cerca del corazón, siempre palpitante incluso durante los largos años en que me había olvidado que existía, como una herida que no sabe cerrarse. Papá no tenía nostalgia de ese paraíso, tampoco mamá y Cecilia, pero yo sí; una razón más, o quizás la verdadera razón, para intentar volver al reino del que había sido expulsado: sólo quería que se me devolviera lo que me pertenecía.

Papá me había contado muchas veces de los presidentes muertos en los salones de ese edificio, de los enfrentamientos que marcaban el curso de nuestro destino y que terminaron incendiando alguna vez el Palacio, de las revueltas populares que lo habían invadido y no saciaron su furia hasta colgar a un presidente de uno de los faroles de la plaza. Sus relatos me impresionaron tanto que, cuando vivíamos en Arequipa, yo, fanático de los juegos de mesa, decidí crear el mío. Se llamaba Palacio Quemado y era una variación de *Clue*. Trataba de una conjura para derrocar al presidente; había cuatro momentos históricos para escoger y unas cartas secretas le decían al jugador si le tocaba ser el golpista asesino, el ministro traidor o el presidente quizás derrocado o asesinado. A mí me gustaba ser el presidente, tratar de sobrevivir a toda costa los embates de la historia. A Cecilia no le gustaban los juegos de mesa, así que, arrodillado en el piso del living de mi casa mientras la lluvia arreciaba en las ventanas, jugaba solo y tiraba los dados en frente de un tablero de papel maché y colores de anilina.

El Palacio respiraba historia pero a la vez era simplemente, para el niño que fui yo, el edificio donde papá trabaja y luego el lugar donde murió mi hermano. Quizás en el fondo nunca dejaría de serlo. No había historia, tan sólo se trataba de vivir en el presente antes de que éste se apolillara y los gusanos nos comieran.

Antes de irme de la plaza, le saqué una foto al farol donde habían colgado a Villarroel, en 1946.

A mediados de los noventa me fui a vivir a un departamento en el edificio Concordia, en la 6 de agosto, detrás de la embajada americana (a la que podía ver desde mi ventana) y a un par de cuadras de *Miles*, un club de jazz frecuentado por ejecutivos y divorciadas. Allí conocí a Amanda, exesposa de un futbolista del Strongest al que había dejado, decía, por borracho y mujeriego. Era rubia teñida. Tenía un cuerpo admirable —se pasaba horas en el gimnasio— y un llamativo color de piel, bronceado de playa en ciudad tan encajonada entre montañas. No hice más que verla para perder el control, no era de los que hablaba mucho pero mis ojos no mentían. Ella se dio cuenta y se sentó en mi mesa; a las tres de la mañana Billie Holiday nos susurraba en el oído y yo me perdía en el precipicio de su escote, a las cuatro le contaba de la primera vez que viví en La Paz y a las cinco ella de su deseo de tener hijos con alguien como yo. Nos casamos a fin de año.

Los primeros meses de nuestra relación Amanda me hizo descubrir una cara nueva de La Paz. Le gustaba ir al Socavón, y luego a la recientemente inaugurada Ojo de Agua, una discoteca andina en la que actuaban conjuntos folklóricos. En el patio que hacía las veces de pista de baile los paceños se apretujaban junto a los turistas europeos y bailaban sayas, cumbias tecno, y música de Ana Bárbara y PK2. Tomábamos paceñas y huaris de la botella, nos acariciábamos como si no hubiera nadie a nuestro alrededor. Le agarré el gusto a esa vida y sentí que me sería imposible volver a vivir en Cochabamba.

Una de esas noches de exceso, salimos del Ojo de Agua y nos metimos en el jeep de un amigo, estacionado a una cuadra. Ella estaba con una falda azul de jean, se había sacado los calzones en el baño y me los puso en la nariz. Su olor, que mezclaba la lavanda con el sudor y una pizca de almizcle, me excitó. Me abrió la bragueta y quiso sentarse sobre mí. Ay papito, qué dura se te ha puesto. Le dije que no tenía condón y me dijo que no le importaba: lo que quiero es tu verga, papito. Lo hicimos con rapidez, encandilados por la temerosa y gozosa posibilidad de ser descubiertos. Cuando volvimos, el portero me ofreció una sonrisa cómplice, como si supiera todos los secretos de esas calles oscuras con adolescentes ruidosos que rompían vasos y parejas que se metían mano sobre la capota de un Volkswagen.

A los nueve meses nació Nico y comenzaron los

problemas. Los que me habían advertido que el matrimonio me cambiaría la vida, no me mencionaron que esa alteración de las costumbres sería poca cosa comparada con lo que significaba el nacimiento de un hijo. Amanda y yo nos enfrentamos con ingenuidad a esa extenuante diversión que significaba Nico, un rollizo bebé de bucles castaños, con los ojos almendrados y expresivos de su mamá y mi nariz aguileña y labios grandes. Poco a poco, el agobio comenzó a primar, y las noches insomnes de cambiar pañales —de ser meados y cagados mientras lo hacíamos—, y los días de bostezos continuos y mal humor, fueron exacerbando las diferencias entre Amanda y yo.

Duramos cuatro años y medio. La vieja historia de la incompatibilidad de caracteres. Amanda se creía, como se lo dije en una de nuestras discusiones, una "descendiente perdida de la reina de Saba", y no estaba dispuesta a soportar incomodidades. Ella me decía que yo no me bajaba del pedestal, ni para ir al baño, desde el que me imaginaba dando mis discursos. Nuestras peleas a gritos en las noches despertaban llorando a Nico. Para colmo, el ex esposo, esos días, comenzó a llamarla. Un domingo en que la escuché hablar con él más de quince minutos, tiré el teléfono en un ataque de celos y le prohibí que se comunicara con él. Me dijo que no lo volvería a hacer, pero yo no tenía forma de controlarla ni deseos de hacerlo. ¿Vigilarla cuando saliera de casa? Era inútil.

Un fin de semana que yo estaba en Cochabamba, un amigo vio a Amanda de la mano con su ex esposo. Cuando me enteré de lo ocurrido, la confronté. Ella no sólo no lo negó sino que me espetó:

—¡He decidido volver con él y te jodes!

Así, sin más. Me aferré a ella durante un par de meses, le imploré que pensara en Nico. Lo cierto era que quería que pensara en mí; no la amaba, pero, cómo me dolía que me rechazara y se fuera con otro. Cómo me desesperaba que mi hijo no estuviera en el departamento cuando yo volvía del trabajo. Amanda se había mudado con Nico donde su ex, pero a veces, apenas acostaba a Nico y aprovechando que el stronguista estaba concentrado para un partido importante, venía por las noches y, con algo de pena y mucho de culpa, me hacía compañía durante algunas horas. Se acostaba conmigo y luego se iba. Hubo semanas en que me tuve lástima, en que sentí compasión por mí mismo y busqué consuelo en amigos, padres y putas.

La firmeza de la decisión de Amanda me ayudó a superar mi desasosiego. Con el tiempo, se me ocurrió que era lo mejor: el final había ocurrido mucho antes de que ella se reencontrara con su ex. Quizás ella nunca había dejado de quererlo. Ah, las intermitencias del corazón, que hacen que durante años nos entreguemos a una persona sin darnos cuenta que seguimos amando a otra, que sigue en nosotros, pero tan oculta entre nuestros pliegues más íntimos que no lo percibimos hasta una brusca mañana, mucho tiempo después, en que, sin saber por qué, todo se hace obvio con arrebatadora belleza.

Nico se quedaba conmigo los feriados y los fines de semana. Él era quien más me preocupaba; tenía cuatro años e iba al prekinder, ya comprendía ciertas cosas y reaccionó angustiado al ver que algunos días estaba con su mamá y otros con su papá: ¿por qué no estamos todos juntos nunca más? ¿Por qué no estamos todos juntos toda la vida? Preguntas que obligaban a malabares conceptuales. Flaco, el pelo con un cerquillo zigzagueante, tenía una energía desbordante y el departamento le quedaba chico.

Cuando podía lo llevaba a la plaza Abaroa; me divertía pasar el tiempo con él, escuchar sus preguntas del tipo por qué los árboles son árboles, por qué a algunos perros se les corta la cola y a otros no, pero me cansaba con sólo verlo correr en círculos en torno a la estatua de nuestro héroe mal hablado.

Sin Amanda, el departamento dejó de estar limpio y ordenado. Después de cuatro meses de platos sucios en el sofá y medias tiradas en el piso, exhausto por mis responsabilidades laborales, contraté cama afuera a Alicia, una señora que vivía en El Alto y que una vecina me había recomendado. Era fornida, tenía el cuello grueso y manazas de carnicera. Todo su sueldo lo usaba para comprar ropa para su hija, una adolescente que había dejado el colegio y pasaba sus horas de voluntaria en una iglesia evangélica cuya sede se encontraba en el que alguna vez había sido el cine Tesla. Yo ganaba poco, pero tampoco le pagaba mucho a Alicia.

Alicia era cariñosa con Nico. Los sábados por la mañana iba con él a alguno de los escasos parques paceños; por la tarde, a veces lo llevaba a la heladería o al cine.

Los años a la intemperie me afectaron. Con problemas familiares y económicos, seguía esperando mi oportunidad. Banzer había vuelto al poder, esta vez por la vía democrática y, en algún momento de desesperación, recién casado y sin trabajo, o con Nico que no había cumplido un año, se me ocurrió ir a tocar las puertas del Palacio, pedir audiencia, decirle al viejo general que papá había sido su ministro de Informaciones en su primer gobierno; no lo hice, quizás porque no era tan pragmático como creía y tenía cierta reticencia a trabajar para un exdictador, por más que Banzer hubiera sido alguien admirado por papá.

También se me ocurrió visitar a mi tío Vicente, uno de los pocos familiares que tenía en La Paz. Había trabajado para el gobierno de Barrientos, debía tener contactos, podía ayudarme a conseguir un trabajo más estable. Era un escritor respetado pero poco leído. Debía tener alrededor de unos sesenta años; pertenecía a otra época, y así como ésta ya se había ido, él se iba yendo poco a poco, la cadena que engarzaba a su generación con las que la seguían rompiéndose con cada amigo de papá o adolescente que no lo leía. Sus cuentos narraban con un aire de impostada mitología las leyendas de las montañas que rodeaban a la capital, hermanos que por un amor incestuoso se habían convertido en rocas, dioses del trueno metamorfoseados en cumbres nevadas.

La casa de mi tío estaba situada en la cima de una colina desde la cual se podia observar la rocosa hondonada en la que yacía la ciudad —un tajo gangrenoso en el corazón de la planicie—. Recordé haber almorzado allí alguna navidad. Me acordaba de una cocina interminable y una despensa oscura, olorosa a comino y orégano.

La empleada, rolliza y con un mandil azul, me hizo pasar al recibidor. Me senté. Me distraje viendo oscilar el péndulo de un gran reloj de pared. A lo lejos se oía el entrechocar de platos en la cocina, pasos que subían y bajaban por unos escalones de madera crujiente.

En las paredes del recibidor se encontraban los retratos de Goethe y Dante, los ceños fruncidos y la mirada inquisitiva. Goethe tenía una facha germánica, un aire de superioridad en la forma apretada de la barbilla; Dante llevaba una corona de laurel en la cabeza y no aparecía como el hombre que había amado a una chiquilla de trece años o soñado el infierno sino como el poeta oficial que jamás había sido. Era como para intimidar a cualquiera, excepto a los muchos que no hubieran reconocido a Goethe y Dante en esos retratos.

A los diez minutos apareció mi tío. Era de mediana estatura y tenía la barba blanca. Su piel de color amarillento parecía pegada a los huesos y a punto de desmenuzarse. Llevaba un bastón negro de metal y una corbata de moño; una traza anacrónica, pensé. Acaso tenía por ahí un reloj de bolsillo y un monóculo. Lo besé en la mejilla.

Me condujo a su despacho. Me llevó por pasillos con estantes atiborrados de libros. De la cocina salía un olor a perejil y limón. Tomó un desvío y me mostró su biblioteca iluminada e imponente. Casi todos sus volúmenes estaban empastados. La mayoría eran tomos con las obras completas de autores clásicos —Dickens, Stendhal, Melville, Kafka, Borges—, las hojas de papel biblia y las cubiertas de cuero. Abrumaba el orden con que estaban colocados en los estantes, de mayor a menor, como soldados de un regimiento alineados a la espera de la visita del gran mariscal. Desde las paredes nos miraban, adustos, los retratos de Cervantes, Shakespeare, Tolstoi, Whitman, Vallejo. Tanta vitalidad en sus obras y la posteridad los recordaba solemnes, excelsos en su gloria, nada distintos de los retratos que teníamos de políticos y emperadores.

Toda la atmósfera rezumaba un envarado clasicismo, literatura escrita con mayúsculas. Debía hincarme y sacarme el sombrero que no tenía, persignarme y rezar una oración por mi alma, que había osado hollar templo tan venerable. Pronto un rayo me pulverizaría, por haber leído a pocos de esos nombres tan respetables.

Ingresamos a su despacho, amplio y de ventanas generosas a la hora de dejar que ingresara la luz del día. Desde las paredes me seguían mirando más autores canónicos: Carpentier, Blake, Milton, Lope de Vega. De pronto, me topé con la foto en blanco y negro del presidente Barrientos. Sus labios dibujaban una media sonrisa y estaba vestido con su uniforme de gala, el pecho atiborrado de condecoraciones ganadas en vaya uno a saber qué hechos gloriosos o no tanto, los militares son dados a condecorarse al menor descuido, y a darse títulos; en un país mediterráneo como el nuestro nos jactamos de tener al menos cuatro contraalmirantes.

La foto estaba dedicada con cariño a mi tío, un autógrafo del general en la parte inferior derecha. Me pregunté qué hacía allí. Sabía que mi tío había sido su secretario personal, pero aun así, Barrientos no casaba entre tantos escritores.

La empleada apareció con una fuente con tazas de café y vasos de jugo de naranja. Mi tío se sentó detrás de su escritorio, un gato blanco con motas grises se asomó al despacho y, sigiloso, se fue a acomodar a su falda.

—Usted dirá, jovencito.

Desvié mi mirada hacia la ventana, me dejé asombrar por un picaflor suspendido en el aire tibio del jardín, buscando con su pico de estilete el polen de la inmensa flor granate de una cucarda. Luego me puse a hablarle de sus cuentos, de cuánto me fascinaba su debilidad por palabras poco frecuentadas en la vida diaria, arcaísmos que sólo se encontraban en diccionarios. Palabras como dulcísono o ebrioso tintineaban en mis labios, y cuando me aprendía su significado sentía que mi forma de ver el mundo se enriquecía, adquiría un matiz que me ayudaría a desentrañar su perpleja complejidad.

Mi tío sonrió. Se puso a hablar de su obra y lo escuché en silencio. No me animé a decirle el verdadero motivo de mi visita. No sé si se creyó del todo mi explicación acerca del joven confundido que quiere ser escritor pero no se anima. Tampoco me lo preguntó; acaso en su soledad cada vez más pronunciada, olvidado por los críticos de las historias literarias más recientes, desdeñado por los escritores de las nuevas hornadas, desconocido por los lectores de hoy, lo único que quería era un público para sus palabras. No le interesaba lo que yo pensara; lo escuchaba, y eso le era suficiente.

Bajaba por una calle empinada cuando me asaltó la foto incongruente de Barrientos en el despacho de mi tío. Me quedé pensando en ella el resto del día.

Así estaba yo, tratando de hacer las paces con mi destino, cuando la puerta comenzó a abrirse y sentí que, quién sabía, la oportunidad se me presentaría. No me lo creía del todo, acaso era otra mentira para postergar el encuentro con mi precaria realidad, pero tampoco descreía. Banzer llegó al fin de su mandato, hubo elecciones y Fernando Canedo de la Tapia fue el más votado; después de armar una mega-coalición con cuatro de las principales fuerzas políticas, el Congreso lo eligió presidente. Nano Canedo ya había sido presidente una vez, a mediados de la década anterior. Había pasado su infancia y su adolescencia en los Estados Unidos, y nunca se le había podido quitar el acento gringo cuando hablaba castellano. Era neoliberal y tecnócrata y se había rodeado de gente joven para renovar el MNR, y frenar a los mastodontes que soñaban con seguir arriando las banderas de la revolución del 52. Había logrado, por ejemplo, que su acompañante de fórmula fuera en esta ocasión Luis Mendoza, el conductor de un programa televisivo de análisis de la realidad social que jamás había participado en la política, pero se había hecho famoso por sus constantes denuncias de la corrupción estatal durante el gobierno de Banzer (también había publicado un libro lleno de precisiones estadísticas sobre grandes cineastas del siglo veinte, pero eso no era tan conocido).

No conocía en persona a Canedo de la Tapia, pero sí a Lucas Arancibia, designado como su secretario de prensa. Era completamente calvo a pesar de tener mi edad, resabios de un tratamiento de cáncer; tenía los dientes salidos, cuando reía se le podían ver las encías. Moreno, había nacido en El Alto, provenía de una familia de migrantes aymaras de Potosí. Fumaba puros apestosos y creía que en cuestiones de política no había nada que no estuviera sujeto a negociación, excepto nuestra soberanía marítima: algún día, los tramposos de los chilenos nos devolverán lo que es nuestro, carajo. Fue mi compañero de estudios en San Andrés y me constaba que él sí podía haber sido, con un poco de empeño, un gran intelectual. Nos reuníamos en un café en la plaza del Estudiante y en menos de quince minutos, entre sorbos ruidosos de su tinto, ya había actualizado las ideas indianistas de Fausto Reynaga, elaborado una teoría sofisticada acerca de lo abigarrado en Zavaleta o desmontado el simplismo histórico de la tesis de Carlos Montenegro sobre nacionalismo y coloniaje. Le decía escribe esas ideas, en ellas se encuentra el germen de un gran libro, en realidad el germen de un gran pensador, y él se perdía en un largo mutismo, como intentando verse de la manera ejemplar en que otras personas lo veían. Con el tiempo, sin embargo, fue descubriendo que no tenía la disciplina y el temple necesarios para que sus genialidades se convirtieran en libros. La amargura y la frustración lo fueron ganando. Trató de convertir los defectos en virtudes: se reía con una risa de caballo, me decía que para solidificar sus teorías debía hacer un trabajo de investigación en los archivos, qué flojera eso, qué aburrimiento, como chupar clavos. Prefería asumir sin ambages ese destino que muchos temían pero que, bien mirado, era acaso el más útil para un país como el nuestro: el de intelectual de café.

—Nadie lee libros. Lo mejor es divulgar tus ideas en un café. Y aun mejor, pasar a la práctica activa, escribir tus ideas en la realidad.

Qué decepción, me decía yo, que le tenía tanto respeto al trabajo intelectual. Dios da pan a los que no tienen hambre.

En la universidad, Arancibia había requerido de mis servicios varias veces, un discurso por aquí, una frase acusatoria contra el Decano por allá. *Nadie hará que renunciemos a decir nuestra verdad: sin la verdad de su lado, el Decano haría bien en renunciar*. Cuando el katarista Víctor Hugo Cárdenas aceptó ser compañero de fórmula de Nano Canedo, la primera vez que éste se postuló a la presidencia, Arancibia fue el encargado de escribir los discursos del líder aymara defendiéndose de diversos grupos indígenas que lo acusaban de *llunku*, traidor a la causa por pactar con un político proyanqui. Arancibia se destacó tanto en la campaña que cuando Canedo subió a la presidencia, se convirtió en uno de sus principales asesores para cuestiones indígenas; también escribió muchos de sus discursos. Lo admiraba porque había llegado lejos sin que nadie le regalara nada; todo se lo había ganado a pulso en nuestro precioso país de clases y castas. Nos habíamos mantenido en contacto durante la segunda

campaña presidencial de Canedo, lo había ayudado oca-
sionalmente a la hora de revisar discursos importantes y
no había semana en que no habláramos, a pesar de lo mucho que le molestaba que, durante esa campaña, yo también colaborara con otros partidos.

Lo primero que hizo apenas lo confirmaron en el
puesto fue buscarme. Nos encontramos en el café del Club
La Paz una lluviosa mañana de lunes; conseguimos una
mesa con dificultad, mucha gente había entrado a gua-
recerse de la lluvia. Los mozos tenían dificultades para
abrirse paso entre los ejecutivos de sacos mojados que se
agolpaban en los pasillos. Una niña aymara iba de un lado
a otro ofreciendo chicles.

Arancibia me ofreció con su voz flemosa trabajar
con él en la oficina de prensa de la Unidad de Comunicación (UNICOM) que el nuevo gobierno pensaba
crear y que dirigiría el yerno de Canedo. Me haría cargo
de los discursos de Canedo; por supuesto que me super-
visaría, los aprobaría en persona. Sería un trabajo de tiempo
completo, el sueldo no era espectacular pero tampoco des-
deñable.

Le pregunté si tendría ayuda.

—Seremos tú y yo nomás. Tú los escribes, yo los
reviso.

—Faltan dos días para la toma de posesión. Poco
tiempo para comenzar.

—¿Quién dijo que sería un trabajo fácil?

Le agradecí la oferta y le pedí un día para darle una
respuesta.

Así, me dije, de pronto todo adquiría su sentido:
los años universitarios, las temporadas de malabarismos laborales venían a desembocar en esa cálida voz en el café de

cucharillas tintineantes, en ese ofrecimiento para ser el asistente de Arancibia. Tendríamos nuestras oficinas en el Palacio Quemado.

2

Vi el discurso de posesión junto a mis papás. Ya había aceptado el trabajo y como sabía que se venían meses de agobio decidí pasar con ellos los feriados de la semana patria. En su casa a dos cuadras de la Recoleta, con un jardín en esplendor y paredes necesitadas de una mano de pintura, en el barrio tranquilo de mi adolescencia, ahora pletórico de restaurantes y bares bulliciosos, papá preparó una parrillada. Discutimos de lo que se avecinaba junto a mi hermana Cecilia, su esposo René y mis tíos Gonzalo y Claudia. Me sorprendió el rostro demacrado y huesudo de Cecilia; enseñaba sociología en la San Simón y en un par de universidades privadas, le pagaban poco y se le notaban las cuarenta horas-aula a la semana. Era duro sobrevivir con vocaciones tan contrarias al aire de los tiempos.

Estábamos en el jardín bajo una sombrilla que nos protegía del atareado sol de agosto. Papá había sacado el televisor de la sala de estar y lo había puesto sobre una mesa en el patio. Julián estaba en su jaula al lado de la cocina y picoteaba pedazos de una manzana podrida (era otro Julián, a lo largo de los años papá había reemplazado al original, devorado por el doberman del vecino, con otros a los que bautizó con el mismo nombre: homenaje al primero, que había querido tanto desde que lo compró en un viaje al Beni, o acaso una prueba más de su forma de entender la historia a través de la permanencia de las cosas pese al cambio). Nico jugaba en el patio, sus Power Rangers desparramados en el pasto y entre las macetas después de una intensa conflagración. Esther, la empleada, iba y venía de la cocina con vasos y platos.

Mis tíos estaban sorprendidos negativamente por los cambios en el país: si en el anterior parlamento sólo había cuatro representantes de los grupos indígenas, ahora lo era casi el treinta por ciento de los parlamentarios. En el Congreso se había tenido que instalar un sistema de traducción simultánea a cuatro idiomas —castellano, quechua, aymara y guaraní— debido a que los parlamentarios indígenas se negaban a hablar castellano.

—Habráse visto —dijo mi tía, su tez recubierta de un maquillaje blanquecino que le daba el aspecto de haber sido embalsamada en vida—. Ni que estuviéramos en las Naciones Unidas. Ahora vamos a tener que hacer lo que ellos quieran.

—Dice que los indios ahora están sacando carnet de identidad como locos —añadió mi tío, un militar jubilado con el pelo lamido y el bigote evanescente—. Para poder votar en las próximas elecciones. Claro, se han dado cuenta al fin del poder del número.

—A mí me parece bien —dijo Cecilia, el tono firme y las manos crispadas, como aguantando apenas el deseo de estrangularlos—. No me parece mal que la mayoría deje de ser tratada como minoría y se dé cuenta que es nomás mayoría.

—No me digas que entiendes quechua —dijo mi tía—. O aymara.

No había rastro de Nico. Me incorporé procurando no perder la calma.

—No entendí una jota de lo que hablaban —dijo mi hermana—, pero igual sentía que algo importante estaba ocurriendo. Así tiene que ser: más temprano que tarde tendremos a un indio de presidente.

—Ahí te quiero ver —dijo mi tío—. El día que Remigio Jiménez suba al poder voy a ser el primero en hacer mis maletas, y seguro nos vamos a encontrar en el aeropuerto.

—Esther —grité—, ¿está Nico por ahí?

Mamá cambió de tema al ver la furia en los ojos de Cecilia. Estaba orgullosa por el trabajo que yo había conseguido.

—No, caballero —gritó Esther—. Por la cocina no ha venido.

—Hijito, me tienes que conseguir una foto junto a Canedo —dijo mamá—. Yo lo conocí de joven, cuando llegó de los Estados Unidos. Le decíamos el cowboy, tenía un sombrero de ala ancha y se paraba hecho al serio junto a la puerta de la heladería. Impresionaba a las chicas y los chicos lo odiaban. ¿No, cariño?

Papá no opinaba, ocupado como estaba en que la carne estuviera en su punto, su oído fino para traducir los ruidos de los pedazos de cuadril en la brasa, hay que subir la parrilla un poco, hay que bajarla.

—Nico —grité, esta vez un poco nervioso. La puerta que daba a la casa estaba abierta. Entré. Esther me dijo que lo había visto subir. En el segundo piso, encontré entreabierta la puerta del cuarto de Felipe. Él nunca había vivido aquí, pero cuando volvimos de Arequipa mamá insistió en comprar una casa con un cuarto extra para Felipe. Yo evitaba entrar allí, pero ahora no me quedó otra que hacerlo. Cuando lo hice, Felipe se me vino encima. Las paredes abundaban en fotos suyas: de niño con su sonrisa traviesa mientras rompía una piñata de cumpleaños; con malla de baño en el Club Social, mostrando sus pectorales desinflados; abrazado a mamá en una chi-charronería en Sacaba; jugando fútbol en una cancha de tierra en el Don Bosco; conmigo en sus hombros en un parque; abrazado en una calle de La Paz con un señor de barba inmensa que escribía sobre aparapitas. Lo extrañé, aunque no supe bien por qué, ya que habíamos com-partido tan poco. Era para mí tan desconocido como cualquier otra persona con la que me hubiera cruzado en la calle.

Mamá había adornado con una profusión de flores el escritorio donde, imagino, ella podía ver a Felipe ha-ciendo sus tareas: jazmines del cielo, gladiolos, rosas, cla-veles y cucardas competían por el espacio, los aromas que despedían entrelazándose hasta crear un olor pun-zante que golpeaba las papilas olfatorias. En el suelo de parquet y sobre la cama se hallaban fragmentos de la in-fancia y la adolescencia de mi hermano: un caballito de madera, una espada de plástico, un cajón con trompos, una pelota de fútbol, un libro ajado de Xaviera Hollander, fotos recortadas de Jane Fonda en su traje de Barbarella. Me persigné, quise salir de la habitación.

Nico estaba acurrucado en una esquina, entre unos cajones de cartón, abrazado a un oso de peluche descua-jeringado. Le pregunté qué le pasaba.

—Extraño a mi mami. Los gogos no tienen mami y están muy tristes.

Nico llamaba *gogos* a los Power Rangers (la canción al inicio del programa comenzaba "go go Power Ran-gers"). Lo alcé y abracé su esmirriado cuerpo: necesitaba más vitaminas, una dieta que no consistiera solamente en pizza, pasta y papas fritas. Se negaba a comer verduras y carne, de vez en cuando aceptaba pollo.

—Verás a tu mami muy pronto. ¿Quieres un helado? ¿Chocolates?

Le saqué una sonrisa. Como las máquinas de los casinos, había que ponerle fichas para que funcionara. Le pedí que dejara el oso de peluche en la cama.

—Papi, mi tío es una calavera —dijo.

—Una parte suya, sí —dije, algo incómodo.

—Yo no quiero ser una calavera porque quiero estar contigo y con mi mami.

Me dio un beso y salió corriendo. Al rato estaba correteando en el jardín.

Traté de evitar que me ganara la tristeza. Me acerqué a papá. Había engordado desde que dejara su bufete. Ironías de la vida: tanto se había opuesto a que mamá trabajara, y ahora dependía de los ingresos de ella en la florería.

—La carne tiene una pinta como para que hasta el vegetariano más radical se pase a nuestro bando —dije.

Me hizo probar un pedazo de cuadril. Parrilladas de papá: los fines de semana que debía quedarme en La Paz, extrañaba esos momentos que, para mí, condensaban la esencia de la vida familiar.

Y sin embargo, conocía tan poco de los verdaderos sentimientos de papá. No me lo había dicho, pero sabía por mamá que no le gustaba que trabajara para el partido que lo había exiliado al Perú en la época de la revolución.

—Mamá —le dije cuando me lo contó—, eso fue hace medio siglo. No podemos vivir lamiendo las heridas del pasado.

—Sí, ya sé, pero igual. Terminó en la cárcel, algunos de sus mejores amigos fueron fusilados, tus abuelos perdieron sus tierras. Esas cosas no se olvidan así nomás.

Me hubiera gustado hablar de esto con papá pero no era fácil, se abroquelaba en su silencio y le costaba abrirse al diálogo. Había sido siempre así. En nuestra relación había mucho cariño, pero escaseaba la intimidad.

Me acerqué a la mesa, me senté al lado de Cecilia. Nico, orgulloso, me mostró que había aprendido a dar volteretas en el pasto. Aplaudí. Vino a sentarse junto a mí, me llenó de barro los pantalones.

Si papá, callado, me juzgaba en referencia a hechos ocurridos medio siglo atrás, mi hermana era crítica por razones más actuales:

—Jamás debías haber aceptado, será un gobierno muy débil, la oposición no lo dejará tranquilo. ¿Sabías que ya están formando la Coordinadora del Gas? Nano es un símbolo trasnochado, de cuando el neoliberalismo estaba en su auge. Ahora que llegó la resaca, le van a pasar la factura.

—Digas lo que digas, uno de cada cuatro han votado por él. Es algo, ¿no?

—Sí, significa que tres de cada cuatro no lo querían de presidente. No es su culpa, él no ha cambiado, más bien es fiel a sí mismo. Lo que pasa es que la gente ha cambiado. El país ha cambiado.

Nico se aburrió de nuestra conversación y nos abandonó.

Mamá señaló en la pantalla de la televisión a los nuevos diputados indígenas, orgullosos en sus trajes típicos.

—Miren a ese con plumas en la cabeza, debe ser guaraní. Qué espectáculo pintoresco.

Hablábamos sin pausa, en una tarde regada de cerveza; la charla me ayudó a sacarme a Felipe del cuerpo.

Cuando llegó el momento de los discursos nos callamos. La gente se quejaba de que los políticos siempre decían lo mismo, prometían cielo y tierra y luego nada, y sin embargo a la hora de la verdad los escuchaba y analizaba cada una de sus frases como si éstas tuvieran poder. Y era verdad, lo tenían.

Escuchamos, asombrados, al vicepresidente Mendoza. Era alto y lucía imponente en su traje negro y corbata roja, un traje que no solía usar en su programa, allí se presentaba más bien con un aire informal, camisas de manga larga pero jamás saco o corbata. Era un maestro de la retórica, hablaba sin leer, con puntos y comas, en párrafos compactos de ideas tan complejas como fáciles de entender, o al menos así lo parecían cuando él las desarrollaba. Habló con dramático vigor de la necesidad de refundar la nación, de un nuevo pacto entre el Estado y la sociedad civil, de gobernar para los excluidos y de luchar contra el "flagelo oprobioso de la corrupción". Se notaba que alguna vez había estudiado ciencias políticas; semana a semana en su programa, nos entregaba las radiografías más sensatas de la situación nacional. ¿Cómo sería la transición de crítico independiente a gobernante? Muchos se habían hecho esa pregunta.

Qué bien habla, dijo mamá. Parece el presidente, dijo René, se lo come a Nano. Demasiado perfecto, dijo papá, algo sucio debe ocultar, aunque hay que reconocer que su libro sobre cine está bien. Maneja bien los datos, dijo Ceci. Y yo sentí envidia, porque Mendoza no leía sus discursos, porque no necesitaba de alguien como yo que escribiera sus palabras.

Había muchos rumores sobre la vida privada de Mendoza. Estaba casado, pero las especulaciones no cesaban porque jamás se le veía con su mujer: tenía una amante de diecinueve años, una paraguaya que hacía strip-tease en una barra nocturna cerca del estadio; salía con una francesa de una ONG. Chismes baratos de pueblo chico, de país chico.

Al final, nos conmovimos cuando Mendoza dijo: "Es mi intención devolver a la gente la idea de que la política es el arte mayor de los humanos y no el vertedero de los mezquinos. Por eso tantos piensan que una gota no modificará el sabor salado del mar, por eso tantos creen que terminaré como terminan todos". Era fácil identificarse con sus palabras, sentir que se trataba de un hombre como nosotros, un ciudadano común dispuesto a vencer en una justa a la que pocos osaban someterse.

Nico se puso a llorar, cansado: se le había pasado la hora de su siesta. Papá lo hizo reír poniéndole a Julián en su hombro e imitando la forma en que meneaba la cabeza. Le tocaba el turno de hablar a Canedo y papá no estaba interesado en escucharlo.

Canedo inició su discurso. *Bolivianos: cuando era niño, un día, mientras jugaba en el parque con mi madre, sentí que soñaba con los ojos despiertos, y vi el futuro desarbolado de la Patria y me dije que si no hacíamos algo un día estaríamos condenados a vivir allí.* Frío, vacilante, sus palabras eran ovejas que se dispersaban del rebaño de la frase, y un artículo femenino bien podía terminar enfrascado en una disonante batalla con un adjetivo masculino (estamos con las manos atados). No debía haberme sorprendido, ese era el Canedo que conocíamos todos, pero era diferente ahora que me sentía parte responsable de las palabras que emanaran de su boca. Ah, la sintaxis…

Terminé dándole la razón a René: al lado de su vicepresidente, Canedo se veía disminuido.

—Hermanito, ¿te has dado cuenta del lío en que te has metido?

Asentí.

Al día siguiente fui con Cecilia a un barrio en la zona sur. Quería hacerme probar las mejores empanadas de la ciudad.

Estacionamos por la 9 de abril, le ofrecimos unas monedas a un chiquillo para que cuidara el Passat de Cecilia. Caminamos por calles de tierra donde los perros se tendían a dormir al sol, despertados de rato en rato por ciclistas y camioneros que osaban hollar su territorio. Jóvenes jugando al fútbol en un canchón polvoriento. Casas a medio construir, de adobe o ladrillo visto, con cuartuchos en los que se hacinaba la gente y moscas en las paredes y sobre los platos de comida. Tiendas de abarrotes atendidas por una mujer de polleras o una niña sorbiéndose los mocos, las galletas rancias y las latas de conserva con la fecha de vencimiento pasada, las abejas ahogándose en los vasos de moqochinchi, las naranjas y los plátanos pudriéndose. Radios encendidas con huayños y taquiraris y locutores hablando en quechua, televisores en los que la última versión de las *Tortugas Ninja* hacía de las suyas. Afiches y graffiti de apoyo a Jiménez, Canedo de la Tapia en un póster, colmillos dibujados sobre los incisivos, cuernos que le salían de la frente. Un muñeco de trapo colgado de un poste de luz, como advertencia a los malhechores: ese barrio de apariencia apacible ostentaba el récord de linchamientos populares. Una más de nuestras aberraciones: cansada de que la policía no los defendiera y desconfiada de las instituciones que administraban la ley, la gente había decidido hacer justicia por sus propias manos.

Había un fresco aroma a pan recién horneado en la tienda. Cecilia le pidió ocho empanadas a una señora de trenzas largas. Mientras esperábamos me entretuve mirando a las modelos cruceñas que aparecían en los calendarios de cervezas en las paredes. Eran blancas y altas, parecían de otro país. Ese dicho era ya un lugar común: "Santa Cruz es otro país". Con tanta gente que migraba hacia Santa Cruz, ese departamento, más bien, se iba convirtiendo en un resumen de Bolivia. Eso sí, el tipo de las modelos no cambiaría.

—Cuando vivía el abuelito Óscar —dije—, nos traía a estos barrios en busca del mejor sandwich de chola o enrollado. Hace mucho que no venía por aquí. Es una sensación extraña.

—¿Como estar haciendo turismo en tu propio país?

—No exageres.

—A lo que voy es que somos una minoría y no salimos de nuestras calles asfaltadas y nos olvidamos de cómo vive el resto.

No estaba de acuerdo. No nos olvidábamos que la gente de estos barrios existía: los veíamos todos los días, no éramos un país de compartimientos estancos. Aunque, claro, no solíamos verlos en posiciones de poder. La posibilidad cada vez más real de que eso cambiara era lo que asustaba a mis papás y tíos: ¿Remigio Jiménez quiere ser presidente? ¡Indio alzado!

—Es tanta la pobreza que no se pueden esperar soluciones inmediatas —dije.

—Entonces estás de acuerdo con los linchamientos. ¿Qué mejor ejemplo de que la gente no está esperando soluciones del Estado? Agarran a un autero o uno que lo parece y ni siquiera se aseguran si es culpable y tampoco se molestan en entregarlo a la cana, para qué, si de por ahí con una coima sale libre en menos de una hora. Y se buscan una soga y lo cuelgan de un árbol. O si no, lo queman, ha habido también de esos casos, son los más dolorosos.

—No tiene nada que ver. No me refiero a eso y lo sabes bien.

—Felipe pensaba igual —dijo Cecilia, suspirando—. La Paz lo cambió. Aquí vivía metido en la típica adolescencia de clase media, de salteñerías al mediodía y heladerías por las tardes y salidas al Prado a chequear los fines de semana. Y luego despertó, no sabes cómo. Le chocaba tanta pobreza en las calles... Tenía un futuro tan promisorio, podía haber llegado muy lejos, ser el Quiroga Santa Cruz de nuestra generación.

—¿Otro dirigente blanquito para enseñarles el camino a los campesinos?

Lo dije sin pensarlo mucho, acaso porque en las palabras de Cecilia encontraba, aparte de la idealización de mi hermano, una crítica implícita a mi actitud. Yo pertenecía al mismo mundo pero no había cambiado, seguía usufructuando de todas las ventajas que me habían tocado en suerte.

Me miró con desdén: atreverme a cuestionar la figura de Felipe no merecía siquiera la dignidad de una respuesta. Pero, ¿qué sabía ella de mi hermano? Era cinco años menor, cuando él salía a conocer el mundo ella todavía jugaba con muñecas y comenzaba a pintarse las uñas y usar sostenes para sus pechos planos. Y sin embargo decía que había sido su amiga íntima y confidente: no había habido secreto suyo del que ella no se hubiera enterado.

No podía culparla: al menos ella había hecho algo con el gran hueco dejado por mi hermano. Yo, en cambio, no había llegado a conocer bien a Felipe, y después de su muerte no había hecho mucho por remediar tanto desconocimiento. Me había contentado con escuchar los recuerdos de mis papás y Cecilia, que iban cambiando con los años, se cubrían de gestas heroicas, de actos que, en su potencia, dejaban traslucir al gran hombre que sería Felipe. Me había quedado satisfecho con las fotos desvaídas que me contemplaban desde las paredes y los álbumes y revelaban a un ser maravillado por el mundo, la amplia sonrisa de un adolescente sin problemas serios que resolver. Y no había cuestionado la disonancia entre el Felipe heroico de las anécdotas y el joven común y corriente de las fotos.

Volvimos al Passat en silencio. El chiquillo no estaba cuando llegamos. Había rayaduras profundas en las puertas, como hechas con un alambre.

Iba a hacer un comentario sarcástico, pero preferí callarme.

Antes de volver a La Paz busqué y encontré en la despensa de la casa, en una caja de madera en el estante más alto, entre latas de aceite y cajas de detergente, Palacio Quemado, el juego de mesa que había creado a los diez años. Estaba junto a mis equipos de fútbol de tapitas y las fichas de ajedrez que había refuncionalizado para inventar un juego sobre pandillas callejeras después de haber visto la película *Los guerreros*.

Me asombró la dedicación con que había diseñado las cartas de cartulina de Palacio Quemado y los cuatro tableros que se necesitaban para el juego. Leí las instrucciones tratando de recordar cómo se jugaba. Para ganar se necesitaba estrategia y algo de suerte.

Decidí llevarme el juego a La Paz.

3

Los primeros días en el Palacio los viví en medio de una euforia apenas controlable. Había visitado ese edificio dos veces en los últimos diez años; había caminado por sus pasillos con una desbordante sensación de nostalgia, y recordado el despacho de papá, los edecanes y secretarias que jugaban juegos de mesa conmigo, Banzer presidiendo todo con una afable rigidez —esos años color sepia que ahora la historia conocía como los de una larga pesadilla dictatorial—, y me había prometido que algún día volvería a habitar ese castillo almenado. Ahora que estaba de regreso, me costaba creer que mi viaje había durado más de un cuarto de siglo y por fin había terminado.

Llegaba temprano por la mañana, cruzaba la plaza llena de palomas y, antes de ingresar a ese recinto donde se decidía el destino del país, saludaba a los hieráticos soldados que custodiaban la puerta principal. Luego el ruido de mis pasos lo amortiguaba una gastada alfombra roja que conducía al gran patio techado con cristales esmerilados con el escudo nacional y bordeado por columnas dóricas, donde los ministros tomaban posesión y se ofrecían recepciones de gala al cuerpo diplomático, al mundillo político y a lo más graneado e insoportable de la sociedad paceña. Ese gran patio donde había muerto mi hermano, ese recinto era el único lugar luminoso del edificio; los demás salones y oficinas, con sus pesados cortinajes y muros con escasas ventanas, apenas dejaban entrar la luz del exterior. Los focos de las lámparas estaban prendidos desde muy temprano en la mañana.

Subía los escalones de mármol, me dejaba reflejar por un espejo inmenso, caminaba por pasillos en los que me extravié más de una vez durante los primeros días, cuando todo era fresco y todavía no había memorizado la intrincada ruta que me llevaba a mi despacho. O quizás la conocía e igual me gustaba perderme. En este salón, dos presidentes habían sido asesinados durante el siglo XIX… Acá, en esta sala, casi se había pegado un tiro el presidente más joven en nuestra historia… Y aquí, durante la Colonia, en el fantasmal edificio del Cabildo que había sido destruido para construir el Palacio, se encontraban las celdas que albergaban a los prisioneros más peligrosos de la Corona…

Tenía algunas respuestas. Ciertas cosas no las sabía del todo. Y me perdía, como se perdían todos. Porque el Palacio era un laberinto que extraviaba a los funcionarios públicos y más aún a todos aquellos a quienes se les había concedido una audiencia con el presidente o algún ministro. O incluso Arancibia, pues él también tenía algo de poder; yo también tenía algo de poder, a nosotros también nos tocaba uno de esos tantos anónimos ciudadanos o no tan anónimos, que venían al Palacio a hacerle genuflexiones a quien fuera para conseguir cualquier cosa, por ejemplo un trabajo en la Aduana para un ahijado, los ahijados siempre quieren trabajar en la Aduana.

El Palacio era un laberinto, y no en el sentido metafórico del término. Tres pisos y un subsuelo, oficinas y despachos indistinguibles uno del otro (excepto los del presidente), pasillos tan iguales entre sí que uno se desconcentraba y creía estar en uno y en realidad estaba en otro, caminando hacia el norte cuando se intentaba llegar al sur, y ninguna estrella para orientar a los navegantes en altamar. A veces abría una puerta y me topaba con el Coronel a cargo de la Casa Militar, otras con la secretaria del Ministro de la Presidencia. No me hubiera sorprendido nada abrir una puerta y encontrarme con el esqueleto de algún ministro olvidado en su despacho desde fines del XIX.

Un historiador paceño había escrito que el Palacio parecía "una casa hechizada, en la que actuara algún oculto maleficio". Que era "casi una cárcel o un sepulcro ostentoso". Que "sus fríos corredores, sus anchos muros, la media luz que impera permanentemente en él, el recuerdo de los hombres que han pasado por sus aposentos, introducen en el espíritu del visitante cierto sobrecogimiento temeroso que impele a platicar con voz queda y a caminar con paso furtivo". Que era "un edificio inhospitalario, que mira de soslayo, que parece rechazar a quienes se allegan a él. Que cobra venganza terrible de aquellos que osan poseerlo. Hostil y huraño". No era ese el recuerdo que tenía de los años de la infancia. Tampoco era de los que creía en fantasmas y maleficios en las casas solariegas. Pero ahora que regresaba, mi sensación era otra: quería que el Palacio volviera a ser mío, hacer que fuera de nuevo mi hogar. Sin embargo, la naturalidad con que había vivido esa experiencia la primera vez había sido reemplazada por una mezcla de euforia y recelo. Me entregaba al Palacio, pero ahora era consciente del peso de la historia.

Algo no había cambiado: en el Palacio me sentía protegido. Desde que me había ido la primera vez, no había vuelto a experimentar, en ningún otro lugar, esa sensación de refugio protector que el Palacio había sido para mí durante la infancia.

¿O era yo el que protegía el Palacio? Felipe había muerto en este edificio y alguien debía velar por su alma. Alguien debía rondar por el patio ensangrentado, esperar que se materializara ese adolescente confuso que fue mi hermano, y escuchar sus palabras, la explicación para su partida temprana. Ah, Felipe: con los años, descubría que tu muerte me pesaba.

Si yo estaba entre eufórico y receloso, Arancibia se encontraba ansioso. No podía sentarse en su escritorio en las oficinas de UNICOM en el segundo piso y se la pasaba hablando en su celular con sus operadores en el Congreso o la sede del partido. La coalición oficialista carecía de mayoría en el Congreso, y el MAS de Jiménez había prometido hacerle la vida imposible al presidente, sobre todo en su decisión de oponerse a cualquier intento de venta de nuestros recursos naturales a otros países.

—Nadie ganará si sigue este enfrentamiento entre sistémicos y antisistémicos —decía Lucas moviendo la cabeza, un puro entre sus labios—. Lo único que lograremos es que el país se empantane.

—Para eso está el presidente —decía yo—. Para encontrar el camino.

—Eso presupone que hay un camino.

Canedo de la Tapia le había pedido a Lucas que durante los primeros cien días de mandato diera con el tono adecuado para hablarle al país: conciliador e inclusivo pero no por ello débil. Lucas confiaba en que yo encontraría las palabras justas para transmitir ese tono. Me aboqué a buscarlas sin tregua. ¿Cuál era mi estilo?

La falta de estilo. No, no, más bien un estilo tan plástico que se podía acomodar al político que me contratara. Mis palabras podían ser camaleones y disfrazarse de frondosa retórica populista, *estamos con el pueblo porque todos nosotros somos el pueblo*, eran buhos despiertos en el bosque preciso y nocturno de las máximas al estilo Kennedy, *hay algunos que ofrecen obras y sólo se quedan en las buenas intenciones, nosotros tenemos buenas intenciones y por eso ofrecemos obras*, serpientes de lenguas bífidas que atacaban el cerebro, y también zarigüeyas que con un lamido podían lograr un cambio en el corazón.

Mi labor consistía en darles lo que me pedían, y para ello tenía como libro de cabecera una antología en inglés de los mejores discursos políticos, editada por William Safire; la había comprado en una librería en San Miguel, me había costado carísima pero no pude resistir la tentación. Allí me encontraba con discursos de Churchill, Roosevelt y los reyes shakespereanos. Mi método de trabajo consistía en traducir las frases que me gustaban a mi manera, sin cotejarlas con las traducciones ya existentes de los discursos más conocidos. Esa traducción era el punto de partida para que me pusiera a darle vueltas al discurso hasta hacerlo mío. Al principio usaba la antología tímidamente; me fui animando a ser más descarado al ver que mi procedimiento no causaba suspicacias. No había discurso que escribiera que no tuviera al menos partes de dos discursos clásicos.

Mis primeros días en el Palacio constaban de alrededor de quince horas. Me encerraba en un depósito de trastos contiguo a nuestro despacho; era pequeño —apenas había espacio para una mesita y para mí—, oscuro y algo sucio, pero me servía para concentrarme. Escribía en mi computadora, con la radio encendida y conectado a la red, pues a la inspiración había que ayudarla y para ello nada mejor que esas frases sueltas que penetran en el inconsciente desde los parlantes de la radio o que relampaguean en el fondo de la pantalla desde algunos de mis sitios favoritos (jamás traía mi antología al Palacio, allí buscaba frases de discursos célebres en la red). A veces no salía ni a almorzar y le decía a Ada, nuestra secretaria —una morena de caderas ampulosas y faldas apretadas que le marcaban las tangas que solía usar—, que por favor me trajera algo de la cocina del Palacio. Lucas me pedía que descansara un poco pero tampoco me lo exigía, en el fondo le gustaba mi ritmo de trabajo. Al terminar la jornada, antes de volver a mi departamento entraba a algún cine a manera de relajarme (me gustaban las películas de aventuras y las de ciencia ficción, y tenía como clásicos a *Blade Runner*, *Alien*, *Indiana Jones*).

Extrañaba a Nico, a quien veía poco esos días. Tenía una foto suya en la pantalla de mi computadora, esperándome agazapada detrás del texto y de la red, y la miraba mientras hacía una pausa cuando escribía o navegaba; era una mirada brumosa, incapaz de fijarse en detalles, en las pecas o el mentón delicado de Nico. El sábado anterior, había entrado a su cuarto y lo encontré destapado, asido con fuerza a su Stitch de peluche; le acaricié el pelo y tuve ganas de despertarlo, ponerme a corretear con él por los pasillos del edificio, como aquella vez en que nos cubrimos con sábanas y jugamos a los "pastasmas" y él me decía que nuestro departamento era "bueno" y los de al lado "malos" porque tenían las luces apagadas.

Participé en la primera reunión de gabinete, en un salón en el segundo piso con una araña de cristal recargada y pesados cortinajes rojos (detrás de los cuales, acaso, moraba el anciano creador de este Palacio, el demiurgo responsable de este laberinto que prometía perder a todos quienes entraban en él). En una pared se encontraban dos retratos enormes de Bolívar y Sucre, y entre ellos el mapa del país encargado durante el gobierno de Linares, cuando todavía eran nuestros el Pacífico, el Acre y el Chaco.

Le había pedido a Lucas que me consiguiera el privilegio de participar de oyente en la reunión, necesitaba estudiar el estilo de Canedo, la forma en que movía sus manos y ojos, sus giros idiomáticos preferidos, para que luego me fuera más fácil trazar un discurso a su medida. Ya conocía ese estilo por la televisión, pero mediado por una pantalla no era lo mismo; me quedaba algo de esa supersticiosa manía de buscar el aura del original.

El presidente se sentaba a la cabecera de la larga mesa de reuniones, detrás suyo sus edecanes y su yerno Juan Luis, un gordo voluble de cuello ancho y ojos diminutos que era nuestro jefe y tenía siempre a mano las encuestas que obsesionaban a Canedo (su equipo asesor de encuestas era norteamericano: Carville & Greenberg; "ustedes se reirán de mi obsesión", le había escuchado decir a Canedo blandiendo un rollo de papeles con gráficos y cifras, "pero gracias a las encuestas he salido presidente dos veces"). Había una mujer, la ministra de Participación Popular, un vestido rojo en medio de una grisitud de trajes. Había un indio, el ministro de Asuntos Campesinos, un poncho de bayeta café en medio de tantos sacos. Ni yo ni Lucas nos sentamos a la mesa; de pie, nos apoyamos contra una de las paredes junto al fotógrafo oficial del Palacio —que sacaba tantas fotos que acaso creía que así a la posteridad no le quedaría más remedio que quedarse con al menos una de ellas— y algunos no tan secretos agentes del servicio secreto.

Nano no era el mismo de antes. Había perdido gran parte de la fortaleza que lo caracterizaba: sus palabras salían sin fuerza de la boca estrecha y apenas sobrevivía en ellas el filo irónico y el humor incisivo que habían ayudado a convertirlo en un político popular. Su acento gringo y la forma en que maltrataba el castellano, hechos que le daban antes un matiz simpático, ahora no hacían más que chirriar (decía "tenemos que tomar decisiones muy duros para todos" y yo me quería meter bajo la mesa). Tenía las sienes canosas y le había crecido la papada; seguía siendo el hombre más rico del país y todavía había una cohorte de funcionarios y militantes del partido que no dudaba de su liderazgo y lo veía como a un ser infalible. Sin embargo, yo podía notar que vacilaba, y que por los intersticios dejados por esas vacilaciones se colaba la influencia del Coyote Peña, el ministro de la presidencia, conocido por su intemperancia y su capacidad para tomar decisiones duras para los sectores populares. Yo tendría mucho trabajo si quería encontrar una voz firme y a la vez emotiva para Canedo.

El presidente dio la bienvenida a los ministros y les agradeció su decisión de colaborar "a mi persona y al país con tanto desprendimiento"; les dijo que a todos les esperaban días difíciles por la voluntad "ajeno al diálogo" de la oposición, pero su gobierno de unidad nacional daría un ejemplo de sacrificio y estaba dispuesto "a dar la otra mejilla si nos atacan". Les pidió a los ministros que no cayeran en las burdas maniobras provocativas de la oposición, "pues lo que están buscando es desestabilizarnos antes de que podamos estabilizar al país".

Me pasaba la mano por la barbilla y trataba de no

toser, no fuera a interrumpir al presidente. Era curiosa esa sensación de ver materializado el poder en una sola persona. Aun cuando no me miraba, aun cuando me daba la espalda, sentía que adivinaba lo que yo pensaba, conocía cada uno de mis gestos. Habíamos comenzado a aplaudirlo cuando terminó; de pronto, el Coyote se levantó, tomó la palabra y dijo:

—Está bien. Pero el país está en guerra desde hace rato y ahora se trata de ganarla tomando decisiones que sean acertadas incluso para los enemigos, porque a ellos no se les conquista con discursos de resonancias jesucristianas sino con hechos.

—Este Peñita, siempre listo para el combate —dijo Canedo—. Calma, que todavía no se ha declarado el incendio.

—Aquí no hay declaratorias que valgan —dijo el Coyote—. Es cuestión de abrir bien los ojos nomás.

Canedo no respondió nada. Salimos comentando las palabras del Coyote.

En el pasillo nos topamos con el presidente, que había salido por otra puerta; lo seguían su yerno, que garrapateaba notas en una agenda digital, y el Coyote, un celular pegado a la oreja derecha y los anteojos de cristales enormes, oscuros, fotocromáticos. Mientras Nano se dirigía a Lucas, yo alisaba mi camisa arrugada y buscaba un baño en el cual lavarme las manos. La cercanía de Canedo hacía que, de pronto, cobraran relieve las manchas de café en mi pantalón, el desajuste de la corbata.

—He leído el mensaje preparado para la reunión con el cuerpo diplomático —le dijo Nano a Lucas—. Me gusta, pero quiero algo más compacto. Menos palabras, siempre es mejor. Demasiados conceptos, la gente se pierde.

—Y muy conciliador con los cocaleros —dijo el Coyote—. Hay que hacerles saber que nos respalda la ley y no nos iremos con vueltas a la hora de hacerla respetar. Lo peor que podemos hacer es dar señales de debilidad desde el comienzo, nos comen.

—Se me pidió un tono conciliador —dijo Lucas—. Yo sólo cumplo órdenes.

—Sí, pero no hay que abusar —dijo el Coyote.

—Muy bien, muy bien —dijo Nano esbozando una sonrisa, negándose a incluirme en la conversación con la mirada—. Lucas, hiciste un gran trabajo durante la campaña, pero ahora jugamos en primera. Y rápido, no tenemos tiempo que perder. El Oso no espera.

—Gran honor que me hace, señor presidente —dijo Lucas con un leve movimiento de cabeza. Me pregunté a qué se refería Canedo con su mención al Oso.

Pude entender que Canedo no sabía que era yo quien escribía los discursos; en realidad nadie lo sabía y Lucas se llevaba todos los elogios. Yo aceptaba que parte de mi trabajo era la asunción de la invisibilidad: nuestras palabras serían recordadas como si nunca hubieran sido nuestras, algunas quedarían como máximas en los libros de historia en bocas de los próceres. Estaba bien que así fuera, de eso se trataba, con la condición de que al menos quienes pronunciaban las palabras supieran quiénes eran los que las habían escrito. Una ínfima consolación, que el gran hombre estuviera enterado de que le debía algo a quien escribía los mensajes para que él se llevara los aplausos. Otra cosa era que ese gran hombre no supiera con quién tenía esa deuda, o que tuviera una idea equivocada. No me molestaba asumir la invisibilidad, sí que Canedo ni siquiera supiera que yo la asumía.

En ese momento apareció el vicepresidente, el saco al hombro y la camisa arremangada. El presidente le había pedido en el discurso de posesión del gabinete que se hiciera cargo de la lucha contra la corrupción, y se lo notaba absorto, preocupado. ¿Cómo luchar contra ese monstruo de infinitas cabezas que moraba tanto en el despacho de un ministro como en el bolsillo de todo ciudadano que, con unos billetes al policía o al funcionario de turno, evitaba pagar una severa infracción de tránsito o lograba acelerar un trámite atascado durante meses en la Renta? El desafío era enorme, pero Mendoza decía que el triunfo era nuestro si no lo dejábamos solo en la lucha. A la corrupción no se la derrotaría con decretos; lo que se necesitaba, más bien, era un cambio de actitud, una nueva mentalidad.

Nos extendió la mano. Me tomó por sorpresa, tardé en descubrir que nos estaba saludando.

—Muy bueno su discurso el día de la toma de posesión —me atreví a decir—. Todavía me ronda en la cabeza eso de la política como "el arte mayor de los humanos y no el vertedero de los mezquinos". ¿Se inspiró ese rato, o la tenía preparada?

—Es una frase que usé en mi último programa —dijo, circunspecto—, cuando anuncié que aceptaba ser parte del binomio presidencial. Pero no tenía planeado volver a pronunciarla. Salió nomás.

—Como salieron nomás las otras frases —dijo Nano—. No te hagas al modesto, querido Luis.

El Coyote no dijo nada, pero creí encontrar en su mirada esquiva un gesto de desdén hacia el vicepresidente. Un hombre fiel al partido como él, un politico de raza, debía ver a Mendoza como la "gente bien" veía al hijo de migrantes campesinos que, gracias a una tienda de electrodomésticos en la Cancha o en la Camacho, aparece de pronto un día manejando un BMW o comprándose un edificio: como un advenedizo, alguien que no pertenecía al círculo de los elegidos, que no se había ganado su lugar a pulso y que, como no sabía de las costumbres, las reglas de etiqueta de su nuevo vecindario, decía las cosas que no debían decirse y se comportaba con torpeza intolerable. Pero no se trataba sólo de eso, sino también de un desencuentro de temperamentos: el Coyote era el gran operador del partido, alguien que transformaba las ideas directrices en táctica y estrategia, movimientos de pinzas por los flancos, toma de colinas esenciales para dominar el campo de batalla, fintas, requiebres y amagues para confundir al enemigo; ese temperamento ni siquiera se molestaba en tomar en cuenta a un hombre que vivía de su facilidad para construir discursos coherentes y de gran belleza estética, pero que no tenía noción de la astucia, la capacidad de manipulación y la crueldad que se necesitaban para sobrevivir en el mundo de la política.

—Apúrense, por favor —dijo Juan Luis—. Disculpen, hay que preparar la nota de prensa.

Juan Luis, Lucas y yo nos fuimos, dejando detrás nuestro a tres hombres que intentaban ponerse de acuerdo respecto a los futuros pasos a seguir por el gobierno.

4

Tuve la oportunidad de hablar con el vicepresidente una tarde en que, en uno de mis deambulares por los pasillos del Palacio, ingresé al salón de retratos inaugurado por la expresidenta Gueiler y lo encontré contemplando un cuadro al lado de su asistente y un edecán. Yo había comenzado a escribir una columna semanal de cine y pensé que allí había un tema en común; había leído su libro sobre sus directores favoritos y me había impresionado favorablemente.

Mendoza se dio cuenta de mi presencia y, sin formalidades, me preguntó qué opinaba. Me puse nervioso. Se podía observar a un grupo de hombres con arcabuces y espadas en las habitaciones interiores de un edificio colonial, hiriendo a muerte a un hombre vestido a la usanza de un caballero español. Era el único de ese tipo en el salón; los demás eran los retratos oficiales de nuestros presidentes.

—Tiene mucho dinamismo —dije—. Tenebrista. Me gustan los claroscuros.

—Nano me ha autorizado a hacer cambios en esta galería. Estos retratos son muy estáticos, no tienen vida. Casi todos con la medalla de Bolívar y la banda presidencial, como si pertenecieran a la misma promoción. En esta galería tiene que representarse la furia y la sangre de nuestra historia. Tienen que aparecer los conspiradores, el pueblo… No sólo los presidentes.

El cuadro representaba la muerte del corregidor Cañedo a mediados del siglo XVII. Una medianoche, un grupo de individuos había ingresado al edificio del Cabildo gritando "¡Viva el Rey!" y "¡Muera el mal gobierno!". El grupo había encontrado al corregidor en una de las habitaciones interiores y lo había asesinado junto a otras cuatro personas.

—Fue la primera autoridad importante asesinada en el Cabildo —dijo Mendoza, entusiasmado.

—La historia colonial no es mi fuerte.

Sonó el celular de la asistente de Mendoza, una flaca de cejas tan finas que se esfumarían si tosía o estornudaba. Se le acercó y le avisó que lo necesitaban en su despacho en el Congreso.

—Cuando termine de hacer los cambios nadie reconocerá este salón —dijo antes de irse.

Mendoza tenía despachos en el edificio de la Vicepresidencia y en el Congreso, pero no había día en que no apareciera en el Palacio. Me pregunté si también estaría remodelando galerías y salones en los otros dos edificios.

Antes de salir me dijo que le había gustado el artículo que escribí sobre Peckinpah.

—La retrospectiva de la Cinemateca está muy buena —dije.

—Lo único que no me convenció fueron los excesivos elogios a *Los perros de paja*. No hay forma de salvar la escena de la violación…

—A mí me parece que es muy ambigua.

—La mujer está gozando, no hay nada ambiguo ahí. Convendría que revises esa parte. Con todo, coincidimos. Peckinpah es cada vez más grande.

Se fue sin despedirse.

Me quedé observando el retrato oficial de Canedo durante su primera presidencia. Era el único presidente que no llevaba los símbolos del poder —la medalla y la banda—. El retrato para su segunda presidencia mostraba, aparte del desgaste ocasionado por los años, ambos símbolos.

Me fui del salón pensando en Mendoza. Me parecía un hombre alejado del tradicional molde del político; tenía un dominio magistral del lenguaje, era un sesudo analista, y se mostraba como alguien con una sensibilidad estética e histórica encomiable. Me pregunté si duraría en sus funciones, si podría sobrevivir sin cambiar en el reino de la coyuntura que era nuestra política.

El Coyote ordenó la limpieza de todos los cargos que valían la pena del sector público para colocar a los militantes del MNR y de la coalición oficialista. La tensión que vivían los empleados públicos hizo que algunos delataran a sus compañeros que hablaban mal del Coyote para proteger sus puestos. En un ministerio, hubo rumores de que el jefe de personal obligó a una secretaria a que se acostara con él bajo la amenaza de que la iba a echar.

Lucas también se aprovechaba de la coyuntura. "El poder me ha hecho bonito", me dijo. Un círculo de mujeres merodeaba en torno a él, dispuestas a cualquier cosa con tal de conseguir trabajo. Un par de veces a la semana se perdía con Ada en el baño de mujeres.

A veces contrataban a las amantes y familiares de dirigentes de peso en puestos importantes. Una hermana del Coyote tenía un cargo semiejecutivo en YPFB. Era conocida por su ineficiencia, pero no se le podía despedir.

La primera vez que Mendoza apareció por las oficinas de UNICOM, se acercó a las computadoras, hojeó carpetas, caminó de un lado a otro y arrinconó a Lucas con sus preguntas inquisitivas. Luego se sentó a leer los periódicos en el salón principal, dejando que su asistenta merodeara por el pasillo haciendo llamados.

Se le hizo costumbre visitarnos. En nuestro sofá, con *El Deber* o *El Correo del Sur* entre las manos, parecía capaz de doblarse como un muñeco de plastilina, encogerse como si no quisiera amedrentar a nadie con su altura. Me atraía su informalidad y buscaba una excusa para entablar conversación. Lucas y Juan Luis también se le acercaban, aunque ellos lo hacían por algo puntual, preguntas que necesitaban una respuesta inmediata, pedidos o sugerencias que se resolvían allí mismo. Ada, nerviosa, se miraba en un espejo diminuto que sacaba de su cartera, se pintaba los labios, se quitaba con un pañuelo algo del excesivo maquillaje en las mejillas, y luego se le aproximaba con un vaso de agua o una taza de café, a pesar de que, cuando le había preguntado si se le ofrecía algo, Mendoza había respondido, aflojándose la corbata, que no se molestara, por favor, que hiciera como si él no estuviera allí.

—Parece que tiene tiempo libre —le dije una tarde.

—Los congresistas tienen sesiones muy largas —me respondió alzando la mirada y observándome con detenimiento, como cerciorándose de que las minuciosas venas que discurrían por mis mejillas no eran, en realidad, atisbos de una enfermedad contagiosa de la que era mejor huir—. A veces se requiere mi presencia, y tengo que estar en las inmediaciones por si me llaman. No me gusta esperar en el Congreso, en mi despacho no me dejan tranquilo los periodistas.

—Debe ser duro estar al otro lado —el ceño severo que se marcaba en la frente contradecía sus intentos de mostrarse relajado, de aparentar informalidad—. ¿No le da ganas de escribir de lo que está viendo, contar cosas confidenciales?

—Lo que más extraño es el cine —ahora escrutaba en detalle un punto que estaba sobre mi cabeza, quizás el lugar donde moraban sus ideas—. Antes podía llegar a ver tres películas por semana. En El Monje me deben estar extrañando. Tantos informes que hay que leer, tantos documentos para estudiar. Pero, por costumbre, siempre estoy leyendo algo de literatura, aunque sea unas páginas antes de dormirme. Es mi pequeña rebelión a la tiranía de los acontecimientos. Como la siesta diaria que intento hacer, aunque sea veinte minutos.

—¿Una siesta? Esa sí que es una rebelión pasiva.

Sonrió.

Como conocía mi interés por el cine, me miraba con el gesto regocijado del lingüista que sabe arameo y descubre, al fin, alguien con quien practicar el idioma. Hablamos de su pasión por las películas clásicas de Sanjines —"lo último es más bien dogmático, maniqueo"—, las comedias italianas de la posguerra, Truffaut y el cine norteamericano de su generación (la de los setenta, con Scorsese y Ford Coppola a la cabeza). Nuestras charlas solían ser interrumpidas, pero se reanudaban un par de días después, cuando Mendoza reaparecía en UNICOM. Al principio pensaba que, con tantos asuntos trascendentes que resolver para el país, yo lo importunaba. Luego me di cuenta que en realidad Mendoza iba a nuestras oficinas para que yo lo interrumpiera. Más que lo que podía aportar al diálogo, imaginé que era mi capacidad para interesarme por los temas que le interesaban a él. Era cierto que había congresistas y ministros que podían hablarle de fútbol, de política, de historia. No era menos cierto que veía a la gran mayoría con cierta arrogancia, como a sus inferiores. Supuse que a mí también me miraba desde arriba, pero al menos me toleraba porque lo que yo hacía, sobre todo, era escucharlo.

Mendoza estaba leyendo esos días *El pez en el agua*. Quería ver qué había hecho un intelectual como Vargas Llosa para sobrevivir en el territorio de la política. A mí se me ocurría que, pese a sus esfuerzos, Luis Mendoza podía servir de inspiración para una obra titulada *El pez fuera del agua*.

Volví a ver *Los perros de paja*. Decidí que Mendoza no estaba en lo cierto: la escena de la violación me seguía pareciendo ambigua. Quizás Susan George debía haber explicitado su rechazo al agresor. Pero, ¿cómo sabíamos qué pasaba por la cabeza de una mujer en el momento en que era violada? Me parecía que ella actuaba así para evitar algo peor y no porque disfrutaba del momento.

Subía al Palacio desde San Jorge cuando mi trufi se encontró bloqueado por una manifestación de universitarios de San Andrés. Estaba en la 20 de octubre, cerca de la embajada norteamericana, un edificio con la seguridad tan reforzada que se le habían tapado las ventanas. Los universitarios avanzaban por la avenida hacia la embajada entonando cánticos de protesta contra el imperialismo y las transnacionales, "Yanquis, asesinos, mejor se van a casa", "Chilenos, ladrones, no toquen lo que es nuestro". Los autos que se toparon con ellos se detuvieron y en poco tiempo se armó el caos: algunos conductores intentaron dar la vuelta y bajar por la 20 de octubre en contrarruta; otros apagaron el motor y luego de cerrar el auto lo abandonaron y se dirigieron a las calles laterales. El conductor de mi trufi pidió que nos bajáramos. Estaba a punto de llorar, gritaba que el desportillado Toyota no tenía seguro y ni siquiera era suyo, si le rompían un vidrio tendría que trabajar tres semanas para reponerlo.

Escuché disparos al aire y corrí a protegerme detrás de un árbol. Frente a la embajada, un grupo enfurecido quemó las banderas de los Estados Unidos y de Chile. Me llamó la atención. Estaba acostumbrado a que se quemaran las banderas de los Estados Unidos, pero, ¿Chile? Sí, en los colegios nos enseñaban que es nuestro enemigo natural porque nos había privado de acceso al mar, y muchos lo responsabilizaban de nuestro atraso. Sí, recordábamos todo el tiempo el litoral perdido, y en los concursos para Miss Bolivia siempre hay una concursante extra que representa a Miss Litoral, pero nunca había visto que se quemaran banderas chilenas. El gasoducto que necesitábamos construir para exportar nuestro gas a los Estados Unidos —ahora que teníamos las segundas reservas más importantes de gas natural en el continente—, tenía como posible destino un puerto chileno y no uno peruano. Era tan fácil: un puerto chileno, una transnacional norteamericana… De golpe y porrazo, los grandes responsables de nuestro atraso —porque nos costaba aceptar que quizás fuéramos nosotros mismos los responsables— aparecían unidos a los ojos de la oposición.

Llegó la policía y dispersó a los manifestantes con gases y disparos al aire. Me ardieron los ojos. Antes de cerrarlos, alcancé a ver a un grupo de soldados en torno a una bandera chilena que ardía en la acera frente a la embajada. No hacían nada por apagar el fuego. Más bien, me pareció que lo atizaban.

Desperté una hora después en la clínica. Tenía toda mi ropa vomitada. Una enfermera me dio de alta y me dijo que no me asustara si sentía náuseas en las próximas horas. Me fui a mi departamento a cambiarme. Tenía un par de llamadas perdidas de Lucas en mi celular.

Abrí las ventanas de mi cuarto y me eché en la cama algo mareado. Llamé a Lucas y le conté lo ocurrido. Le dije que estaría por la tarde en el Palacio.

Alicia me vio con la ropa vomitada cuando llegué al departamento. Me preguntó qué había pasado.

—No tenemos que vender el gas —me dijo por toda respuesta, moviendo la cabeza con convicción, como para que me diera cuenta de la intensidad de sus sentimientos. Su pelo negro se agitó, sus ojos se entrecerraron pero no perdieron firmeza, y su mandíbula se cerró sobre sí misma, como si se hallara en estado de apronte.

Me dolía la cabeza y no tenía ánimo para discutir. Pero no me pude quedar callado.

—¿A nadie?

—A nadie. Es nuestro. Tiene que ser como dice el Remigio, para que llegue a las comunidades del campo, joven. Las mujeres siempre están cocinando con leña o bosta seca de vaca. Tienen que cocinar moderno.

—Los economistas dicen que este proyecto nos va a beneficiar...

—Pero ese dinero jamás nos llega a nosotros, joven. A otros les llega. Hemos vendido nuestro estaño, hemos vendido todo, y seguimos igual.

La historia decía que unos cuantos se habían beneficiado de la venta de nuestros recursos naturales. A que se beneficiaran algunos, mejor que nadie lo hiciera. Había razones para la desconfianza, pero a la vez se trataba de una postura insensata. ¿Debíamos cerrar las fronteras, dejar que se pudrieran nuestros recursos naturales, no tocarlos si se encontraban bajo tierra?

La vi perderse en la cocina, abrir el refrigerador con brusquedad y mirar en su interior durante un buen rato, como si buscara en éste la gota de coraje que le faltaba para cortar amarras con ese patrón que la trataba bien, le daba buenas propinas y al que le tenía cierto cariño, pero que, indudablemente, no estaba de su lado, no pertenecía al pueblo. Sentí que ese trato afable de Alicia hacia mí, la forma tan ceremoniosa con que me preparaba el desayuno, su deseo de sorprenderme con un buen almuerzo a mi llegada del trabajo, el cuidado escrupuloso con el que planchaba mis camisas, la bondad con que se hacía cargo de Nico, podían desaparecer en un sólo instante; ah, si ella pudiera no depender de mí, de ninguno de nosotros, qué feliz sería, que liberada se sentiría.

Había hablado de otros temas con Alicia, la provisión de agua potable para El Alto —"los franceses no deben hacerse cargo"— o el avance de las iglesias evangélicas en el país —"bien hecho, la iglesia católica es sólo para los ricos"—, pero nunca llegábamos a un acuerdo. Éramos tan incapaces de coincidir como de ceder a los argumentos del otro. Todo nos separa, me dije; jamás podríamos entendernos. De pronto, esa verdad tan obvia me golpeó como una revelación. La gran mayoría pensaba como Alicia, y si no podía convencer a una sola persona, ¿cómo haría yo para escribir mensajes que llegaran a todos?

Esa tarde encontré a Lucas a la entrada del Palacio. Una boina café le cubría la cabeza calva.

—¿Estás bien? Te noto algo pálido. Acompáñame hermanito, quiero hacerme lustrar.

Cruzamos la calle, buscamos un lustrabotas en la plaza.

Junto al busto de Villarroel al lado del farol en que lo habían colgado, le pregunté a Lucas si sabía algo sobre la decisión que tomaría el gobierno con respecto al gas.

—El Nano ha dicho que no decidirá nada hasta fin de año —mordió uno de sus puros, llamó a un chiquillo con su cajón de lustrar al hombro.

—Pero algo debes saber. Algo ya se debe haber cocinado.

—Se ha decidido pero no se ha decidido.

—¿Cómo así?

—Es un secreto a voces que es Chile —se sacó la boina. Me pregunté cómo hacía para que su cabeza calva aguantara el furor de los rayos del sol. Sabía que usaba cremas con extracto de quinina compradas en la Uyustus para que el cabello le volviera a crecer, champús que se hacía traer de Miami. Gastaba mucho dinero y no le había crecido un sólo cabello; la mejor resina, pensé, era la resinación.

—En realidad este tema se ha manejado muy mal —continuó—. No sé a quién se le ocurrió esto de que el gobierno tenía que decidir entre Chile o Perú. La que decide es la compañía que pone el dinero para hacer el oleoducto. Y como el proyecto por Perú resulta mucho más costoso, la compañía siempre fue clara: o Chile o nada.

Hizo una pausa, saludó a tres diputados tarijeños que se dirigían al Palacio.

—Nano está buscando el mejor momento para hacerlo público. Lo que pasa es que no hay mejor momento. Al anterior gobierno le pasó lo mismo, al final no se animó y prefirió pasarnos la papa caliente.

—Entonces tenemos que ir preparando al pueblo. Se puede meter el tema en los discursos. Hacer una campaña para explicar por qué nos conviene por Chile.

Lucas aspiró el puro, exhaló una bocanada que me hizo toser.

—Si la cosa es Chile, la decisión nunca será la correcta —dijo mientras le daba unas monedas al lustrabotas y se volvía a poner la boina—. Cometeremos un error histórico, lesivo a nuestros intereses. En este tema, Remigio Jiménez tiene toda la razón.

Desenfundó su celular y dio la conversación por terminada. De modo que abogar por la decisión que tenía más sentido era un acto antipatriota. Había que seguir odiando a Chile hasta el fin de nuestros días, seguir acusando a sus habitantes de nuestro atraso…

Alguien me agarró del brazo. Era un viejo en una silla de ruedas. Se lo notaba incómodo en ese artefacto de metal chirriante, como si hubiera tardado toda la mañana en hacer que su cuerpo excesivo ingresara en ese espacio mínimo, y todavía no supiera muy bien cómo hacer para salir luego. Olía a alcohol, tenía una camisa rotosa y llena de remiendos, botas militares curiosamente bien lustradas.

Me separé de su mano crispada, de sus uñas sucias y sus dedos fofos.

—Los espíritus no lo van a dejar dormir —dijo.

—¿Qué espíritus? —respondí, perturbado por su mirada risueña, el gesto socarrón en los labios.

—No le hagas caso —dijo Lucas dándole la espalda—. Siempre es así, todos lo conocemos y le huimos, es un pesado.

—Los espíritus del Palacio. Es la casa del Maligno ahora.

—Yo no lo conocía —dije sin dejar de mirarlo de reojo. Su cara me asustaba.

—Me han dicho que duerme en la plaza hace años, aunque yo no lo he visto por las noches. Eso sí, si vienes por la madrugada seguro que lo encuentras. Creo que es un benemérito. Dice que el Estado le debe su indemnización.

—Joven para ser benemérito.

Nos dirigimos de regreso al Palacio. Sentí que la mirada del viejo me perseguía hasta que traspuse el umbral del edificio.

—Una cosa más —dije, deteniéndome antes de cruzar la calle—. ¿Sabe Canedo que yo escribo los discursos?

Lucas apagó el celular, se me acercó. Respiró hondo. Una paloma gris descendió a su lado en busca de unos mendrugos de pan en el suelo. La esperaban, dispuestas a la batalla, dos palomas de picotazos aguerridos.

—No todavía —se aclaró la garganta y limpió su boca con un pañuelo—. Verás, yo era el que le escribía los discursos durante mucho tiempo y sólo confía en mí. Si le digo que un desconocido está escribiendo sus discursos, por excelentes que sean, le va a dar un ataque. Pero no te preocupes, planeo decírselo apenas pase un tiempo prudente.

No dije nada, me distraje viendo a las palomas pelear por los mendrugos.

Dormí poco esos primeros días. Era un sueño interrumpido con frecuencia, mi mente no podía desconectarse y seguía trabajando y me entregaba frases con las que despertaba alerta incluso a las cuatro de la mañana. Encendía la lámpara de mi velador y escribía lo que se me había ocurrido en un block de papel carta. *Hermanos en el aliento y en el desaliento, estamos en una encrucijada que requiere algo más que el fervor de los que saben salir de laberintos, algo más que la fuerza de los que son capaces de abrir a machetazos una senda en el monte.* Uno de los temas que más me rondaba y debía afrontar en los discursos de Canedo era el de la "guerra de las razas" o "las dos Bolivias" que manejaba la oposición. Lucas me había recomendado que no lo hiciera e insistiera en el recurso retórico trillado de que todos éramos *hermanos*. A mí me parecía que el genio del escritor de discursos consistía en no huir de lo que se respiraba en el ambiente, aunque fuera éste un aire enrarecido; más bien, se debía asumir el problema y convertirlo en algo positivo, encontrar las palabras que le dieran una vuelta de tuerca para que quienes las escucharan, de pronto, tuvieran una perspectiva harto más reconfortante del asunto. El discurso de los dos países había calado hondo en el pueblo, que veía que la gran mayoría vivía en un estado de miseria mientras que un sector muy pequeño vivía en casas con amplios jardines y televisión por cable. Una gélida madrugada, con el cobertor azul hasta el cuello y una estufa a los pies de la cama, encontré la salida: radicalizar la idea de la oposición, pero a la vez insistir en nuestra unidad. La idea-fuerza giraría en torno a la frase "Muchas naciones, un solo país". Así le daba un giro positivo a nuestra diversidad.

Por supuesto, algún crítico diría que no aportaba nada nuevo para la resolución práctica de los conflictos, que era peligroso mencionar nación en ese contexto. Pero a mí sólo me concernía la resolución simbólica.

Cuando hablé con papá mi primer fin de semana en el trabajo le pedí que me dijera qué quería escuchar de la boca de Canedo. Tosió y me dijo que se me estaban subiendo los humos, ¿acaso podía hacerle decir cualquier cosa al presidente? No cualquier cosa, pero con un poco de creatividad podía disfrazar algún pedido en sus palabras.

—Yo no soy el pueblo. El pueblo son los taxistas, los informales, los campesinos. Yo al menos tengo mi columna, puedo opinar.

—Pero igual no te hacen caso.

—Aun así, puedo dar rienda suelta a mis críticas. El pueblo no tiene esos lujos.

—No creas, ahora están bien representados en el Congreso.

—¿Remigio Jiménez? Ése sólo representa a los más bulliciosos, a las minorías radicales que están dispuestas a luchar para hacerse oír. A la poblada, no al pueblo. Se cometen muchos pecados en su nombre. El verdadero pueblo es esa mayoría silenciosa a la que se abusa porque no habla. Su silencio otorga, es muy parecido a la estupidez.

Papá volvió a insistir: le parecía un atrevimiento que yo hubiera sugerido que era capaz de influir en Canedo. No hubo modo de convencerlo. Colgué.

Puse un compact pirata de Los Bacilos en el estéreo, abrí la ventana del living en mi departamento. Una brisa helada me hizo remecer el cuerpo. El Illimani adquiría una coloración violeta al atardecer; sus tres picos nevados se alzaban, majestuosos, sobre nuestros trabajos y días. Al vivir en La Paz entendía a los escritores que habían dedicado gran parte de su obra a crear una mitología en torno a esos colosos graníticos que nos rodeaban. Uno se sentía enano en torno a ellos.

Cerré la ventana. Yo no era uno de esos escritores y las montañas me importaban por instantes; al rato, volvía a sumirme en los esplendores y las miserias de nuestra vida a ras del suelo.

¿Y qué hubiera querido hacerle decir al presidente? Ah, ése era un problema. Estaba tan acostumbrado a encontrar las frases y las imágenes adecuadas para expresar las ideas y los sentimientos de los otros, que no sabía muy bien en qué creía. Bueno, quizás no tanto. Sabía lo que quería —expresar con convicción y elegancia lo que otros creían—, y ya era pedirme mucho que tuviera una posición definida respecto a lo que había que hacer con nuestras reservas de gas, si se debía hacer caso a los deseos de autonomía regional que emanaban de Santa Cruz, si se debía convocar a una Asamblea Constituyente para refundar la nación. No había votado por Canedo, porque no me seducía ni su programa ni su persona, pero tampoco había votado por los que ahora eran sus aliados ni por los que estaban en la oposición. En realidad, no había votado por nadie y pensaba que los políticos le hacían más mal que bien al país. Pero ahora que las posiciones se hallaban tan encontradas y había tanta emotividad en el aire, entendía que se me había dado la oportunidad de jugar un papel importante: tratar de que mis palabras tendieran puentes para el diálogo entre rivales que apenas se toleraban.

5

Canedo de la Tapia no dispuso de los tradicionales cien días de tregua con que los opositores solían recibir a un nuevo gobernante. Desde el primer día, su gobierno debió lidiar con numerosos frentes de batalla, que no dejaban de aumentar y complicarse semana a semana. En Tarija y Santa Cruz, los Sin Tierra tomaban haciendas. En el Chapare, los campesinos productores de coca se negaban a seguir con los planes de erradicación que el gobierno norteamericano exigía para que el país siguiera recibiendo asistencia económica. En La Paz, los policías amenazaban con una huelga indefinida si no se les subía el sueldo. Y en todo el país, las manifestaciones en contra de la venta del gas aumentaban. Canedo veía naufragar sus planes en el congreso, falto de una mayoría parlamentaria que pudiera respaldarlos. Su pelo estaba completamente blanco a fin de año.

Esos primeros meses, Canedo, aparte de sus continuos conciliábulos con los ejecutivos del Fondo, intentó reunirse con los principales líderes opositores, lograr de ellos ciertas concesiones para que lo dejaran gobernar. Cuando vino Remigio Jiménez, se organizó una recepción en el patio central del Palacio. Los mozos iban y venían con bandejas llenas de copas de vino, vasos de cerveza y bocaditos. Había ministros, parlamentarios, generales del Estado Mayor y periodistas. Pude incluso conocer a la mujer del vicepresidente: pequeña, morena, agraciada.

Me acerqué a Lucas, que hablaba con dos mujeres altas y atractivas. Me las presentó: la morena de labios carnosos se llamaba Natalia; la rubia de pómulos de modelo, Carola. Natalia llevaba un vestido azul largo, de cocktail, y el moño de su cabellera castaña era tan intrincado que debía haber pasado toda la mañana en la peluquería; Carola se vestía de manera más informal, los jeans apretados y un bolso de mano con los dibujos de las Supernenas. Las dos eran cruceñas.

¿Qué hacían en el Palacio? ¿Querían conocer a Jiménez y le habían pedido a Lucas que las invitara al cocktail? O quizás no era eso, muchos familiares y amigos de quienes trabajaban en el gobierno se acercaban al Palacio tan sólo por curiosidad, o para poder decir después "estuve en el Palacio", o para lograr un favor.

—Natalia trabaja en el ministerio de Finanzas —dijo Lucas—. Y Carola es su amiga y no tiene nada que ver con el gobierno.

—Por suerte —dijo Carola y lanzó una carcajada de estrépito. Tenía una cintura llamativa, descubierta, con un gancho a la altura del ombligo y la cola de una sirena tatuada que se perdía entre sus nalgas.

—Soy asesora del ministro de finanzas —dijo Natalia, seria—. Sé más específico la siguiente, Lucas, por favor, que sino van a creer que soy una simple secre.

—Así que economista.

—Pero no aburrida —dijo Natalia.

—Una buena compañera de equipo —terció Lucas.

—Bienvenida —dije.

—Hace más de un año que trabajo con Canedo. Soy yo la que debería darte la bienvenida. ¿Y vos a qué te dedicás?

—En UNICOM —intervino Lucas—, conmigo.

—Entonces es para preocuparse —dijo Carola, una mueca traviesa.

Sonreí.

Se me cruzó por la mente la imagen de mi hermano en ese mismo patio. Yo estaba en el despacho de papá cuando escuché la detonación. Salí primero, papá detrás de mí. Me detuve al ver el cuerpo de Felipe tirado en el piso; papá siguió corriendo, lo escuché gritar mientras se inclinaba sobre el cuerpo, junto al policía que pedía disculpas, "me dijo que quería ver mi revólver de cerca, jamás se me hubiera ocurrido". A mí tampoco, pensé, recordando la camiseta celeste del Bolívar que llevaba Felipe, tan manchada de sangre, el pantalón café de corderoy, las botas que usaba casi todos los días.

—Allá está el Nano —dijo Lucas—. Ven, Carola, te lo presento.

—Me da no sé qué —dijo ella, ruborizándose.

—No seas tímida —dijo Natalia, agarrándola de la mano—. Vamos, yo también te acompaño.

Los tres se fueron en busca de Nano. Los seguí con la mirada, admiré los jeans de Carola, el contoneo de la cola de la sirena.

Cuando llegó Remigio Jiménez, los invitados y los mozos se le acercaron para verlo pasar y saludarlo; tenía las mejillas carnosas y el lacio pelo negro le cubría la frente; su tórax robusto delataba la amplitud de los pulmones que debía haber necesitado en sus años de trompetista en Oruro. Cuando sonreía se le notaba el oro en uno de sus incisivos. Jeans Wrangler, una chamarra azul Nautica, tenis Nike (¿no era que luchaba contra la globalización? "Son Nikes piratas", me explicó uno de los diputados de su partido). ¿Era ese hombre que comía bocaditos y tenía un vaso de cerveza en la mano la misma persona que tan sólo días atrás había proclamado la necesidad de "llevar a la cultura occidental al paredón de fusilamiento"? Su personalidad contradictoria nos tenía fascinados: un día aceptaba las reglas de juego del sistema democrático, organizaba un partido con personería jurídica y era elegido al congreso; al día siguiente trizaba esa imagen y pedía a sus seguidores que bloquearan las carreteras del país y dinamitaran las estructuras "extranjerizantes" del sistema.

Cuando lo tuve frente a mí, no supe qué decirle, paralizado por la emoción. Lucas, que había regresado solo, me lo presentó. Me presentó también al senador que lo acompañaba, Filipo, un trotskista de la vieja guardia que mostraba cómo Remigio había logrado ampliar su propuesta más allá del tema de la defensa de la coca con el que se había iniciado en la política: ahora los intelectuales no eran la vanguardia de la revolución, eran los proletarios quienes estaban a la vanguardia y los intelectuales los seguían.

Remigio me estrechó la mano con fuerza.

—A ver si nos da un descanso —dijo Lucas con una sonrisa nerviosa—. Nos está haciendo trabajar horas extra. Tanta preocupación me está haciendo perder el pelo.

—Creo que ya lo ha perdido —dijo Remigio—. Pero no se queje. Por lo menos usted tiene trabajo. Por ahora.

Una carcajada burlona. Lucas volvió a sonreir, incómodo.

En la recepción vi una cara conocida: Hugo Zambrana, un rabioso izquierdista con el que había estado en

San Andrés (comenzó en historia, luego se pasó a la carrera de sociología). Zambrana era de los que durante los años universitarios escribía proclamas a favor de la subversión, y veía necesario seguir en Bolivia el camino de Sendero Luminoso; incluso había pasado un par de años en la cárcel por dinamitar torres de alta tensión con su grupo. Comenzó como asesor del Mallku —era uno de los que lo había ayudado a articular sus tesis acerca de la independencia de la nación aymara—, y luego se había transformado en un lúcido analista de la crisis del modelo neoliberal. Me acerqué a saludarlo. Era rubio, un jopo le cubría la frente; llevaba chompa roja y pantalones café de algodón. Nada en su aspecto hacía pensar en un dogmático de la revolución popular. De palabra fácil y telegénico, era muy requerido por los periodistas.

—Los años te han tratado bien —le dije después de saludarlo—. Pensé que volverías a la cárcel.

—Bueno —sonrió—, eso todavía no está descartado. Hay que intentar varios caminos y ver qué pasa.

—Y tú que pensaste que el sistema jamás le daría una oportunidad a los indígenas. Ya lo ves, el Remigio casi ha llegado al poder por la vía democrática. Es cuestión de ser pacientes.

—Hermanito, lo único que ustedes culitos blancos saben es pedir paciencia. ¿Hasta cuándo pues?

—Que yo sepa, tú también eres un culito blanco.

—Pero al menos no me enorgullezco de eso.

Antes de despedirme le dije que había leído sus ensayos en *Pulso* y *El juguete rabioso*, y que los encontraba cada vez más complejos.

—Uno te lee y se da cuenta de lo complicada que es nuestra realidad. Aunque, claro, el riesgo es perder lectores, que sólo te lean unos cuantos iniciados.

—He escuchado los últimos discursos de Nano —me respondió, la sonrisa orgullosa del que se sabe a punto de asestar una estocada mortal a su contrincante—. Por lo visto, no has perdido esa manía de simplificar la realidad al máximo.

Preferí no decir nada.

Lucas me contó luego que la reunión de Canedo con Jiménez había sido positiva, pero que el presidente, al no ceder al pedido de una Asamblea Constituyente y un referéndum por el gas, no había logrado extraer del líder opositor ningún compromiso de dejarlo gobernar tranquilo un buen tiempo. Luego se propaló el rumor de que el dirigente cocalero se había acercado al sillón presidencial, lo había tocado y dicho que no era muy cómodo.

—Con razón los k'aras que se sientan aquí terminan estreñidos. Voy a pedirle a un amigo carpintero que me prepare uno mejor.

¿Había pronunciado esas frases? No importaba: a los pocos días de su visita al Palacio, el pueblo creía que sí lo había hecho. Y eso importaba más que la verdad de lo ocurrido.

Puse sobre la mesa del living uno de los tableros de Palacio Quemado, el que tenía que ver con la muerte de Belzu en 1865. Belzu había sido nuestro primer gran populista, alguien que en un banquete había brindado, para sorpresa de sus invitados, porque su sucesor fuera un hombre de poncho. Había pasado casi un siglo y medio y su brindis no se había realizado. Pese a una revolución y múltiples golpes de estado, las fuerzas del *status quo* se las habían ingeniado para permanecer, y durar.

Tiré los dados, fui completando la historia que había hilado a la hora de armar el juego. Belzu se encuentra en el Palacio. El general Melgarejo inicia su insurrección en marzo de 1865. El veintisiete, llega con sus tropas a las cercanías de la plaza Mayor. Ingresa a ella con seis coraceros. Distingue a Belzu en una de las ventanas. Entra al Palacio, sube a grandes trancos al segundo piso. Estanislao Machicado sale a defender a Belzu. Un sargento que acompaña a Melgarejo asesina de un disparo a Machicado.

Belzu sale de un salón a la izquierda y se encuentra en la antesala con Melgarejo. Narciso Campero le da alcance a Melgarejo. Le quiere hacer recuerdo de las veces que Belzu le ha perdonado la vida. Entonces, un fogonazo, y Belzu, herido en el lado izquierdo de la cara, exhala un gemido y cae para atrás. Aquí la historia se torna confusa. La leyenda popular dice que Melgarejo asesinó a Belzu de un pistoletazo y luego salió al balcón principal del Palacio y gritó a la multitud congregada: "¡Belzu ha muerto! ¿Quién vive ahora?" La multitud, que apoyaba incondicionalmente a Belzu, habría gritado: "¡Viva Melgarejo!". Los historiadores serios dudan de esta versión local de la máxima *A Rey muerto, Rey puesto*.

Lanzo los dados una y otra vez, saco cartas y muevo fichas, termino el juego y lo recomienzo. Algunas veces Melgarejo es el asesino, otras alguno de los soldados anónimos que lo acompañaban. Hay ocasiones en que Belzu logra sobrevivir y es Melgarejo quien muere y el populismo tiene larga vida en nuestra historia.

En ninguna de las versiones se hace realidad el brindis de Belzu. Los hombres de poncho no llegan al Palacio.

A veces iba a visitar a mi tío Vicente los sábados por la tarde. Subía, jadeante, la pendiente adoquinada que iba a dar a la plaza frente a la cual se encontraba su casona. Me lo imaginaba sentado en un banco frente a la fuente de agua cantarina en el centro de la plaza, un gorrión posado en la rama de un gomero. Pero no, la plaza solía estar desierta, a veces un soldadito que charlaba con su enamorada, una rubicunda empleada del vecindario, la bicicleta apoyada en el banco.

Escuchaba a mi tío mientras tomábamos un café en su despacho o en el jardín. Me hizo confesar a qué me dedicaba en el Palacio. Me miró e hizo una sonrisa pícara. Con un pantalón de terno que se le chorreaba y una moña ajustada al cuello, me habló de la necesidad de escribir un libro sobre los grandes escritores de discursos que habían acompañado a los presidentes en la historia nacional.

—Nos revelaría tanto. Más de lo que se piensa. Conocemos tan poco. He leído varios libros sobre los que han escrito discursos a los presidentes yanquis. Son tan importantes para darle un estilo, una voz, un tono al hombre que lleva las riendas de la nación. Y para encontrar frases memorables. Roosevelt no escribió "De lo único que tenemos que tener miedo es del mismo miedo". Fue Louis Howe, su *speechwriter*. Y las mejores frases de Kennedy, esos quiasmos en "No preguntes lo que tu país puede hacer por ti sino lo que tú puedes hacer por tu país", o "Nunca negociemos con miedo, pero tampoco tengamos miedo a negociar nunca", le pertenecen a Theodore Sorenson. Sí, un libro. Lo necesitamos con urgencia.

Lo instaba a escribirlo, pero él daba un manotazo al aire y me decía tú eres el historiador. Me reía con una risa incrédula y le daba un mordisco a una manzana de la fuente de frutas que Eugenia, una de las empleadas, acomodaba cerca nuestro apenas nos sentábamos.

—Lo que quisiera escribir es historia, pero la que he vivido. Una biografía de Barrientos que pondrá las cosas en su sitio. La gente se olvida del general. Y el pueblo lo veneraba. Le gustaba ir a los pueblitos más alejados del país y reunirse con la gente humilde, entendía a los campesinos, manejaba el quechua a la maravilla y se defendía con el aymara. Martí dice en "Nuestra América" que nuestros gobernantes tienen que aprender a hablar en indio. Barrientos sabía hablar en indio. Y además nos libró del flagelo del comunismo.

Se acariciaba la barba blanca y los ojos se le humedecían. Se olvidaba de Dante y el resto de espectros majestuosos que atareaban su memoria, hacía caso omiso del gato que acariciaba a sus faldas, un animal tenebroso en su silencio e inmovilidad, y de pronto se largaba en un torrente de anécdotas sobre sus días en el Palacio. Había nostalgia y orgullo por su labor al lado de ese vigoroso general cochabambino del que hoy sólo parecía quedar uno que otro lugar común: le encantaba la chicha, era un inveterado mujeriego cuya debilidad era seducir cholitas en sus viajes por el campo, se convirtió en un enemigo de la izquierda por la decisión con que enfrentó al Che, murió en un sospechoso accidente de helicóptero...

—Eugenia, un vaso de agua por favor.

Su voz era un susurro, apenas lo había escuchado y pensé que Eugenia, seguro en la cocina, no podría haberlo hecho. Y sin embargo apareció minutos después con un vaso de agua. ¿Esperaba sus órdenes agazapada tras la puerta? ¿Los años a su servicio habían creado un lazo invisible que le permitía a ella, más que escucharlo, adivinar sus intenciones, saber en qué instante llegaría el pedido?

—Me alegra lo que estás haciendo —mi tío continuaba después de terminar el vaso y aclararse la garganta—. Los intelectuales debemos saltar al ruedo. El gran Beckett, ¿sabías que a veces le escribía los discursos a Mitterrand? Tu trabajo, bueno, no hay mejor manera que ésa para lograr que las palabras se tornen realidad.

Sentía un estremecimiento recorrerme todo el cuerpo: yo era uno de esos intelectuales capaces de unir las palabras a la acción. No uno de café sino de Palacio: quería ser útil a la nación. Lo sería más escribiendo discursos que haciendo cualquier otra cosa, o en todo caso narrando desde el centro de los acontecimientos y no desde los márgenes.

Cuando volvía a mi departamento, mi mirada se fijaba en las casas, en las laderas de las montañas —"La Paz, ciudad colgante de América": debía regalar esa frase a la Oficina de Turismo—, y me decía que el universo que construirían mis palabras por la boca del presidente Canedo sería harto más real que esas casas.

Entre agosto y diciembre, el poder del Coyote fue creciendo. El Coyote tenía una ventaja con relación a otros ministros: Canedo le tenía confianza plena. Creía que una conspiración narco-anarquista se había puesto en marcha para lograr que el gobierno cayera y estaba dispuesto a usar la fuerza para torcerle el brazo. Canedo lo escuchaba y asentía. Luego Mendoza le decía que lo sugerido por el Coyote era insensato.

—Remigio defiende a los cocaleros —le escuché

decir a Mendoza en el despacho de Nano; yo me encontraba con Lucas tomando apuntes para preparar un mensaje—, pero jamás se han hallado pruebas que lo relacionen con el narcotráfico. Coca y cocaína son dos temas muy diferentes. Será demagogo con el tema del gas, pero eso es otra cosa.

—Que no se hayan encontrado pruebas no significa que no esté metido —insistió el Coyote—. Es cuestión de que me den tiempo.

—Nano —dijo Mendoza señalando al Coyote—, si le haces caso, terminará llevando al gobierno al borde del precipicio.

—El gobierno está siempre al borde del precipicio —dijo el Coyote—. Y no puede actuar con miedo a la caída.

Nano vacilaba, pero terminaba por creerle al Coyote. Mendoza y otros que buscaban salidas dialogadas a la crisis —el ministro de Planeamiento cruceño, el viceministro de Gobierno—, fueron quedándose solos. Lucas me dijo que Mendoza nos visitaba porque en realidad no tenía mucho que hacer.

—Los mastodontes del MNR, con el Coyote a la cabeza, lo han aislado. No toman en cuenta su opinión para nada. Les ha ayudado a ganar las elecciones, y ahora ya no les sirve de mucho. Tampoco es que sirva para algo. Es un caído del catre para la política.

Juan Luis le había contado a Lucas que, a pedido de Nano, a fines del año pasado había llevado a cabo encuestas entre la clase media para escoger cuál de diez nombres posibles era el más conocido y respetado. Las encuestas dieron por ganador a Mendoza, lo cual terminó por convencer a Nano de la necesidad de ofrecerle la vicepresidencia. Lucas también me dijo que Nano había pagado unas deudas de Mendoza para animarlo a ingresar en política.

Poco a poco, bajo el pulso inflexible del Coyote, el gobierno fue endureciéndose. Se hicieron normales las manifestaciones dispersadas con base en gases y mano dura en los arrestos. Se militarizó el Chapare, y no hubo semana en que las escaramuzas entre soldados y cocaleros no terminaran mal. Cuando murió un soldado debido a una granada que un campesino había lanzado, el Coyote desplegó una intensa campaña mediática para lograr que esa muerte se le achacara a Jiménez ya que, como éste todavía tenía el cargo de dirigente máximo del sindicato de productores de coca, era el "autor intelectual" del atentado: la consigna gubernamental era neutralizar la credibilidad que Jiménez se había ganado entre los sectores populares, si era posible invalidarlo como opción política. El resultado de la campaña de desprestigio fue predecible: algunos sectores de la clase media se la creyeron, pero la gran mayoría vio los ataques como una muestra más de que el gobierno no estaba del lado del pueblo.

No los culpaba: yo tampoco creía en el gobierno. Sin embargo, fui fiel al trabajo que se me había encomendado e hice todo lo posible por dotar de elocuencia, magnanimidad y compasión a Canedo. Hice que se preocupara —mejor, hice que pareciera que se preocupaba— por todos esos pobres que se iban envalentonando ante la falta de salidas a la crisis y, sin nada que perder, acudían en masa a las manifestaciones fervorosas de la oposición, dejaban de tenerle miedo a la policía y a los militares, se enfrentaban con piedras a los gases y bloqueaban los caminos del Altiplano. En un discurso en Río Fugitivo, le hice decir a Nano —con la venia de Lucas, que leía y aprobaba cada una de mis frases— que entendía las penurias de la gente. *Es por eso que he decidido donar mi sueldo a los niños huérfanos, a los ancianos. Los afortunados como yo deberían seguir mi ejemplo, desprenderse de sus posesiones, el uno por ciento de lo que ganan puede dar de comer a muchos.* En un mensaje con motivo del día de las Fuerzas Armadas, le hice decir que los uniformados debían estar *con y no contra el pueblo, nadie puede estar contra el pueblo porque todos somos el pueblo.*

Lucas recibía las felicitaciones de Nano y yo aceptaba mi invisibilidad: mi obsesión por lograr textos impecables ni siquiera me daba tregua para pelear porque se reconociera mi labor. Lo que sí me carcomía cuando caminaba por los pasillos del Palacio o me recostaba en cama por las noches, era una aguda sensación de impotencia, porque mis palabras eran incapaces de convencer a la gente de las buenas intenciones de Canedo. Sus gestos faciales y movimientos corporales no acompañaban al discurso. Había una gran disonancia entre la compasión que emanaba de las palabras y el cuerpo tenso y a la defensiva de Canedo, el rostro adusto y el ceño fruncido del que dice las cosas no por convicción sino obligado por las circunstancias. Pero no sólo se trataba de Nano: se trataba de mí, de todos nosotros quienes vivíamos en el Palacio y no podíamos entender al pueblo. Alicia me había enseñado que no había punto posible de encuentro en nuestras discusiones porque las líneas paralelas no se tocaban. Mis palabras aladas iban flotando entre un mensajero que las emitía sin convicción y quienes las recibían, sin deseos de ver si les servía lo que ellas llevaban consigo.

Había algo que hacía tolerable la invisibilidad y la impotencia. Era la sensación de formar parte de un prestigioso grupo de conjurados que había atareado los Palacios presidenciales del universo: aquellos escribas que se habían legitimado al decir que a través de sus palabras le darían voz a los sin voz, pero que, más allá de las buenas intenciones, habían sobre todo terminado dándole palabras, frases, párrafos, discursos, incluso una ideología, a quienes se sentaban en el sillón presidencial. Vivía en esa ciudadela de aire turbio en la que las palabras tenían el poder de ordenar un país, o al menos creía que lo tenían. No me había tocado una quilla, ni pluma de ganso ni lapicero, ni siquiera máquina de escribir; sí la computadora, instrumento dócil en mis manos, una tecla para cortar y otra para insertar, los dedos que se apoyan en el código del alfabeto desparramado en el tablero, el sentido que se organiza en la pantalla, el texto que se imprime y se revisa, la versión final que va a dar al despacho de Canedo de la Tapia, una o dos prácticas para medir las pausas, encontrar el tono adecuado, los momentos en que es necesario pronunciar con fuerza una palabra, darle el impacto necesario al final de la frase, luego el presidente que se ubica en la mesa de su despacho o en un podio o una tarima y se da la orden de rodar a las cámaras, compañeros, compañeros, estamos en vivo, el señor presidente se va a dirigir a la nación, los acordes del himno nacional, la cámara que se enfoca en el rostro de Canedo, el vaso de agua, compatriotas, querido pueblo de Bolivia, el saludo de turno, y ahí, ahí no estoy yo pero lo estoy, y me conmuevo, porque apenas se pronuncian las palabras, mis palabras, la realidad deja de ser lo que era y se convierte en otra, soy invisible pero sin mí esto no existiría.

Escribía los discursos de Nano pero secretamente ansiaba ser el colaborador de Luis Mendoza. Nuestras charlas en UNICOM lo habían transformado, de presentador de televisión con una labia admirable, uno de esos talentosos monocordes que se van agotando en la repetición de la única partitura que un demiurgo generoso les ha provisto, a una *rara avis*: un intelectual de peso que no parecía vivir obsesionado por tres o cuatro ideas abstractas. Mendoza sabía de Peckinpah, historia colonial, la saga de equipos de fútbol menores como el Aurora o la composición del gabinete ministerial de Villarroel. Su genio podía haberlo hecho muy popular. No era así porque toda su personalidad estaba envuelta por un aura intimidatoria y carente de carisma, como esos compañeros de curso que, ante el aplauso de todos, disfrutaban corrigiendo al profesor de matemáticas cuando éste se equivocaba al hacer un ejercicio en el pizarrón; sin embargo, al rato despilfarraban los aplausos, pues eran incapaces de refrenar su carácter y también se burlaban cuando uno de los compañeros más desvalidos, alguien que no era de muchas luces pero caía bien a todos, salía al pizarrón a intentar resolver el mismo ejercicio.

En las reuniones de gabinete a las que se me permitía asistir me identificaba con Mendoza al verlo defendiendo con ahínco un gobierno en el que no creía del todo. Se lo notaba cada vez más acorralado, solitario en su fe inquebrantable en que la ética y la moral debían ocupar un lugar trascendente en la política. Se quejaba de los muertos inocentes y decía, citando a Camus, que ningún gobierno, ninguna ideología justificaba una sola muerte. La cara se le transformaba, la barbilla se iba hacia adelante, como proyectando fuerza, y las pupilas se expandían en un gesto de indignación. Sus manos, tensas, se convertían en puños. Disfrutaba de su rol de disidente:

si su independencia política lo había convertido en el compañero de fórmula ideal de Canedo, entonces cada movimiento, cada palabra suya querían mostrar de manera enfática que el poder no lo había cambiado. Si no lo tomaban en cuenta, él se las arreglaría para hacer que se arrepintieran de ese desdén.

El Coyote no perdía tiempo en contestarle y, alzando la voz, le decía que ningún muerto era inocente y que ese tal Camus estaba equivocado: la justificación para la existencia del Estado era, precisamente, su monopolio de la violencia en la sociedad. El Estado existía porque podía ser violento si las circunstancias lo requerían.

—Hace un buen rato que el Estado aquí ha perdido ese monopolio. Tenemos que recuperarlo a como dé lugar. Se le tiene que tener miedo. Si ellos están dispuestos a dar su sangre para llegar al poder, nosotros tenemos que estar dispuestos a lo mismo para impedirlo.

Nano terciaba en la disputa y decía que el gobierno no podía ser responsable de todas las muertes; había que ponerse en la piel de un soldadito miedoso ante el avance del Oso, incapaz de reaccionar de otra forma que no fuera el apretar el gatillo.

—Nuestros militares no están bien entrenados —dijo una vez—, ocurren errores y no se nos puede pasar la factura de todo. Quizás habría que pensarlo dos veces antes de mandarlos a enfrentarse a una manifestación…

—Para hacer tortillas hay que romper algunos huevos —dijo el Coyote.

—No se trata de tortillas —dijo Mendoza—. Se trata de seres humanos.

—Luisito tiene razón —dijo el viceministro de Gobierno, un gordo de mofletes y barba entrecana—. Debe primar el diálogo antes que nada. No hay que cerrarnos al clamor popular.

—Clamor popular las pelotas —dijo el Coyote—. Si hay algún muerto, el MNR jamás le ha tenido miedo a los muertos.

—Disculpen que insista —dijo Mendoza levantando la voz—. Pero vale la pena hacerlo: nada justifica…

—Cuando lo escucho al Luisito me quiero tomar una Cocacola —dijo Canedo, sonriente—, y cuando escucho al Peña, quiero tragar cianuro.

El Coyote se marchó intempestivamente de la reunión. La preocupación cruzó el semblante de Canedo. Dependía del Coyote, le tenía un cariño genuino. Parecía verlo como a un hijo que a veces se descarriaba pero siempre volvía al redil. En una entrevista, el Coyote había confesado que siempre llevaba una estampita de la Virgen de Urkupiña en uno de los bolsillos interiores de su saco, y que sólo le tenía miedo a "Dios, los gringos y el Nano". Estaba convencido de que ese trío era en realidad un duo, y comenzaba a sospechar que ni Dios ni los gringos eran capaces de infundir un gran temor en el Coyote.

Sentí que debía decirle a Mendoza que había obrado bien. En un encuentro con los líderes de la Iglesia en el salón de los Espejos, observé que Mendoza se dirigía al baño sin sus guardaespaldas y aproveché para acercarme con cuidado. Algunos en el Palacio, incluido Lucas, comenzaban a verlo como un sujeto desleal en quien no se podía confiar, un ser sin agallas, un calzonazo. Lucas me había contado que habían visto a la esposa de Mendoza entrar a una tienda de telas junto a una francesa, y que ambas charlaban de lo más animadas. "Es la misma de los rumores, la que trabaja en una ONG. ¿Qué has dicho?" Le dije que estaba seguro que era un rumor inventado por el Coyote, un golpe bajo de la peor especie.

Estábamos orinando lado a lado, Mendoza un chorro imparable, yo una esforzadas gotitas.

—Hay gente que está con usted —dije.

—Se me dio un puesto importante en el gobierno y luego resulta que debo quedarme callado —me dijo sin mirarme, preocupado porque no le salpicaran unas gotas en el pantalón—. Estamos muy mal acostumbrados. Creemos que porque tenemos un poco de poder debemos servirnos de él, cuando en realidad debería ser al revés.

—Es así. Es así.

—Pero no voy a cejar. Voy aprendiendo. Y haré lo que se me ha encomendado.

—Hay gente que está con usted —volví a repetir sin mirarlo, esta vez preocupado porque mi pantalón saliera indemne de las gotas.

Antes de salir me preguntó si últimamente me había dado una vuelta por el Salón de los Retratos. Le dije que no.

—Se va a sorprender. He conseguido cuadros magníficos. Ha cambiado la cara de la galería.

Me pregunté cuánta gente en el Palacio valoraría su esfuerzo estético.

—Y es sólo el comienzo. Hay muchas cosas más que renovar en este edificio.

Asentí.

Esa misma tarde un choque entre militares y campesinos que bloqueaban un camino en el Chapare se saldó con tres campesinos muertos. Remigio declaró en Radio Panamericana que a partir de ahora habría dos gobiernos: mientras Nano gobernaba desde el Palacio para las transnacionales y contra el pueblo, él formaba parte del Estado Mayor del Pueblo y gobernaría desde la calle.

Escribía en el salón contiguo a nuestro despacho, cuando la puerta se abrió y apareció Lucas.

—El Coyote te llama a su despacho.

Le pregunté de qué se trataba.

—Ni idea —dijo, contestando una llamada en su celular—. Dice que te apures.

Me dirigí a la oficina del Coyote con pasos lentos e intranquilos.

La secretaria me hizo pasar. El despacho era austero, un escudo nacional y el retrato de Canedo en una de las paredes; en otra, un óleo puntillista de un soldado de los Colorados, la mirada altiva y la bayoneta calada. En la mesa de trabajo, la foto de su esposa y sus hijas gemelas, pelirrojas, encantadoras. Me tomó por sorpresa: me había olvidado de que el Coyote era también un padre de familia, un esposo.

—Seguro ya sabes lo que ocurrió esta tarde en el Chapare.

Se levantó de la mesa y se me acercó. Me dio la mano, blanda; pensé en un pescado muerto. Mientras hablaba caminaba intranquilo en torno mío. Yo giraba para seguirlo con la mirada.

—Como siempre, me acusan de ser el cerebro detrás de estas muertes. Un poco más y soy yo el que apretó el gatillo. La prensa reportará esto hasta el cansancio, atizará el fuego del que se alimenta la oposición. Los periodistas son buitres que viven de la carroña.

Me dio la espalda, se detuvo frente al óleo del soldado. A lo lejos se oía el sonido irritante de un celular.

—Necesito que me escribas unas palabras —dijo atusándose el bigote—. No más de una página. El objetivo es calmar a la oposición porque van a tratar de aprovecharse de este… incidente. No las escribo yo porque en este momento no me salen. Y tampoco quisiera improvisar, tengo conferencia de prensa en cuarenta y cinco minutos.

—Pero…

—Todo el mundo sabe que eres tú el que le escribe los discursos al Nano.

Era bueno saber que no había funcionado el crudo intento de Lucas de apropiarse de mis logros.

—Han cambiado mucho desde que es presidente y tú entraste a trabajar con Lucas. El léxico, las metáforas, todo. No es que Lucas sea malo, digamos que es más común y corriente.

Crucé las manos, miré la araña de cristal que colgaba del techo. Se me pedía algo que jamás me había gustado hacer: definirme.

Me entretuve siguiendo los diseños geométricos de la alfombra a mis pies. Miré mi reloj. Cerré los ojos.

¿Era posible decirle no al Coyote?

Escribí dos páginas en menos de media hora, en el mismo despacho del Coyote, mientras éste hablaba con los generales del Estado Mayor y los felicitaba por su decisión de usar la fuerza para mantener vigente el Estado de derecho en el país.

Sentí que había traicionado a Mendoza. Se decepcionaría de mí apenas se enterara de que había colaborado con el Coyote. Me consolé pensando que lo había hecho por una causa mayor. Quizás aquí mis palabras tendrían más oportunidad de ser oídas y creídas que cuando Canedo las pronunciaba.

6

Mi colaboración con el Coyote continuó las siguientes semanas. Para evitar suspicacias en caso de que me vieran visitando seguido su despacho, concebimos un método por el cual le enviaba todas las frases que debía decir a través del correo electrónico privado de su secretaria. El Coyote me las devolvía con cambios y sugerencias que yo volvía a pulir, en un ida y vuelta incesante. Era un verdadero trabajo de colaboración: al final, no sabía a ciencia cierta cuáles eran mis frases y cuáles las suyas. En ese sentido era diferente a Canedo, que, una vez que hablaba con Lucas y conmigo y nos decía qué era lo que quería decir, qué temas le interesaba tratar, nos dejaba con libertad para escribir su mensaje.

Gozaba trabajando para Canedo y el Coyote a la vez, en ocasiones vistiéndome diferentes trajes en una misma sentada. Sólo debía cuidarme de no mezclar las características que había desarrollado para los discursos de Canedo con las que creaba para el Coyote. No era difícil. Cuando escribía para Canedo buceaba en mi lado compasivo y utilizaba un lenguaje metafórico que ablandaba las verdades o al menos las disfrazaba o dotaba de una ambigüedad que se prestaba a interpretaciones múltiples, mientras que cuando se trataba del Coyote apelaba a la firmeza y mi lenguaje era seco, carente de florituras. Si Canedo decía: "Estamos a favor de quienes trabajan para el desarrollo de este país, pues el roble sólo crece cuando circula la savia cotidianamente"; el Coyote concretaba, amenazante: "Bloquear una carretera es bloquearnos a nosotros mismos. No lo permitiremos".

Desde la sombra, me sentía a cargo de dos enormes marionetas en un escenario lleno de sangre y humo y ruido. A veces las marionetas hablaban entre sí y yo trataba de que no se contradijeran, de que lo suyo fuera un concierto, una armonía de voces. Hubiera querido que todos lo supieran y me admiraran, pero a la vez sabía que se requería del silencio para que mi partitura triunfara.

Un martes a mediados de diciembre, me dirigí a Miles, el club de jazz en el que había conocido a mi exmujer. Era la medianoche, había estado escribiendo discursos para Canedo y el Coyote, me dolían las manos, necesitaba relajarme.

Me acerqué a la barra, pedí un Old Parr. Las paredes del club habían sido redecoradas con gigantografías de Los Beatles y el techo pintado de azul chillón tachonado de estrellas. En el escenario un grupo de cuatro muchachos tocaba una canción de Maná. Le pregunté al barman por qué el club seguía llamándose Miles. Me dijo que el nuevo dueño quería ampliar la clientela y ahora sólo ofrecían jazz dos noches a la semana.

En una mesa se encontraban Natalia y Carola, las guapas de la recepción en honor a Jiménez. Natalia me reconoció y me llamó a su mesa. Me acerqué, se incorporó y la besé en la mejilla; todavía envuelto en la fragancia de su perfume, té verde o algo similar, le pregunté qué tal el trabajo.

—No me hablés. Soy la primera en llegar y la última en irme. El ministro abusa.

—Me pasa lo mismo. Claro que en mi caso no se trata de un ministro sino de tu amigo Lucas.

—Que puede ser más déspota que un ministro.

—Todavía no me ha mostrado esa faceta.

—Nunca te la mostrará. Su truco es abusar de los demás sin que se den cuenta que están siendo abusados. Vení, sentate con nosotros.

—Es noche de solteras —dijo Carola, exhalando una bocanada de humo que fue a dar a mi cara y me hizo toser—. Bueno, todas las noches lo son para mí.

—No pongás esa cara —me dijo Natalia—. Seguro te dijeron que estoy casada. Separada hace como seis meses, para ser precisa. Y no vuelvo más con él, por si acaso.

Era la primera vez que salía desde su separación, Carola había insistido, ya era hora. Natalia estaba decepcionada de los hombres, decidió separarse cuando se enteró de que su esposo tenía una amante y estaba esperando un hijo suyo, y para colmo, cómo decírtelo, mejor sin eufemismos, el hijo de puta me pegaba.

Lo decía con un tono hostil. Mis labios dibujaron una mueca leve, como diciéndole que la comprendía.

Carola me preguntó si era casado. Tenía una mirada luminosa, pícara. Sus párpados se movían continuamente, las cejas se fruncían, los labios habían aprendido a decir muchas cosas con leves movimientos de las comisuras, las aletas de la nariz palpitaban a la hora de afirmar o negar. Su belleza estaba viva, no era una de esas esculturas de mujer a las que uno tiene miedo de acercarse porque parecen tan frágiles que al menor gesto se rompen, o porque su impasibilidad helada desarma cualquier posibilidad de contacto.

—También divorciado —respondí.

Se rieron, me dieron la mano, bienvenido al club. Carola se había divorciado hacía un año, era modelo en Santa Cruz hasta que una oferta para dirigir un programa matinal en la televisión la tentó y se vino a La Paz. Al final no le dieron el trabajo, pero decidió no volver a Santa Cruz: allí se encontraba con su ex en todas partes.

Natalia me preguntó si le había sido siempre fiel a mi mujer.

—Desafortunadamente sí, más bien ella fue la que me engañó.

Volvieron a reír.

—Al menos una sacó la cara por nosotras —dijo Carola.

—Una vez más, bienvenido al club —dijo Natalia.

Natalia llevaba una camisa azul que mostraba su cintura. Mientras bailábamos, coloqué mis manos en su piel y sentí el principio palpitante de una erección. Había estado trabajando mucho, necesitaba salir más, ver gente. Uno llegaba al Palacio y se abroquelaba y olvidaba del resto. No todo era ejercer de escriba, dibujar las palabras que otros pronunciarían.

—Tus manos están frías, corazón.

—Es cuestión de un par de canciones más —dije, armándome de valor. Ella sonrió, sonreía mucho, tenía dientes blancos y simétricos. Sus orejas eran pequeñas, los aretes en forma de perlas colgaban de los lóbulos como intentando desgajarlos.

Tocó mi cicatriz en la frente, me preguntó qué me había pasado.

—Tuve un accidente a los doce años. Perdí el conocimiento toda una tarde.

—No te creo.

—No te preocupes. A veces yo tampoco, y se me hace como que no he despertado y todavía sigo inconsciente.

—Yaaa, eso te creo menos —se rió.

—Ahora te salió la paceña.

Nos quedamos hasta las tres de la mañana. Para ese entonces Carola estaba con el guitarrista de la banda. Les dije que podíamos continuarla en mi departamento, quedaba cerca, tenía una botella de whisky y un buen estéreo. Asintieron.

Salimos del club emparejados. Una ráfaga helada de viento sacudió los árboles de la avenida, nos golpeó el rostro. El cuerpo de Natalia se apretaba contra el mío. Nos iluminaron, intermitentes, las luces de un jeep lleno de mujeres estrepitosas y las de un taxi raudo. Se nos acercó una campesina a pedirnos limosna; la ignoré pero Natalia no, se detuvo y le dio unas monedas. La mujer le besó la mano y se fue.

—Están en todas partes —dije—. Si uno comienza a dar nunca termina.

—Igual me dan pena —dijo Natalia.

Natalia y yo nos fuimos en su auto, Carola en el del guitarrista. Les di la dirección del departamento, quedamos en vernos en la puerta. En el camino paramos a comer unos sandwiches en una esquina de la 20 de octubre, nos acompañaron un par de borrachos que cantaban un bolero a voz en cuello.

Esperamos diez minutos estacionados en la entrada del edificio. No llegaban. Sugerí que pasáramos al departamento, allí no haría tanto frío. Tocarían el timbre, los veríamos desde la ventana. Entramos.

—Le falta vida a tu depar —dijo, mirando la sala de estar de paredes desnudas—. No sé, cuadros, plantas…

—Una mano de mujer.

—No jodas. Esto no es cuestión de sexos sino de buen gusto.

Preparé un par de whiskies, puse a Café Tacuba en el estéreo. Ella quería escuchar la canción del adolescente que se enamoraba de Mariana, la mamá de su amigo. La letra le parecía poesía pura, algún día leería la novela en la que estaba inspirada, le habían dicho que era corta.

Me preguntó a qué me dedicaba en el Palacio.

—Ya lo sabes. Trabajo en la oficina de prensa de UNICOM. Nada interesante.

—Si trabajás con Lucas es que se trata de algo interesante, pero no me querés contar —Natalia tenía un vozarrón que retumbaba en las paredes del pequeño departamento.

—Es bien aburrido. Palabra. Revisar discursos, esas cosas. ¿Y tú?

—Me estás cambiando el tema, no creás que no me di cuenta. Me puse a trabajar porque la relación se puso mal con el hijo de puta y yo sospechaba que terminaríamos mal. Tengo tres hijos, ¿lo podés creer?

—No pareces. Tan joven. Y bien conservada.

—Vinieron uno tras otro. Mi culpa nomás, el hijo de puta soñaba con tener una familia grande, con muchos hijos, y yo se lo acepté. Son lindísimos y no me arrepiento. Pero es bien pesado. Y para cuidarme, una hora diaria de gimnasio. Claro que ahora con el trabajo, apenas tengo tiempo… Estoy tratando de ir tres veces a la semana. ¿Y vos? Contame de tu ex.

—Es una larga historia, te la cuento en otra.

Nos acercamos al living. Natalia observó desde la ventana los edificios aledaños, recortados en la penumbra; las faldas de las montañas estaban sembradas de luces.

—Men at Work, Thompson Twins —dijo revisando mi colección de compacts—, ¿de dónde han salido estos grupos?

—Soy de los ochenta y con orgullo.

—U2, Queen, Bacilos, Diego Torres, Pacha, Azul Azul… si esto no es eclecticismo no sé qué es.

—Algunos son de mi ex. Los olvidó. Pero me gustan.

—Te debería dar vergüenza. Casi todos son piratas.

—Quise comprar el de Bacilos en una tienda. Costaba cien bolivianos, dizque porque lo habían traído de Miami. Lo encontré en el Prado a diez.

Nos sentamos en el sofá. Vio sobre la mesa el tablero con las fichas de Palacio Quemado.

—¿Y eso qué es?

—Un juego de mesa que inventé de niño. Tipo Clue, sólo que en vez de muertos y sospechosos hay presidentes y conspiradores.

Alzó la ficha de metal que correspondía al presidente —un general de un ejército de soldados de plomo—, leyó los nombres en las habitaciones del tablero.

—O sea que desde niño ya jugabas en el Palacio. Todo un predestinado.

—Vivía ahí, que es muy diferente. Mi papá era ministro de informaciones de Banzer.

—Ah, ya va asomando el pasado turbio. Eso tampoco me lo contarás, supongo. Otra larga historia.

—Más bien no. Papá fue ministro hasta que mi hermano mayor se suicidó. Se hizo pesado vivir en La Paz y nos fuimos un tiempo al Perú.

—Lo siento. Si querés cambiamos de tema.

—Es que no hay más. Ni siquiera sé por qué se suicidó.

Natalia jugaba con la cadena de oro que tenía en el cuello, se metía la cruz a la boca; su incomodidad la hizo guardarse las ganas que tenía de saber más.

—La verdad, mi trabajo me cansa —dijo—. Espero salir de pobre pronto y renunciar. Soy representante de una compañía. Quiero venderle algo al gobierno. Me he reunido un par de veces con el ministro de Defensa, parece interesado pero no afloja, es durísimo a la hora de negociar.

—Si trabajas para el gobierno es ilegal que quieras venderle algo. Conflicto de intereses.

—Todo el mundo lo hace, por favor no jodás con tu moralina.

—¿Y qué quieres vender?

—Chalecos antibala... La fábrica es de unos amigos, yo sólo soy la intermediaria... Pero sacaría cincuenta dólares por chaleco. Calculá si les vendo mil chalecos...

Moví la cabeza, impresionado.

—No está nada mal. Espero que me toque algo. Aunque sea una cena en un buen restaurante.

—Te tocará, te tocará —sonrió—. Deberías animarte a ayudarme.

—Lo pensaré.

A la media hora, quedaba claro que Carola y el guitarrista no llegarían. A la hora, se había producido una transformación en Natalia: la voz le temblaba, se comía algunas palabras y era difícil seguir todo lo que decía.

—Hija de puta, le dije que no me dejara sola. Ahora sí que no me animo a manejar... Ya sé lo que ha hecho. Se jode solita. Yo quería que conozca a otros hombres. No le conviene.

—¿Qué ha hecho?

—Le prometí que no abriría la boca.

—Confiá en mí.

—Así que te gusta el chisme. ¿Te lo cuento? No me lo perdonará. No abrís tu boca vos, please. Seguro se hizo dejar en su departamento con el guitarrista, buen tipo pero medio caído del catre. Está loca de amor y no sé qué le ve. O más bien sé qué es, pero igual…

—¿Quién?

—¿No te acuerdas ese día que nos viste en el Palacio?

—¡No! ¿En serio? Ni se me hubiera ocurrido.

—Ahora vos sos el caído del catre. Todos son igual. ¿No me digás que no sabés del Coyote, de mi jefe, de Lucas?

—De Lucas algo. Pero esto me sorprende.

—Que no te sorprenda nada.

—¿Tú los has visto?

—No.

—Entonces es puro chisme.

—Yo le creo a Carola.

Recordé a Gisella, una exenamorada de las vacaciones de fin de año en Cochabamba que, decían, había sido amante de Paz Zamora después de cortar conmigo. También recordé haber pasado la fiesta de año nuevo, el de la despedida del milenio, en casa de una pareja de conocidos de unos amigos por la Muyurina. La casa me había impresionado; había en ella muebles coloniales fastuosos, cuadros de Gíldaro Antezana, un jardín interminable, una piscina inmensa, habitaciones para huéspedes. Al salir, caminábamos por el sendero de grava de la casa rumbo al estacionamiento cuando no pude refrenar la curiosidad y les pregunté a mis amigos en qué trabajaban los papás de los anfitriones. Uno de ellos me miró sonriendo y me dijo que la casa era de la mujer, no de sus papás, que el esposo no trabajaba y lo único que sabía de él era que se pasaba todos los días jugando golf en el Country. Pregunté en qué trabajaba la mujer. En nada, fue la respuesta. Es la amante de Banzer. Inquirí, incrédulo, si eso lo sabía el marido. Debe saberlo. Pero se hace al loco. Le conviene.

—La voy a pagar mañana… —balbuceó Natalia—. Se levantan a las siete… Desde esa hora corretean por la casa. Ahí si te quiero ver con tu estado de coma… Te harían despertar a la fuerza… ¿Me puedo echar en tu cama? La cabeza me revienta.

La hice pasar al cuarto, la cubrí con una manta y volví a la sala. No terminaba de creer lo de Nano y Carola. ¿Los dos, abrazados en la cama del departamento que ella alquilaba en la Isabel la Católica? Imposible.

Encendí la computadora. Escribiría una media hora antes de irme a dormir.

No me salió una sola línea. Estaba nervioso, una mujer dormía en mi cama y yo no sabía qué hacer. Habíamos coqueteado, intercambiado caricias furtivas, pero todo había sido muy discreto y no me había animado a dar el siguiente paso.

Fui a la cocina, tomé de golpe medio vaso de whisky y me dirigí al cuarto. Me eché en la cama al lado de Natalia. Su piel exhalaba un vaho cálido. Había estado pocas veces en una situación similar, cuando llegaba a un espacio tan íntimo ya se había firmado un acuerdo mediante el cual la negativa sólo podía entenderse como una finta para producir más insistencia, y al final la aceptación. Ahora, sin embargo, el rechazo era una posibilidad real. Observé el cielorraso desfondado, encontré una telaraña en una esquina, me pregunté cuál era la mejor estrategia a seguir. Dejaba que el tiempo se dilatara en espera de una revelación que condujera mis actos.

Natalia se dio la vuelta y, con los ojos cerrados, apoyó una de sus manos sobre la hebilla de mi cinturón. Eso me hizo lanzar las cavilaciones por la borda. Le toqué los senos y le besé la boca entrecerrada y somnolienta; luego metí mi lengua entre sus labios. Se dejó hacer. Fue desperezándose, y cuando despertó me comenzó a besar y tocar con tanta furia, tanta sed, que me arrepentí de haber perdido tiempo.

Le costó desabrochar su cinturón. Tuve que ayudarla.

—Estoy cansada de aparentar que soy una mujer decente, una señora bien.

—¿Qué posición te gusta más?

—Como los perros. Y no te asustés si grito.

No era de los hombres a los que les gustaba ser agresivo, los que estaban en contacto con el lado brutal de su masculinidad. Pero esa madrugada lo estuve con Natalia, necesitaba estarlo, tenía demasiada tensión acumulada. Me dio la espalda, apoyé las manos en su culo y la penetré. Luego puse una mano en su cuello; perdió el equilibrio y terminó echada en la cama y con el rostro hundido en la almohada. Sudorosos y jadeantes, no tardamos en venirnos.

Con Natalia recostada en mi pecho, soñé con Canedo y el Coyote.

7

Pasé las fiestas de fin de año en Cochabamba. Hubo una tregua navideña en las protestas, un gesto benevolente de la oposición. Fue el único período de paz desde la asunción de Canedo. Pasado el año nuevo, nos esperaría el redoble marcial de las huelgas y protestas callejeras. Hice todo lo posible por disfrutar del ambiente festivo en las calles, las luces de colores en la Heroínas y en el Prado, las palmeras de la plaza 14 de Septiembre con enormes esferas de cristal en sus ramas. No había movimiento en las tiendas, la gente no tenía dinero. Se trataba de una navidad pobre, pero aun así no se perdía el buen ánimo, las ganas de celebrar entre familiares y amigos.

Mi papá no salía de la casa ni para ir al supermercado.

—Estar, quedarse, permanecer —decía—. A un espíritu como el que siempre he tenido nunca le ha gustado el contratiempo trajinador de los viajes. Lo he leído en alguna parte.

Había vuelto con fuerza a la escritura de su columna semanal, pero ahora el tono mesurado había dado lugar a la diatriba, a la invectiva. Después de concluir, a la manera de Alcides Arguedas, que las prescripciones terapéuticas eran imposibles para el país enfermo, pues éste no saldría jamás de su postración, se había puesto a escribir ataques lacerantes contra múltiples blancos. Había artículos sobre la senilidad de Canedo, el maquiavelismo del Coyote, la rapiña chilena, el neopopulismo demagógico de Remigio Jiménez, la codicia de las transnacionales, la corrupción de la clase política… Yo extrañaba el tono de sus columnas-cartas, pero entendía que, más de quince años después de que las escribiera, su irritación hubiera aumentado, pues todos los conflictos que había señalado con sensatez no habían hecho más que ahondarse, y a ningún presidente, ministro, alcalde o concejal se le había ocurrido seguir los consejos que había dado con buen tino. Ya que de nada había servido hablar en voz baja, quizás algo se lograría gritando.

Mamá trabajaba mucho y no dormía bien: veía en la televisión, hasta muy tarde, documentales de Discovery, National Geographic y el canal de la Historia que producían confusas mezclas en su mente: los cambios en el clima del planeta anunciaban que nos acercábamos al fin del mundo. En la Catedral de Sevilla se guardaban espinas que habían pertenecido a la corona de Jesús. Una noche llegué tarde y traté de no hacer ruido mientras me dirigía a mi cuarto, pero ella me sintió y se acercó al vano de la puerta de su cuarto; vio mi silueta en la penumbra y preguntó:

—¿Eres tú, Felipe?

—Óscar, mamá. Soy Óscar.

—Andate a dormir, Felipito. Ya es tarde.

Llegaban, más violentos de lo que creía, los años de huesos deshaciéndose como terrones de azúcar, oídos que no escuchaban por más que se esforzaran, miradas incapaces de reconocerme. Papá y mamá ingresaban a la zona de sombra de la vida y yo no podía hacer nada por ellos. Nada, excepto irme preparando con tiempo, acumular recuerdos de los días de su plenitud para contrarrestar lo que ya comenzaba a ocurrir.

Hubo momentos de tensión en los que me dije que quizás debí haber aceptado la invitación de Natalia a pasar con ella dos semanas en una cabaña en los Yungas. Esos momentos se debieron, sobre todo, a Cecilia. Aunque nunca había estado de acuerdo con mi participación en el gobierno, había preferido en principio no inmiscuirse en mis decisiones. Ahora, parecía haberse prometido no cejar hasta hacerme ver que cometía un error.

Una noche después de año nuevo, en casa de Cecilia, mi hermana y yo nos encontrábamos en el living, Savia Andina en el estéreo. Nos habíamos excedido en el ponche y hacíamos bromas tontas. La luz que nos iluminaba era escasa, Cecilia había sacado un par de focos de la lámpara que colgaba del techo. Lo hacía por ahorrar, pero también porque había problemas con la provisión de energía eléctrica: frecuentes bajas de tensión que terminaban con focos y electrodomésticos quemados, a veces incluso apagones.

Era una casa recargada de adornos baratos de cerámica y con reproducciones de Graciela Rodo Boulanger, sacadas de un calendario, en las paredes. Dos cocker spaniel dormían en la alfombra del comedor, un gato negro se repantigaba en uno de los sillones del living. El olor del pollo al horno que Cecilia había cocinado para la cena todavía flotaba en el ambiente.

Una gran foto de Felipe en una mesa esquinera; en ella, Felipe intentaba una sonrisa pero ésta no era franca del todo: parecía contenida, la mandíbula apretada. Le pregunté de cuándo era.

—Casi al final. Fue tan feliz los primeros meses. Luego todo comenzó a molestarlo.

Cecilia era muy unida a Felipe. Se reían con un

aire de complicidad, a la hora del almuerzo intercambiaban guiños, se pasaban mensajes secretos en una clave que sólo ellos entendían.

—No pasa un día sin que me acuerde de él. Pero su voz se me va borrando y me desespera. Y su risa, tan contagiosa, como si tuviera hipo. Antes la podía imitar y ahora ya no me sale.

—¿Por qué crees que… tomó la decisión que tomó?

—Era muy sensible, tenía piel de cebolla y no estaba preparado para este mundo. Todo lo afectaba, ver un gato muerto en la calle, un chiquillo pidiendo limosna a la salida del cine. Era medio maniaco-depresivo, tenía altos y bajos impresionantes. Meses antes de que todo ocurriera comenzó a salir con alguien. No me quería contar quién era, me dijo que con el tiempo lo sabría. Pero parecía una relación rara, no iba al cine con ella o cosas por el estilo. Lo cierto es que los papis saben cosas que jamás nos contaron. Esos meses Felipe se los pasó peleando con ellos. Sabían con quién salía y le habían prohibido continuar la relación.

—Una mujer mayor, me dijiste una vez. La última discusión del papi con Felipe en el Palacio fue sobre eso, entonces.

—¿Por qué no se lo preguntas directamente?

Le dije que a veces trataba de ponerme en el lugar de Felipe, ver cómo llegaba el abrazo de la muerte.

—Me acuerdo de mi caída en la acequia, de lo que sentí tirado entre las piedras y los arbustos, las luces intermitentes, la calidez de mi piel, el dolor tan intenso que ni gritar ni aullar eran reacciones posibles: lo único que le hacía justicia era la mudez total. Y luego, el siguiente pestañeo, el desvanecimiento: ¿era eso la muerte? Pero yo no podía atrapar esa sensación, apenas había perdido el conocimiento, por más que eso hubiera durado toda una tarde. Había logrado abrir los ojos nuevamente, emerger de esa… noche cerrada de la que no sabía nada. Felipe se quedó a vivir allí. Además, probablemente él no tuvo tiempo para las luces, la calidez, el dolor. La trayectoria de la bala acalló sus latidos como la cuchilla inmediata y feroz de una guillotina.

Cecilia me escuchó sin interrumpirme, y luego me respondió cambiando de tema. Entendí que no quería hurgar en esa herida: podía hablar del Felipe que recordaba en vida, no quería ponerse en el lugar del que había apretado el gatillo.

Nos servimos una ronda más de ponche. Pasamos a hablar de nuestras canciones favoritas de navidad y de pronto, sin saber cómo, terminamos discutiendo acaloradamente de cuestiones políticas. Cecilia me dijo que formaba parte de un gobierno miope, incapaz de darse cuenta de las necesidades más angustiosas del pueblo. Tenía el ceño fruncido, en sus ojos se podía ver esa capacidad que siempre había tenido para tomarse las cosas con gravedad abrumadora, para asumir las culpas de nuestra clase y defender la causa de los más necesitados. O quizás ella no había sido siempre así, quizás la muerte de Felipe la había cambiado y la impulsó a cargar con el manto del hermano admirado, henchido, en su versión, de responsabilidad social, de dolor ante las injusticias del mundo.

—No hay justificativo para que sigas trabajando con el Coyote. ¿Su disculpa ante los muertos en el Chapare? *La falta de profesionalismo de nuestras Fuerzas Armadas.* No se trata de eso sino de las órdenes que los soldados reciben de arriba...

Era difícil discutir con ella. Te avasallaba, no te dejaba pensar si creía que tenía la razón. Cuando éramos niños, la admiraba por su coraje para enfrentarse con chicos mayores. Una vez en Arequipa, se acercó a Ángel, un grandulón que me acababa de propinar una patada alevosa en un partido de fulbito (yo me revolcaba de dolor en la cancha de tierra), y le preguntó si esa noche podría dormir tranquilo después de lo que había hecho. ¿No te da vergüenza, pegarle a un menor? Cuando Ángel quiso argumentar que eran cosas del fútbol, Cecilia lo calló diciéndole, en tono severo y mientras agitaba en el aire el brazo derecho con el índice extendido, que más le valía disculparse. Y Ángel se disculpó.

—Ah, pero si supieras lo que hago… Algún día te lo contaré —dije, sacando de mi baza la carta del misterio, confiado en que para callarla bastaría la sola mención de la trastienda enigmática del Palacio, esa sospecha que tenía la gente de que allí, en el sitio del poder, ocurrían cosas misteriosas que dotaban a sus habitantes de un aura especial (esa sospecha que yo había tenido alguna vez).

—Felipe hubiera sido un buen ejemplo para ti…

—¡No me jodas otra vez con eso, por favor!

Se levantó de la mesa, molesta. René reapareció con una jarra de ponche y me preguntó si estaba interesado en jugar una tripleta.

Acepté. Sería una forma de alivianar la tensión.

Llegué a casa a eso de las tres de la mañana, mareado y todavía aturdido por mi discusión con Cecilia. Mis papás y Nico dormían. Me dirigí por el patio al cuarto de Esther, un recinto separado de la casa, junto al garaje y la despensa. Esther no estaba, se había ido a su pueblito en Oruro a pasar las fiestas a pesar de que mamá no le había dado permiso, cómo me vas a hacer esto, viene el joven y hay tanto quehacer estos días. Así son de desconsideradas estas imillas.

Abrí la puerta, me golpeó el olor del aire encerrado en el cuarto diminuto. Las paredes desconchadas por la humedad, un póster de la virgen de Urkupiña; una pila de periódicos y revistas en una esquina, Esther los juntaba y luego los vendía, así se ganaba unos pesos extra. Una televisión Zenith en blanco y negro, la primera que habíamos tenido, papá la había comprado apenas regresamos del Perú, para ver el mundial de fútbol argentino. Pasé mis dedos por la pantalla polvorienta, escribí mi nombre.

Me eché en la cama de colchón duro y resortes vencidos. Me cubrí con una colcha que había sido de Cecilia y una frazada raída. Me acordé de Alicia, a la que le había dado libre por las fiestas: estaría durmiendo en el frío de El Alto, soñando en ahorrar algo de dinero para dejar su trabajo de empleada doméstica y tener negocio propio, una panadería como su mamá en los buenos tiempos en Potosí. O quizás podría comprarse una máquina de coser y ganarse la vida como su hermana, de costurera.

El cansancio me invadió en la cama y al rato me dormí.

Me desperté a las seis de la mañana, desorientado. Cuando me di cuenta dónde estaba, me pregunté cómo diablos había llegado allí. Clareaba el día. Me dirigí a tientas a mi habitación.

Papá estaba en su despacho cuando entré con Nico a despedirme. Organizaba papeles, los ponía en sobres de plástico en un archivador. Julián se espulgaba con el pico sobre un diccionario. Nico se le acercó y por poco se ganó un picotazo.

—Ceci nos llevará al aeropuerto, papi.

Siguió concentrado en lo que hacía.

—Mira este artículo. Uno de los primeros que escribí. Sobre los rumores del inminente divorcio de Banzer.

Leí un par de párrafos. Banzer acababa de caer y nosotros habíamos vuelto al país cuatro meses atrás. Me refugié en un lugar común:

—Increíble. Cómo pasa el tiempo.

Nico se puso a hojear el periódico. Pasaba las páginas, se distraía con las fotos y me hacía preguntas interminables, quién es ése con un trapo en la cabeza (Arafat), ésa con un anillo en la nariz (Christina Aguilera), ése tan serio (Canedo) y este otro tan enojado (Jiménez)…

—No nos dijiste nada del reloj que te regalamos —papá se tocó la barba; no se había afeitado desde mi llegada—. Tu mami se pasó dos semanas buscando el regalo perfecto. Mira este otro… Sobre Misicuni. Más bien es como si pasaran los años y no pasara un día.

—Tantos años en lo mismo, no sé cómo no te has cansado. Yo con cuatro meses estoy que no doy más. Me encantó el reloj y se lo he dicho a mi mami varias veces.

—Pues díselo una vez más. Hijo, no lo veas como un compromiso con el gobierno. Si es así, apenas cambie te pasarás a la oposición y harás todo por destruir al nuevo gobernante. Es uno de nuestros grandes males. Tiene que ser un compromiso más grande, con la nación.

—Uno da todo y la cosa no siempre funciona. ¿Acaso no te acuerdas de cuando estabas de ministro? Conozco mucha gente en el Palacio con la mejor voluntad y sin embargo en menos de seis meses nos odia todo el mundo. Incluso tú, según tus artículos.

—Sabes lo que pienso de Canedo y el Coyote y toda su banda. No había terminado el colegio y ya pegaba afiches de la Falange y estaba luchando contra el MNR.

Nunca me había contado toda la historia. Sabía partes de ella gracias a mamá.

—Casi todos mis amigos eran falangistas. Llegué a estar cerca del entorno de Únzaga, un líder de verdad, no como los de ahora. Hablaba y se te crispaban los nervios de emoción. Y ya todos se han olvidado de él. Por eso nos pasa lo que nos pasa.

En San Andrés tuve un profesor que hablaba pestes de Únzaga de la Vega, decía que era un reaccionario, alguien que había traído al país el descarado fascismo de la Falange española. No le hice mucho caso, nunca me cuestioné quién había sido Únzaga en verdad, acaso por respeto a papá, que le tenía tanta devoción.

—Era muy osado luchar contra la revolución. Los campesinos estaban armados, las barzolas, Paz Estenssoro había disuelto las Fuerzas Armadas y creado milicias. Se hablaba de los métodos represivos de San Román, de los campos de concentración de Terebinto, y no te lo voy a negar, teníamos miedo. Pero igual luchamos… Caí con mi grupo. Nos llevaron prisioneros a La Paz. No sé por qué no me mataron, creo que se apiadaron de que todavía era un niño. Pero López, mi mejor amigo…

La voz se le quebró. Hizo un esfuerzo por sobreponerse y continuó:

—Murió fusilado. Tenía mi chamarra cuando lo vinieron a buscar a la celda. Murió con ella. Nunca me olvidaré del pavor en su mirada. Al poco tiempo me exiliaron al Perú.

Sus mejillas y su frente estaban surcadas por los tajos del tiempo, las cicatrices que la vida se encarga de hacernos en el camino de la cuna a la tumba. Mi rostro estaba impóluto, aparentaba menos edad de la que tenía; ¿es que me deslizaba por los años sin hendirlos del todo? Me negaba a aceptarlo. A veces las secuelas de un accidente tardan en manifestarse en la piel de los heridos.

—Ese es el mismo partido que gobierna ahora. Se disfrazan de tecnócratas, pero son los mismos de siempre. Si los conoceré yo. El Coyote era abogado aquí, tantas veces me lo crucé en el juzgado. Tenía fama de ser el mejor, y lo era a su modo. Una vez desalojó de una casa a una viejita que no tenía dónde caerse muerta. ¿Qué se puede esperar de tipos así?

Siguió mirándome como para que yo me diera cuenta de la enormidad de mi decisión de trabajar para el MNR. No le hice recuerdo que los partidos que fueron socios de Banzer los primeros años de la dictadura habían sido el MNR y la Falange; que había tenido a varios movimientistas entre sus compañeros de gabinete.

Nico se reía. Su risa era contagiosa y me esforcé por no esbozar una sonrisa.

—No me digas que son otros tiempos —dijo papá—. No lo son. Ocurre que no tenemos memoria.

Era curioso, haber vivido la revolución y aun así llegar a la conclusión de que nuestro tiempo era cíclico y nada cambiaba. Si algo había hecho cambiar al país, era la revolución. A cincuenta años de distancia, todavía sentíamos las ondas expansivas de ese acontecimiento, y no era descabellado trazar una línea recta que iba de la revolución a Remigio Jiménez. Los hijos de la revolución se alzaban contra sus padres, que se habían contentado con algunos logros y preferido no radicalizarla del todo por temor a que se les escapara de las manos. Pero la historia no podía ser domada, y si bien a ratos tendía a la repetición de ciertos estribillos, las más de las veces lograba introducir una variante en la repetición, de modo que uno nunca escuchara dos veces el mismo coro.

—Pero en fin, te he criado para que tomes tus propias decisiones. No te voy a juzgar. Sé que a cualquier gobierno se le tiene que dar un tiempo prudente, aunque esto no lo admitiría en ninguna de mis columnas. Un país no puede funcionar en base a ultimátums.

Lo abracé. Nico se nos acercó y sin saber lo que ocurría se abrazó a nuestras piernas.

—Mientras tengas la convicción de que estás haciendo lo correcto, todo está bien.

No sabía si lo decía con sinceridad o porque en el fondo no quería romper conmigo y prefería no continuar con la crítica. En todo caso, sus palabras apuntaban al corazón del problema. Ninguna convicción me acompañaba. Ninguna como la de papá, equivocado o no. Excepto, acaso, la fe en las palabras, dispuestas a ponerse al servicio de la convicción de los otros.

Salía de la habitación cuando, de pronto, me detuve, me di la vuelta y pregunté a quemarropa:

—Papá, ¿sabes por qué se suicidó Felipe?

La pregunta no parecía haberlo sorprendido: era como si la hubiera estado esperando a lo largo de todos estos años. Pero eso no significaba que estuviera dispuesto a responderla.

—Lo sé y no lo sé.

—Cuéntame lo que sabes.

—Ya te tienes que ir.

—Si es necesario me puedo quedar.

Movió la cabeza, apoyó una de sus manos —una mano que alguna vez había acariciado la cabeza de Felipe en el parque, o se había ensuciado cambiando sus pañales de tela— en la pared del escritorio.

—Me he preguntado muchas veces qué es lo que hicimos mal tu mamá y yo —dijo al fin—. He rastreado toda la infancia y la adolescencia de Felipe en busca del momento que me hiciera entenderlo mejor. Viajé muy lejos, indagué en recuerdos remotos, para volver al origen. Felipe fue feliz en La Paz hasta que tomó conciencia de que yo no trabajaba para un gobierno cualquiera sino para una dictadura. Ese proceso le tomó seis meses. El mocoso apolítico de Cochabamba se convirtió en un idealista melenudo y rebelde. Me preguntaba por qué no renunciaba, ¿acaso no me daba cuenta de lo que estaba pasando en torno nuestro? Le decía que gracias a Banzer teníamos orden, paz y trabajo. No había cárceles de presos políticos, no había centros de tortura. Me preguntaba a gritos si me lo creía realmente. Y me atacaba en lo que más me dolía al hacerme recuerdo del porqué de mi odio a la revolución: porque yo había vivido en carne propia los campos de confinamiento, sabía de presos políticos, exilio, fusilamientos. Me decía que yo me había vuelto "un perro burgués más". Me lo decía con tanta furia.

Tenía los puños crispados. Quería consolarlo, que recostara su cabeza en mi pecho. Nico no entendía lo que ocurría y nos dejó.

—Dejó de venir al Palacio. Bueno, venía cuando no le quedaba otra, a pedirme plata. Irónico, ¿no? Si alguien del gobierno iba a la casa, se encerraba en su cuarto o se salía. Una vez se negó a darle la mano a tu tío Gonzalo porque era uno de los militares responsables del Pacto

Militar-Campesino… Te voy a hacer perder el avión… No hay mucho más que contarte. Lo cierto es que minimicé su rechazo a mis ideas políticas. Me dije que era una fase típica, ya se le pasaría y me entendería. Con los años me di cuenta que no. Si yo hubiera dejado el gobierno y decidido que volvamos a Cochabamba, nada de esto hubiera pasado.

—¿Suicidarse por estar en desacuerdo contigo? Un poco extremo, ¿no?

—La mente del adolescente es extrema.

Estaba seguro que no me lo había contado todo. No insistí, no valía la pena forzar el tema. Tendría más suerte esperando el momento debido.

—Fui un imbécil. Por aferrarme al poder, por creer que estaba haciendo algo por el país, no vi lo que pasaba en mis narices. ¿Y para qué?

Se cubrió los ojos con las manos.

—No te puedes culpar por lo que pasó, papi.

Escuché los bocinazos de Cecilia. Lo abracé, le di un beso en la mejilla y fui a despedirme de mamá.

8

Cuando aterrizamos en el aeropuerto, nos enteramos de que la Confederación de Juntas Vecinales de El Alto había decretado un paro cívico debido al olvido en que vivía el pueblo alteño. El paro tenía como medida principal de presión el bloqueo de la avenida que comunicaba al aeropuerto con la autopista por la que se bajaba a La Paz. Maldije una vez más el emplazamiento geográfico de la ciudad, en un hoyo encajonado por montañas. Desde la época del sitio de La Paz por parte de las huestes aymaras de Túpac Catari, se había desarrollado en el imaginario capitalino el miedo cerval al sitio indígena, acompañado por el temor a la guerra de las razas. Este temor no era del todo infundado, pues era la forma en que la psiquis paceña trabajaba su sensación de culpa ante la forma en que se había tratado al indígena desde la colonia. A nadie se le habría ocurrido imaginar que dos siglos después del sitio de Túpac Catari los inmigrantes que se trasladaban de los pueblitos del altiplano a La Paz y no encontraban cabida en ella terminarían creando una ciudad aymara en una meseta a media hora de viaje, un lugar privilegiado para que la sensación imaginaria del sitio o del cerco se materializara para los habitantes de la ciudad en la hoyada. Era tan fácil bloquear La Paz desde El Alto, suficiente con poner piedras en la autopista que unía a la ciudad con el aeropuerto. Los alteños tenían a La Paz por el cogote y cada vez les venían más ganas de quebrarlo de un apretón.

No había terminado de llegar y ya me quería ir. Mientras esperaba mis maletas, con Nico sentado en el suelo, miré con rabia los picos nevados que se apoyaban en las ventanas de la terminal, montañas que había observado con cierto azoro poético cuando el avión cruzó cerca de ellas. Incluso me molestó ese frío altiplánico que había aprendido a tolerar con los años, a veces hasta apreciarlo y extrañarlo.

Debimos esperar más de dos horas para que los soldados desbloquearan la avenida. Camiones del ejército nos escoltaron hasta la ciudad, una fila india de taxis y autos particulares. Los insultos y las piedras nos llovieron mientras cruzamos la Ceja del Alto; varios autos terminaron con las ventanas rotas.

Creía entender el malestar de ese pueblo furioso que nos tiraba piedras, pero a la vez sentía que los bloqueos de caminos, literalmente, no conducían a ningún lugar.

Regresé al Palacio Quemado con ganas de trabajar, dispuesto a que no me ganaran las dudas con respecto a mi oficio y mi instrumento de trabajo que habían aparecido entre agosto y diciembre. Durante las vacaciones había ensayado una serie de temas y frases para que fueran usadas por Canedo. Lucas las revisó y se entusiasmó con una de las frases: "Con la mano en el corazón". Había tenido una larga charla con Nano y su yerno antes de la navidad; en ella, el presidente les había pedido con urgencia la necesidad de crear una nueva imagen, pues la de los primeros cuatro meses estaba muy desgastada. El tema a desarrollar por UNICOM proyectaría la idea de un gobierno sensibilizado a los pedidos del pueblo, atento para que sus medidas propiciaran la inclusión social. Debía desterrarse la idea del gobierno de los tecnócratas, de los funcionarios que en vez de personas veían estadísticas en frente suyo; esa era la imagen que había proyectado el neoliberalismo, que Nano acogió con fervor durante su primer gobierno y a la que seguía venerando en los primeros meses del segundo. Curiosamente, se me había ocurrido esa frase al recordar las palabras del ministro del Interior de García Meza, que a principios de los ochenta les pedía a los opositores que andaran con un testamento bajo el brazo. La imagen era impactante, la frase de una admirable maestría. Me puse a combinar palabras y terminé con la harto más sensible mano en el corazón.

Pese a que teníamos la televisión estatal a nuestra disposición, no sería fácil convencer a la gente del cambio de actitud que sugería la nueva imagen gubernamental. Por un lado, pasada la tregua, los bloqueos y las huelgas de diferentes sectores se habían iniciado en La Paz y amenazaban propalarse al resto del país; por otro, esos días una misión del Fondo le había recomendado al ministro de Finanzas la urgencia de reducir el déficit fiscal. En la reunión de gabinete que discutió el tema, escuché a Canedo sugerir que la única forma de poner la casa en orden era aumentando los impuestos.

—Nano tiene toda la razón —dijo el ministro de Finanzas—, pero, en un momento en que la gente pide un aumento de sueldos, será complicado vender una reforma impositiva. Nos dirán que no sólo no aumentamos los sueldos sino que los rebajamos con los impuestos.

—Más que complicado —dijo Mendoza—, un suicidio político.

—Tenemos un sistema de impuestos indirecto, regresivo —dijo Canedo—. Necesitamos modificarlo, crear un sistema progresivo.

No se resolvió nada durante esa reunión, pero yo ya sabía lo que ocurriría.

Carola venía una vez por semana al Palacio. Pasaba un rato por nuestras oficinas a saludarnos, siempre efusiva y con algún nuevo tatuaje en los hombros o la espalda; luego, Juan Luis la llevaba al despacho del presidente con el pretexto de que ella tenía que hacerle una entrevista o grabar sus declaraciones. Carola era ahora analista de un programa sobre la realidad política y social que se emitía los viernes por la noche en la televisión estatal (otro de los analistas era Zambrana). Lucas me había dicho que un telefonazo de Canedo había conseguido que le dieran el puesto. Se comentaba que no estaba a la altura de los otros analistas, que le habían dado el puesto por su cara bonita. Natalia decía que al menos tenía criterio y sentido común, y Lucas, que la cara bonita ayudaba.

Un viernes, tirado en la cama mientras cambiaba canales, me topé con el programa. Zambrana hablaba con elocuencia de la necesidad de una Asamblea Constituyente que le diera más poder a los grupos indígenas, postergados desde la fundación de la república. Uno de los analistas, la cara de monaguillo venido a más, teorizó farragosamente acerca de la necesidad de crear un nuevo pacto entre la sociedad y el Estado; me pregunté cuántos televidentes habrían cambiado ese instante de canal. La cámara se enfocó en Carola, en su amplia sonrisa, de mujer que reacciona por instinto y pone de inmediato su mejor perfil cuando las luces la encandilan. Concreta, le preguntó a Zambrana si lo que quería no era en el fondo darle más poder a Occidente, en un momento en que el Oriente del país, representado por Santa Cruz, se había convertido en el polo dinámico de la modernización y el progreso.

Zambrana se las vio en figurillas para contestar. Pero no importaba. La cámara había hecho un zoom en el escote de Carola, y allí la respuesta más lúcida no tenía oportunidades de sobresalir. También hacía olvidar, para mala fortuna de Carola, su pregunta precisa y sensata.

Un líder aymara amenazó con un bloqueo de carreteras. Juan Luis me contó que un senador oficialista de Pando lo invitó a su provincia y lo encerró durante dos días con tres putas brasileras. "Ah, si el Remigio fuera como éste, estaríamos servidos", fue el comentario que escuché en el Palacio.

La mega-coalición había hecho uso del rodillo en el Congreso e impuesto su mayoría para aprobar varias leyes. Pese a ello, Juan Luis se quejó crípticamente de la falta de sentido de equipo de los partidos que conformaban la coalición. Lucas me explicaría luego a qué se refería: Juan Luis era el que manejaba el dinero para los gastos reservados —los fondos especiales de que disponía el presidente y que no figuraban en el presupuesto de la nación—, y debía pagar dos mil dólares por voto a cada parlamentario de los partidos oficialistas.

Trataba de evitar a Mendoza desde que escribía para el Coyote. A veces no podía, pues nos encontrábamos a la entrada del Palacio o en la oficina de UNICOM. Él parecía no saber nada porque su trato no había cambiado conmigo. Incluso llegó a felicitarme por los mensajes de Nano, "conmovedores, inteligentes". Aun así, yo intentaba que no habláramos de política, no fuera a ser que termináramos mencionando al Coyote y me viera obligado a ponerme al lado de Mendoza, traicionando así, esta vez, al hombre a quien le escribía los discursos. Hablábamos, entonces, de las películas que habíamos visto los últimos meses —Mendoza estaba fascinado con *Las dos torres*—, de libros —me recomendó que leyera el último libro de Sartori sobre la sociedad del espectáculo y la política—, de arte —me sugirió que visitara la exposición de Ugalde en la Galería Nota. Cualquiera que lo hubiera escuchado habría confirmado sus sospechas de que el puesto de vicepresidente era irrelevante, y de que el trabajo que se le había asignado, el de luchar contra la corrupción, era apenas un saludo a la bandera.

El Coyote me llamó a su despacho. Cuando lo hacía yo temblaba; cualquier rato llegaría el momento en que encontraría fallas en mi trabajo y prescindiría de mis servicios sin contemplaciones. Era legendaria la facilidad con que despedía a sus colaboradores más inmediatos si veía que ya no los necesitaba; no había en él ningún deseo de aferrarse a alguien sólo porque le había tomado cariño, se había acostumbrado a su ritmo o conocía sus gustos y disgustos.

Al Coyote le gustaba caminar mientras profería órdenes o firmaba papeles que su secretaria ponía entre sus manos, y no tenía empacho en hacer esperar a sus visitantes una media hora mientras hablaba por celular con el prefecto beniano o alguno de sus operadores en el Chapare. Esa vez me tocó esperar a mí; sentado en un sillón con respaldo de madera, me pregunté cuál era la urgencia.

El Coyote terminó de hablar.

—Iré al grano —dijo—. No tengo tiempo de leer toda la prensa. Pero mis colaboradores me hacen llegar todo lo que creen que podría interesarme. He leído algunos artículos de su papá. Bastante virulentos.

—Hemos discutido de esos temas varias veces —dije—. Nunca estamos de acuerdo. Se ha vuelto muy negativo.

—Yo lo conocí. Nunca tuvo lo que se necesitaba para triunfar en la profesión. Un abogado muy melindroso, lleno de remilgos y escrúpulos. Es como querer boxear bien sin siquiera saber cómo ponerte los guantes.

—Coincido con usted —dije—. Papá siguió su camino propio, es un antisocial, un ermitaño. Así está feliz.

El Coyote movía sus manos sin descanso mientras hablaba, como orgulloso de los tres gruesos anillos que llevaba, uno de ellos con incrustaciones de diamantes; a veces se estiraba la corbata, como queriendo enderezarla, aunque lo hacía con tanta fuerza que uno pensaba que de por ahí lo que de veras quería era ahorcarse; otras, su mano derecha, enfática, cortaba el aire como si fuera un cuchillo en busca de la carne.

—Es también un antimovimientista de primera —dijo—. Un falangista que nunca entendió los logros de la revolución. Y que ahora me ataca con lugares comunes sobre mi persona. Maquiavelo, esas vainas. La gente está muy equivocada sobre mí. En mis tiempos de abogado en Cochabamba me hice de mala fama porque llevé a juicio a los barrenderos municipales, la gente me decía que eran muy humildes y ganaban tan poco. Lo único cierto para mí era que los barrenderos debían comenzar su trabajo a las cuatro de la mañana, para tener la ciudad limpia, y algunos recién llegaban a las seis con la excusa de que vivían lejos. Después de que despidieron a varios se asustaron, vieron que la cosa era en serio. Cuando el servicio comenzó a funcionar como reloj, cuando daba gusto despertarse y encontrar una ciudad limpia, la gente me entendió. Aquí no entendemos lo que es el orden, y esa es la gran diferencia. Yo lo entiendo, y sé que no puedo confiar en la naturaleza afable de mis compatriotas, en sus instintos, para que haya orden como Dios manda. Hay que imponerlo, a veces no por métodos virtuosos, hasta que la gente entienda y luego siga las directivas como se debe. Estoy en este gobierno porque Nano me ha encomendado que ponga orden en el país, y lo único que quiero es ser consecuente con ese pedido. Esa es mi responsabilidad. Si quiero aplastar como moscas a los bloqueadores de caminos, a los cocaleros de Jiménez, es en defensa de ese orden en el que creo. Sin orden no hay progreso, sin orden no hay país, y por eso, quienes quieran llevarnos al desorden, alterar la paz, cosecharán tempestades.

Nunca había escuchado elocuencia tan encendida en boca del Coyote. Debía haber sido un gran abogado, convincente hasta para sus enemigos.

—Le puedo decir que…

—No le digas nada. Está equivocado, pero es bueno que la gente vea que este gobierno tolera la oposición y es capaz de recibir críticas. También lo critica al Remigio, así que sus columnas terminan neutralizándose. Sólo quería que sepas que estoy al tanto de estas cosas.

¿Era una amenaza? No lo creía. Recordé lo que me había contado Lucas: el Coyote le había pedido a Juan Luis que utilizara fondos de los gastos reservados para pagar mensualidades a periodistas de medios influyentes. Por lo visto papá no era importante para el Coyote, no merecía un bono mensual para acallar sus críticas.

Así fueron pasando los días, las semanas. Hubo huelgas y manifestaciones en febrero, pero el gobierno ordenó que los policías y militares se mantuvieran replegados, de modo que no hubo incidentes serios que lamentar. Lucas me dijo que Nano había perdido meses valiosos en sus reuniones con el Fondo y en las encuestas; los problemas principales con los diversos sectores públicos debían haberse solucionado antes de la navidad. Cualquier decisión importante debía haberse tomado durante los primeros cien días de gobierno, cuando todo presidente goza de cierto margen de maniobra para lanzar medidas impopulares.

—Estamos jodidos, hermano. No sé de qué nos disfrazaremos.

—No seas tan pesimista —le dije tocándole la calva—. Ya encontraremos una solución.

—Si algo he aprendido, es que en este país nunca hay soluciones. Lo que hay son salidas.

—Entonces habrá pronto una salida.

La mueca que hizo me dijo que no me creía.

Esos días escribí poco para el Coyote y extrañé esa voz inflexible y despiadada que había creado para él. Admiré un par de discursos del vicepresidente, dichos en su estilo habitual, sin notas, sin papeles, una frase improvisada que surca el aire y otra que se pronuncia detrás de ella y se le encabalga, y así sucesivamente hasta formar un párrafo ordenado y compacto, y luego otro párrafo, y las partes van trabándose entre sí hasta formar un todo coherente. Qué no hubiera dado por oficiar de guionista para semejante destreza verbal.

A veces me sentaba en los escalones de mármol que daban al gran patio e imaginaba a mi hermano pegándose un tiro. Me costaba compaginar esa imagen violenta con la del Felipe que me llevaba al parque cuando yo tenía seis años, y tenía paciencia para hacerme jugar en el subibaja, empujarme en el columpio y esperarme a que me deslizara por el resbalín. Se tomaba muy en serio su papel de hermano mayor: una vez agarró de la oreja a un niño que se atrevió a escupirme, otra bajó con torpeza del columpio a una niña que no quería dejarme subir. Lo venció cuando quiso enseñarme a nadar; después de varios intentos, al final renunció y optó por darme un salvavidas.

A una amiga de mamá le había escuchado decir, hacía muchos años, sin saber cuánto nos tocaba eso de cerca, que había que ser cobarde para suicidarse. Hacía una composición de lugar y descubría que, al contrario, había que ser muy valiente para descerrajarse los sesos de un tiro, o meterse el caño de un revólver a la boca y luego apretar el gatillo sin saber qué nos esperaba al otro lado. Aquí todo era turbulencia y desconcierto, pero al menos eso era previsible y uno podía adecuarse al infortunio; pero, ¿cómo podíamos enfrentarnos a la posibilidad de la nada? Con mucha fe, sabiendo que la nada no existía. O con valentía, sin que importaran las consecuencias.

Cabía la posibilidad de que no fuera ni lo uno ni lo otro, que Felipe, cegado por la furia o el dolor o alguno de esos sentimientos capaces de abrumarnos, de hacernos perder la capacidad para ver la vida con mesura, ni se hubiera dado cuenta de que iba a hacer lo que hizo.

Por lo pronto, reconocía que mientras no tuviera más datos no podría continuar.

9

Natalia y yo nos veíamos seguido. A veces nos encontrábamos cerca del Palacio para tomar un café. Caminábamos por la Comercio, nos deteníamos en la librería Gisbert y en algunas disqueras paupérrimas, aunque no comprábamos ni libros ni compacts en las tiendas: los vendedores informales no sólo ofrecían productos de calidad mucho más baratos, también estaban mejor surtidos. Una vez a la semana íbamos al cine, a ver la película comercial de turno. Solía apoyar su cabeza en mi hombro y dormirse, la oscuridad tenía un efecto narcótico en ella.

A tres cuadras del Palacio había un kiosko donde vendían salteñas cochabambinas y rellenos de queso. Comíamos allí cuando tenía un antojo a eso del mediodía; Natalia se burlaba de que con tantos años en La Paz siguiera ejerciendo de cochala, pero luego ella terminó más enviciada que yo de las salteñas y los rellenos. Al atardecer, salíamos a la misma hora del trabajo, me acompañaba a mi departamento y se distraía viendo televisión con una lata de cerveza en la mano —tomaba mucho, yo intentaba seguir su ritmo y me costaba— mientras yo me echaba en la cama a hacer una siesta para reponer las energías. A ratos se perdía en la cocina; mientras Alicia preparaba la cena, ella se sentaba en una silla que traía del living y le preguntaba de su vida en El Alto, de su fe evangélica cada vez más recalcitrante —Juan Pablo Segundo le parecía el ser más nefasto del planeta—, de su infancia y juventud en Potosí. A Alicia le caía bien y le insistía en que se quedara a cenar; Natalia no se hacía de rogar. Llamaba a su departamento, hablaba con sus hijos, les preguntaba si habían hecho sus tareas, les decía que iba a llegar un poco tarde y le daba instrucciones a la empleada para que les preparara la cena, se asegurara que no vieran mucha televisión… Natalia me decía que a veces, cuando llegaba a su departamento y encontraba a sus hijos durmiendo, se sentía mal, pero que había vivido para ellos desde que se separó; ésta era su primera relación con alguien después de mucho tiempo y no pensaba dejarla pasar.

—No te preocupes —le decía—, puedes quedarte aquí el tiempo que quieras.

No me molestaba, porque no sentía que Natalia me ahogara: podía, si lo quería, encerrarme en mi cuarto a escribir sin que ella me tocara la puerta durante un par de horas. A veces, cuando salía del cuarto, descubría que ella ya se había ido; otras, estaba tirada en la alfombra de la sala hablando en su celular, empeñada en venderle los chalecos al gobierno, o con la computadora portátil en sus faldas.

Un domingo fuimos juntos a un parque en San Miguel, con Nico y los tres hijos de Natalia. Nico se llevó bien con Mateo y Andrés. Canela tenía siete años y fue la que se mostró más distante conmigo. Después de que les comprara a todos un helado, Canela se me acercó y me preguntó: ¿Tú vas a ser mi nuevo papá? Buscaba una forma diplomática de responderle cuando me gritó: ¡Ni se te ocurra! Luego se dio la vuelta y fue a esconderse tras un banco. Natalia se acercó a reñirla y me pidió disculpas: Canela era la que había sufrido más la separación, era muy unida a su papá.

Era una relación cómoda, en la que ninguno exigía nada del otro. Quizás por eso funcionaba. Quizás por eso me descubrí, al mes de llevar esa rutina, incapaz de imaginarme sin ella. Era la primera vez que me ocurría algo así; con Amanda, aun en nuestros mejores momentos se respiraba una atmósfera de transitoriedad, de que bastaba un descuido de cualquiera de los dos para que extraviáramos el rumbo como pareja. No sabía si era amor lo que sentía por Natalia, pero tampoco me importaba mientras me atrajera con fuerza su compañía. Cuando se lo conté a mi hermana, me diagnosticó que terminaría casándome con Natalia. Cuando se lo conté a mamá, me dijo, molesta, cuidate hijito, eres un ingenuo de marca mayor, ya caíste una vez en las garras de una pérfida. No me extrañaría que Natalia fuera del mismo molde de Amanda, después de todo esas son las que te gustan.

Era cierto que muchos detalles míos molestaban a Natalia en exceso: se quejaba de que hacía mucho ruido al tomar refresco; no soportaba la forma en que combinaba mi ropa, o el desorden del departamento, los zapatos que tiraba a cualquier parte apenas entraba a mi cuarto. Es mi karma, decía. Soy una perfeccionista y me venís a tocar vos. Aparte, yesca. Le tenés que decir a Lucas que te aumente el sueldo.

Yo obviaba sus críticas. Ganaba poco y trataba de que mi sueldo me alcanzara hasta fin de mes. Ella tampoco ganaba mucho, pero iba a San Miguel y volvía con chompas Benetton carísimas para sus hijos. Extrañaba el nivel de vida que tenía con su exmarido —"un hijo de puta, pero nos dábamos la gran vida"— y la venta de los chalecos se convirtió en obsesión. Buena parte del tiempo que estábamos juntos era para llamadas en su celular a sus contactos en los ministerios.

—Parece que algo va a salir —me dijo una tarde mientras caminábamos por la 20 de octubre—. El problema es que hay un montón de gente involucrada y todos quieren su tajada. Yo les doy cada chaleco a ciento cincuenta, pero el precio final para el gobierno sería… setecientos.

—Es mucho, será muy obvio para cualquiera. Y con Mendoza empeñado en su lucha contra la corrupción…

—El que no arriesga no gana. Ahora, igual se necesita que un pez gordo lo apruebe. ¿Sos amigo del Coyote? Yo no me animo a hablarle. Si lo hacés te ganás una comisión.

Había prometido mantenerlo como un secreto pero no pude resistirme a impresionarla.

—Soy más que amigo… ¿sabías que le escribo sus discursos? Esto entre nos, por favor.

—¿En serio? Y te lo tenías bien calladito. No te preocupés, no diré nada. Eso sí, ahora no tenés excusas, me tenés que ayudar.

Le dije que lo pensaría.

Algunas veces Natalia se encerraba en un mutismo del que era difícil extraerla; sentada en el sofá de mi living, cruzaba los brazos sobre sus piernas, apoyaba la barbilla en sus rodillas y me miraba con ojos angustiados. Cuando le preguntaba qué le ocurría, no me respondía. Salía de su sopor horas después, y sus primeras palabras eran una respuesta a mi pregunta: "No me entenderías". "Inténtalo", insistía. Pero ella cambiaba de tema.

Una noche, Natalia estaba en mi cama cuando noté su tristeza. Tomábamos Taquiña en lata y veíamos CSI en la televisión; le pregunté que le ocurría.

—No me entenderías —dijo.

—Confía en mí.

—No me vas a entender, en serio.

—Me cansó tu respuesta —dije y me levanté de la cama—. No vuelvo hasta que no me contestes como la gente.

Salí del cuarto. Al rato escuché el fragor de cristales astillados. Imaginé un cenicero roto, o el marco que tenía en mi velador de las fotos de mis papás. Aguanté las ganas que tenía de ir corriendo a ver qué había pasado. De pronto, Natalia apareció en el pasillo, colérica:

—¡Vos qué sabés por lo que yo he pasado! ¡Hijito de papá!

Se me ocurrían muchas cosas; no era fácil ser una mujer separada con tres hijos. Pero en el fondo no lo sabía. Ella volvió al cuarto. Molesto, me dirigí hacia el living; esperaría hasta que se le pasara.

Agarré el periódico, intenté leerlo. No podía concentrarme. De mi cuarto salía un sollozo lastimero que se entremezclaba con el diálogo de los actores en CSI.

Pasaron veinte minutos. Natalia apagó la televisión y dejó de sollozar. Me dirigí al cuarto y la encontré con la cabeza hundida en la almohada.

—Últimamente he estado pensando mucho en Antonio —hablaba sin mirarme—. Me ha estado llamando a mi celular cada cinco minutos para disculparse, para ponerme canciones de la época en que comenzamos a salir. No sabés cuántas veces he tenido que cambiar de celular.

—Lo siento.

—No tenés la culpa. Pero claro, había decidido no salir más con nadie. Que los hombres se fueran al carajo. Y si bien siento que ya ha pasado lo peor y poco a poco estoy volviendo a la normalidad, de vez en cuando me acuerdo y ahí sí se me erizan los pelos. Creo que me ha jodido para mis futuras relaciones. Me decía que no me animaría a separarme porque quién querría salir con una mujer así.

—Aquí estoy, ya lo ves.

—Igual. A ratos me tocás y me trae malos recuerdos.

—Tranquila, tranquila.

—Eso no es todo. Tengo un lío en mi cabeza. No deberías estar conmigo. Soy de lo peor. Siempre lo he sabido y me ha costado asumirlo.

Alzó el rostro, me miró. Tenía el maquillaje corrido, se le formaban arrugas en torno a los ojos.

—¿Querés que te lo cuente? ¿Todos los detalles?

—Para eso estoy.

—Veremos si estás después.

Con la voz entrecortada, me dijo que a los dieciocho, su último año de colegio en Santa Cruz, había ido a una fiesta con sus amigas. Ella manejaba. Tomó unos tragos en la fiesta, la pasó bien. Al volver, se sentía un poco mareada pero decidió manejar de todas maneras. Llovía. Dejó a sus amigas. Estaba a cuatro cuadras de su casa cuando algo o alguien, una sombra fugaz, se cruzó en su camino. Sintió el impacto de un cuerpo con el auto, manejó unos cincuenta metros y se detuvo. Dudó: ¿debía seguir o no? Decidió volver. Un chiquillo de unos diez años se hallaba parado en el medio de la calle, los brazos abiertos como un espantapájaros. Tenía una chompa negra que le llegaba hasta las rodillas. Ella se acercó al chiquillo, le preguntó si estaba bien. No hubo

Carson City

Library

Date: 2/18/2017

Time: 4:02:55 PM

Total Checked Out: 3

Checked Out

Title: El secreto de Gray Mountain
Barcode: 31472702211065
Due Date: 03/18/2017 23:59:59

Title: Marina
Barcode: 31472701035609
Due Date: 03/18/2017 23:59:59

Title: Palacio quemado
Barcode: 31472701702668
Due Date: 03/18/2017 23:59:59

respuesta. El chiquillo la miraba sin mirarla; ella vio una mancha en el pecho y la tocó: era sangre. El chiquillo se desplomó como si sólo hubiera esperado ese gesto para que el tiempo volviera a fluir para él. La sangre emanó del pecho y Natalia gritó, y luego percibió que el espantapájaros estaba inconsciente.

Pensó que si se dejaba paralizar por la impresión pronto la sangre se convertiría en río y luego en océano, la anegaría y se la llevaría consigo en un estrépito de oleaje y muerte. Lo cargó, lo puso en la parte trasera de su auto, lo llevó al hospital más cercano. Estuvo dos horas allí mientras lo operaban de emergencia.

—Un lugar tétrico, desierto, los pasillos en penumbras, con gritos lastimeros que salían de las habitaciones. Todavía me acompaña en mis pesadillas.

Fueron vanos los esfuerzos de los médicos: el chiquillo falleció.

—Pasa el tiempo y hay cosas que no cicatrizan. Más bien parece que es peor, como que la herida se hubiera vuelto a abrir.

—Fue un accidente —la abracé—. Hiciste lo correcto. No tienes que sentirte culpable.

—¿No? Cuando la familia apareció, querían armar lío, con justa razón por otra parte. Estaba dispuesta a aceptar mi culpa, pero papá no quiso, me dijo que le dejara arreglar el asunto. Pagó dos mil dólares y la familia desapareció. Ni siquiera dieron parte del accidente a la policía.

Hundió su cara en la almohada.

—Durante mucho tiempo, me dije que papá no me había dejado aceptar mi responsabilidad. Él era el culpable. Pero era mentira, ya tenía edad como para tomar mis propias decisiones. Y me escondí detrás de papá… El chico se llamaba Willy. Era un cambita, de una familia campesina pobre.

—Ya no puedes hacer nada. Está bien que te sientas mal. Pero, ¿más de eso? ¿Qué?

—Nada, supongo. Así estamos como estamos. Peleamos por un país mejor. O decimos que lo hacemos. Hablamos de integrar a los excluidos y luego de hacer lo que hacemos no entendemos por qué se quejan tanto, por qué salen a las calles, por qué nos odian.

No dije nada. Lo que Natalia necesitaba ese rato era alguien que la escuchara.

—Lo peor es que en este instante podría ir a la policía y declararme voluntariamente culpable de lo ocurrido —cerró los ojos—. Y no lo puedo hacer. Tengo miedo, por ahí termino en la cárcel. Y siento que tengo un lindo futuro por delante, y mis hijos…

Escuché su llanto desolado. Me eché a su lado. Sería una noche larga.

Había algo narcisista en nuestra relación: estábamos juntos porque nos identificábamos y eso nos fortalecía. Éramos un bien intencionado producto de nuestro medio, conformistas que trataban de nadar y guardar la ropa, seres con la conciencia intranquila que sabían que las cosas debían cambiar pero no daban los pasos necesarios para ello por miedo a la pérdida de los privilegios o a la cárcel.

Fue Natalia la que, en una visita al Palacio a fines de enero, me comunicó en el patio principal, bajo el techo de vidrio, que Canedo había conminado a su jefe a diseñar los lineamientos de la reforma impositiva. Caía un aguacero de escándalo, el retumbar de la lluvia en las paredes y las ventanas amortiguaba las voces, ahogaba el sonido de los pasos en los corredores. El agua anegaba las calles, rebalsaba por las precarias canaletas de las casas del casco viejo de la ciudad, hacía que aumentara el nivel del Choqueyapu; me pregunté cuántas viviendas se derrumbarían como consecuencia de los deslizamientos producidos por los ríos subterráneos, canales del hormiguero insomne que era La Paz.

—Nano quiere que el decreto sea dado a conocer la primera quincena de febrero —dijo Natalia—. Mi jefe se opone y está muy molesto, dice que Nano es un terco y un caprichoso, pero no le queda otra, órdenes son órdenes.

Lucas no me había contado nada al respecto. La vez que Canedo había traído el tema a colación, con sus ministros, había habido una clara resistencia al proyecto, y yo creí, como los demás presentes, que éste había sido desechado. Por lo visto, se había decidido continuar con cautela y presentar con lo obrado al gabinete. Me preocupaba que no se me hubiera mantenido al corriente del asunto, no tanto porque fuera capaz de opinar respecto a la conveniencia de la reforma, sino porque una vez hecho público el decreto habría repercusiones. Eso significaba que el presidente tendría que dar la cara, y con la cara vendrían sus palabras, las explicaciones, justificaciones o aclaraciones que la prensa y los ciudadanos piden en estos casos. Y para ello se me necesitaba. Una palabra fuera de lugar echaría por la borda el plan más sensato. Y si el plan era descabellado, bueno, entonces quizás ni mis palabras podrían salvarlo, pero al menos ayudarían a minimizar el daño.

Terco y caprichoso. Esos adjetivos se habían convertido en moneda corriente para calificar a Nano en el Palacio.

Hubo otra reunión en el Palacio que no olvidaré. Canedo había viajado a Washington a negociar con los del Fondo y reunirse con miembros del gobierno estadounidense en procura de lograr un aumento en su ayuda financiera al país. Asistí a esa reunión porque en ella el equipo norteamericano asesor del presidente presentaría los datos de las últimas encuestas en torno al tema del gas. Me interesaba estar al día, ver cómo podría incorporar los nuevos datos en los futuros discursos de Canedo.

Carville y Greenberg ni siquiera se habían molestado en enviar para la presentación a uno de su equipo de rango intermedio: los chicos que estaban a cargo debían tener alrededor de veinticinco años; Mark era rubio y tenía el pelo cortado al ras; Ashanti era morena y lucía un aire desganado. Mark hacía la presentación en inglés, mientras Ashanti proyectaba las diapositivas que mostraban los resultados de las encuestas en el lenguaje claro de Powerpoint; y Juan Luis oficiaba de traductor. Era extraño escuchar a Mark hablando en inglés y ver que el lenguaje en las diapositivas era también en inglés. Con la enorme suma que se les pagaba a los asesores, ¿no se justificaba que se hubieran molestado en traducir la información de las diapositivas, quizás incluso mandar a alguien del equipo que dominara el castellano?

La conclusión más obvia de la encuestas, aparte de que Canedo tenía un 24% de apoyo, era que la gente quería que el gas fuera exportado a través de un puerto peruano y no de uno chileno. El ministro de Gobierno se levantó indignado:

—No entiendo. Estamos gastando pólvora en gallinazos. ¿Acaso Perú es una opción real? Si ya hemos decidido que el gas salga por Chile, ¿para qué preguntarle a la gente si prefiere Chile o Perú? Eso es alimentar falsas esperanzas. Juan Luis, ¿no sería mejor tratar de averiguar cómo se le puede vender mejor al pueblo la idea de que el gas saldrá por Chile?

—Los asesores… —dijo Juan Luis, vacilante—. Ellos fueron los que decidieron qué preguntas entrarían en la encuesta.

—Los asesores no viven aquí —dijo Mendoza—. Alguien del gobierno tiene que revisar lo que ellos hacen. ¿UNICOM no debería ocuparse de eso?

Juan Luis no supo que responder. Mark y Ashanti se miraron como si no comprendieran lo que ocurría. No lo comprendían: ese era el problema.

La presentación concluyó. Mientras salíamos, Lucas me dijo:

—El presidente se molestará muchísimo cuando se entere. Con lo que le cuesta delegar responsabilidades, se lo comerá vivo a Juan Luis. La idea de la encuesta era clarificar el panorama y más bien está ahora más confuso.

—¿Y ahora qué?

—Ahora qué —suspiró—. Buena pregunta.

Al día siguiente, salía del Palacio cuando vi llegar al vicepresidente con dos soldados con impermeables empapados; cargaban un cuadro protegido por un toldo de lona. Bajo el paraguas que su asistenta enarbolaba, Mendoza, en un sobretodo negro, daba instrucciones a los soldados para que lo siguieran rumbo al salón de Retratos. Lo saludé y lo acompañé junto a su edecán.

Los soldados desamarraron las cuerdas que sujetaban el toldo; luego colocaron el cuadro bajo la atenta mirada de Mendoza, que indicaba su posición exacta en la pared como si tuviera una idea fija del efecto que quería lograr. Una vez que terminaron su trabajo, Mendoza se secó la cara con un pañuelo, cruzó los brazos y contempló el cuadro en silencio.

Un hombre en uniforme militar, con barba negra y tupida, se encontraba en uno de los balcones del Palacio y, apoyado contra la pared del costado derecho, observaba melancólicamente la actividad en la plaza Mayor, los indígenas y las cholas en sus puestos de venta. Era un cuadro pintado a la manera expresionista, con colores violetas y naranjas dominando el celaje y trazos violentos en los contornos de los edificios de la plaza y el balcón. El rostro del militar parecía a punto de explotar desde adentro gracias a las líneas angulosas de su mandíbula y la frente.

Mendoza me preguntó si me gustaba el cuadro. Era de Chaly Rivas, un pintor cochabambino injustamente subvalorado.

—Hace cuarenta años que pinta algunos de los óleos más bellos de la pintura nacional y los vende por monedas. Si se hubiera venido a vivir aquí o conseguido una galería para exponer sus cuadros, estaría ahorita entre los más cotizados.

Había encargado el cuadro a partir de un boceto encontrado en la historia del Palacio, escrita y recopilada por Mariano Baptista Gumucio.

—Un libro muy interesante que se merece una nueva edición. Con suerte se lo encuentra en las librerías de viejo…

El militar era el legendario guerrillero José Miguel Lanza, a quien durante las batallas de la independencia

Olañeta lo había llamado el hombre de la infernal obstinación.

—No sabía que Lanza hubiera estado en el Palacio —dije.

—Fue después de la victoria de Sucre en Ayacucho.

Se tocó la barbilla sin apartar la vista del cuadro. Me pregunté si había algo de cierto en lo que se decía acerca de él y la paraguaya, acerca de su esposa y la paraguaya, acerca de ¿él, su esposa y la paraguaya? Tanto chisme: pura *ars combinatoria*.

—El cuadro quiere captar el momento en que el guerrillero, después de casi quince años de lucha en Ayopaya, la única republiqueta que resistió los embates de las tropas realistas, ha logrado los objetivos de su lucha y tiene, al fin, un momento de reposo. ¿En qué pensaba esa mañana? ¿Qué imágenes cruzaban por su mente? Acaso trataba de imaginar el día, exactamente quince años atrás, en que en esa misma plaza su hermano Gregorio había sido colgado junto a sus compañeros de lucha en la Junta Tuitiva. O en la ironía de que la ciudad en la que se había dado el primer grito de independencia en América, fuera la última en conquistar la libertad.

O acaso pensaba cuándo sería el momento de su fin: tres años después, tratando de defender a Sucre de un motín instigado por Olañeta. O quizás, quién sabe, intentaba imaginar si lo que habían conseguido perduraría, si, digamos, ciento setenta y ocho años después ese edificio, ese balcón y esa plaza existirían, y si eso ocurría, quién diablos habitaría esa estructura simbólica por la que tantos hombres de estas tierras habían dado y darían sus vidas.

Felicité al vicepresidente, le dije que el cuadro era una notable contribución a realzar la calidad de la galería.

—Falta mucho por hacer —me dio una palmada en la espalda—. Ojalá me dejen. Ya circulan rumores de que quiero reorganizar el Palacio a mi imagen y semejanza.

Movió la cabeza. Me comunicó su agotamiento con un suspiro profundo.

Inventario de los muebles en el Palacio de Gobierno. La Paz, 3 de febrero de 1880. Salón principal: Seis espejos grandes ovalados en las paredes colaterales y en la del frente. Siete mesas: seis rinconeras y una central con superficie de mármol. Un sillón grande forrado con damasco. Treinta y ocho sillones forrados con id. Cuatro cortinas corrientes en las ventanas y puerta con sus sobrepuestos de damasco. Tres arañas de metal amarillo, la del centro con cinco tubos y las otras con tres. El alfombrado de triple completo bien clavado. Doce escupideras. Setenta y cuatro fundas de sillones. Gabinete: un escritorio corriente, una mesa grande y dos rinconeras pequeñas con superficie de mármol. Una luna grande con su marco dorado, tres cortinas blancas corrientes. Nueve sillones iguales a los del salón principal. Alfombrado de triple nuevo, íntegro. En este correo como en el salón principal, todas las puertas y vidrieras corrientes con sus respectivas llaves. Sala del diario: una luna grande con marco amarillo, dos espejos grandes con marcos de madera. Un piano corriente con marca M. J. Rechals, dos mesas rinconeras, una central y dos pequeñas rinconeras con superficie de mármol. Otra mesa al pie de la luna, tres candelabros de cristal de tres luces. Un par de sofás, forrados con damasco colorado. Trece sillones forrados con damasco iguales a los anteriores. Tres cortinas blancas. El alfombrado de triple nuevo todo íntegro. Lavatorio: alfombrado de triple íntegro nuevo. Un ropero grande de madera corriente. Dormitorio: alfombrado íntegro jergón. Dos lunas, una con marco amarillo dorado y la otra de madera. Dos mesas. Comedor: alfombrado íntegro de triple ya usado. Un aparador corriente en tres cuerpos. Tres mesas grandes y una pequeña. Un sillón. Tres arañas corrientes. Un cuadro con el retrato del señor general Ballivián. Repostería: un aparador completo en tres cuerpos con todo, sus cajones íntegros. Una mesa grande. Todas las puertas y ventanas con sus chapas y llaves corrientes. Secretaria privada: tres escritorios corrientes. Una prensa de copiar con su mesa respectiva. Un asiento. Un mapa de Bolivia, un timbre de la secretaria privada. Alfombrado de triple usado. Una regla.

Releo el inventario de los muebles que la esposa de Hilarión Daza había mandado a hacer una vez derrocado éste. Benita preocupada porque su marido, acusado de traidor a la patria por su conducta en la guerra del Pacífico, no fuera también acusado de ladrón.

Hay una nota al final del inventario: por orden del Prefecto, el piano del Palacio ha sido donado al colegio Santa Ana. Pienso en los objetos que a lo largo de los siglos han entrado y salido del Palacio. Quizás cada intendente, cada presidente debió hacer un inventario, declarar la lista de objetos con que encontraba el Cabildo o el Palacio y la lista con la que lo abandonaba. Así hubiéramos sabido de la forma en que, con el curso de los años, el edificio iba cambiando su fisonomía, se le iban agregando objetos, los iba perdiendo. Labor imposible:

a principio de los años setenta, por ejemplo, este Palacio tuvo seis inquilinos en un sólo día. ¿Con qué tiempo hubieran sido capaces de confeccionar un inventario?

Objetos robados uno a uno por la codicia de sus habitantes, ministros o secretarios o presidentes o militares de la guardia. Objetos robados en cantidades durante las insurrecciones populares, cuando la furia de la multitud no se detiene ante nada y termina saqueando el edificio. ¿Dónde habrán ido a dar los muebles del inventario de Benita de Daza? Un piano en el colegio Santa Ana. Acaso los candelabros de cristal se encuentran en la casa de un ciudadano notable en La Paz. Ese ciudadano no sabe que su tío abuelo los consiguió en esa época en que trabajaba de secretario en el Palacio Quemado. O cuando ingresó a éste en una revuelta popular y, mientras sus compañeros buscaban al presidente para colgarlo en la plaza, él se distraía apoderándose de los candelabros, saliendo rápidamente del edificio para ocultarlos en la casa de un vecino.

¿Cuántos quedan de los objetos que existían en el Palacio durante el gobierno de Daza? ¿De los que existían cuando papá trabajaba aquí? ¿De los de apenas seis meses atrás, cuando comencé a trabajar? No lo sé. El edificio cambia su cara cada día, como si estuviera encantado. Los objetos nos vigilan y se ríen de nuestras tribulaciones. Se saben pasajeros y se burlan de nuestro deseo de permanencia. Más nos valdría, piensan, ser como ellos, gozosos de estar aquí mientras el destino fugitivo lo decida así.

II

1

Un lunes por la noche a mediados de febrero, Canedo de la Tapia dio un breve mensaje a la nación en el que hizo pública la nueva ley impositiva aprobada por el gabinete de ministros. Esa noche me había quedado en el Palacio, reescribiendo el discurso hasta minutos antes de su alocución, de modo que ví el mensaje en un televisor de nuestras oficinas. El Palacio penumbroso estaba semidesierto; sólo había gente en el despacho del presidente, donde se encontraba Canedo con sus colaboradores más cercanos y el equipo de la televisión estatal encargado de emitir el mensaje en vivo. Se escuchaba el ruido de pasos presurosos en el pasillo; los mozos, me dije, llevándole al presidente algo de comer. O el edecán, al que el Coyote habría mandado a la calle Comercio a comprar un paquete de cigarrillos.

Sentado al borde de una silla, expectante, susurré las palabras del mensaje segundos antes de que el presidente las pronunciara. Canedo me pareció en la pantalla un hombre asustado, conciente de la gravedad de la crisis y deseando que la firmeza de sus convicciones fuera suficiente para contrarrestar la marejada de críticas y protestas que los grupos de foco señalaban que se le vendría encima apenas se diera a conocer la nueva ley. Se equivocó en la concordancia de un artículo con un sustantivo, y el intento de neutralizar su acento sonó impostado. Sus dedos no cesaban de tamborilear en la mesa, y el maquillaje que le habían puesto en el rostro para que no brillara ante las cámaras le daba a su semblante un toque cadavérico. Acaso una metáfora cruel, pensé.

Lucas sentía que la ley de impuestos, progresiva, ayudaría a amortiguar el esperado descontento del pueblo.

—No creas que la idea me encanta. Pero no queda otra. Si queremos un país moderno tenemos que aprender a pagar impuestos.

—No entiendo los detalles y confío en la labor de los expertos —dije—. Prefiero hablar de lo que me toca de cerca. Canedo tendrá toda la convicción del mundo para lanzar su decreto, pero en la pantalla parecía apocado. Transmitía la impresión de intuir que, disculpá mis palabras, una tormenta de mierda estallaría apenas concluyera su mensaje. Y la regla de oro en estos casos es no sólo tener la convicción sino aparentarla.

Me miró, sorprendido. Yo estaba agotado, la frustración se reflejaba en mis ojos. En los seis meses que llevaba escribiendo los discursos de Canedo, no había habido una sola vez en que, terminado de pronunciar el mensaje, estuviera contento del todo. Un abismo separaba mis palabras de la forma en que el mensajero las hacía llegar al pueblo. Quizás no terminaba de entender a ese mensajero, meterme en su piel, ver el mundo desde sus ojos para que mis frases se adecuaran a los latidos de su corazón; o quizás él, a pesar de aprobarlas, no terminaba de entender mis palabras y se daba cuenta, algo tarde, que eran unas en el papel y respiraban de otra manera a la hora de salir de sus labios. Pero lo más probable era que yo tuviera más culpa, pues no se trataba de encontrarnos en un punto intermedio entre su universo y el mío; él era el presidente y podía, si así lo quería, quedarse sentado en su sillón, inmóvil; era yo quien debía acercarme hasta donde él se encontrara.

—Tienes cara de estar cansado —dijo Lucas—. Andá a dormir. Mañana será otro día.

Al día siguiente, temprano por la mañana, escuché en el taxi que me llevaba al Palacio el noticiero de la Panamericana. Los titulares eran alarmistas. La Central Obrera y los Comités Cívicos de varios departamentos emplazaban al gobierno a derogar la nueva ley impositiva. Remigio Jiménez señalaba que, una vez más, Canedo se mostraba como un fiel lacayo del Fondo y la embajada, y convocaba al pueblo a salir a las calles para hacer sentir su protesta. Los maestros, los trabajadores de la salud y los fabriles se declaraban en huelga indefinida. Nano declaraba que todos debíamos poner el hombro si queríamos que el país saliera de la crisis; en todas las naciones modernas y desarrolladas se pagaba impuestos.

Me preocupé. Estaba en los cálculos que hubiera una reacción popular adversa. Pero ésta parecía más intensa de lo esperado.

El taxista me dijo que había que colgar a todos los del gobierno.

—Son unos pillos, se hacen millonarios a nuestras costillas.

Con la nueva ley de impuestos las arcas del tesoro se verán fortalecidas. Tendremos dinero para paliar el déficit fiscal. Era la voz de Nano.

—Lo único que falta es que uno del Fondo sea ministro de Finanzas. Capaces son.

La ley afecta más a los que ganan más. El gobierno ha tomado en cuenta la capacidad de pago del pueblo.

—¿Qué capacidad de pago? ¡Ninguna! Cuando no hay nada que perder, mejor que el gobierno se cuide... Lo vamos a tumbar, vamos a quemar el Palacio una vez más.

Un país moderno necesita una ley de impuestos moderna...

—A mí que me importa eso pues, faltaría que. Sólo quiero que lo que gano me alcance hasta fin de mes. Nos creen idiotas o qué.

¿Debíamos, para congraciarnos con el pueblo, saquear conceptos de la retórica de Remigio Jiménez? ¿Hablar, como él, de la necesidad de poner a toda la civilización occidental en el paredón de fusilamiento? ¿De nuestro deber ineludible, la defensa de nuestras tradiciones ancestrales? ¿Qué tradiciones unían a los q'aras y a los indios?

Por precaución, le había dicho al taxista que me dejara a cuatro cuadras de la plaza Murillo. Al bajar del taxi, escuché un boletín informativo de último momento: el Grupo Especial de Seguridad (GES) de la Policía Nacional había decidido ingresar en huelga. Los policías se replegarían a sus cuarteles, mientras el gobierno no hiciera caso a las demandas más urgentes de su pliego petitorio: la derogación inmediata de la nueva ley de impuestos y un aumento salarial del 35% al mes. Que la policía se declarara en huelga era grave: recordé que el principio del fin del gobierno de Velasco en el Perú había sido una huelga general de policías. Sin policías en las calles, ¿cómo podría el gobierno sostenerse, defender el orden?

Había agitación en el Palacio. Los militares entraban y salían, Lucas se comunicaba por celular con sus operadores políticos en las distintas regiones del país, el

Coyote hablaba con la prensa en el patio principal. Me dirigí a la oficina de UNICOM.

Al rato apareció Lucas, nervioso. Le pedí que me pusiera al tanto de lo que estaba ocurriendo. El presidente había nombrado una comisión para hablar con los altos mandos policiales, pero éstos habían dicho que no hablarían mientras no se atendiera su pliego. Todas las unidades de la policía, lideradas por el Coronel Salcedo, se habían amotinado en el edificio del GES.

El edificio del GES, el cuerpo de élite de la policía, se encontraba a una cuadra del Palacio.

—Hasta el momento todo está bajo control, sólo es en La Paz, ni siquiera la policía de otros departamentos se ha plegado, pero es cuestión de tiempo. La COB está en asamblea de emergencia... Si no son los fabriles es la policía. Y si no, los maestros. Y si no, los médicos. Y si no, todos a la vez. Si a esto no se le llama ingobernable no sé a qué se le puede llamar.

—Apuesto que todo se solucionará para el Carnaval —dije, tratando de descomprimir la tensión—. Mi papá tiene una teoría de que podemos no respetar nada, pero que nadie nos toque nuestros feriados, nuestras vacaciones.

—Para que una huelga sea efectiva —dijo Lucas sin humor—, tiene que ser un lunes o algo por el estilo. Faltaría que fuera en feriado o fin de semana.

Habló con Nano. Me dijo que preparara un breve mensaje para apaciguar los ánimos. El país estaba acostumbrado a funcionar con huelgas y bloqueos de fabriles y maestros; otra cosa era, sin embargo, cuando la policía era la que paraba.

Me llamaron del kinder de mi hijo. Los iban a

dejar salir temprano y no habría clases hasta que la policía volviera a las calles. Llamé a Amanda, le pedí que fuera a buscar a Nico. No puedo salirme de mi pega así como así, me dijo. Discutimos y me tiró el teléfono. Le pedí a Alicia que fuera a buscar a Nico.

Me encerré en el depósito de los trastos e intenté concentrarme en la escritura del mensaje. No se me ocurría nada original. Lucas me dijo no te preocupes, nadie se dará cuenta; yo sí me daba y eso era lo que importaba.

Así pasó ese día tenso, con la sensación de la inminencia de algún acontecimiento trascendental que desafiaría los cimientos del sistema democrático. Tanto el gobierno como la oposición se estudiaban, cautelosos, esperando que el otro moviera la primera ficha en un tablero entrampado.

El acontecimiento ocurrió al día siguiente. Al llegar al Palacio, me enteré que las guarniciones policiales de otros departamentos se habían plegado a la huelga y se hallaban amotinadas en sus cuarteles.

—Es culpa del ministro de Gobierno —me dijo Lucas molesto—. Anoche el coronel sublevado quiso hablar con él y no lo recibió porque estaba viendo el Bolívar-Pumas. Y esta mañana se acercó al edificio del GES a decirles que no discutiría nada bajo presión, que los esperaba a las nueve en el Comando General, que se retiraba a hacer una siestita, a tomarse un café. Los del GES se quedaron con la boca abierta. Así que ahora el Nano lo ha dejado al Coyote a cargo del lío.

Alrededor de las once de la mañana, me hallaba en la sala de prensa leyendo los periódicos en la red cuando escuché un ruido penetrante, como de cristales que se hacían añicos. Salí corriendo en dirección al lugar de donde provenía el ruido. Otros cristales se quebraron; Ada me informó que alguien había tirado piedras a las ventanas del Salón Rojo.

Hubo un momento de pánico: ¿se trataba de un golpe de Estado?

El personal del Palacio se arremolinaba en torno al Salón Rojo. Pasé al lado del Comandante de la Casa Militar, lo escuché hablar por walkie talkie con el Coyote y poner en marcha un dispositivo para reforzar la seguridad del presidente.

Uno de los mozos que se había asomado a la puerta principal me dijo que se trataba de jóvenes del colegio Ayacucho, que se encontraba en las cercanías del edificio del GES. Se les había ocurrido solidarizarse con los policías y no vieron mejor manera de protestar que acercarse a la plaza Murillo y tirar piedras al Palacio. Como no había policías en la calle, habían actuado con total impunidad; después de tirar piedras a puertas y ventanas y hacer que la guardia militar del Palacio se replegara, habían corrido en desbandada, orgullosos de su hazaña, gritando sin parar: "¡Que se vaya el gringo!"

¿Eso era todo? ¿Podíamos volver a nuestros despachos?

Lucas me dijo que acababa de hablar con el Coyote.

—Ha ordenado la movilización del ejército. Se ha constatado que algunos policías de civil han apoyado a los del Ayacucho. Los milicos vendrán a proteger el Palacio y se apostarán en puentes, gasolinerías y otros sitios estratégicos. Han habido reportes de cajeros automáticos desvalijados. El Nano está en su despacho. Lo evacuaremos. Más vale prevenir que lamentar.

¿Nano saliendo del Palacio por la puerta que daba

a la calle Ayacucho? Ninguna despedida sin un discurso previo era digna.

Alrededor del mediodía varios canales comenzaron a transmitir lo que ocurría en torno a la plaza Murillo. Abroquelados en el Palacio, observábamos en la pantalla de un televisor lo que sucedía a pocos pasos de donde nos hallábamos.

Antes de la una, la plaza había sido tomada por tropas artilladas y grupos de comando militar del ejército. En las pantallas, el Coronel Salcedo le hablaba a gritos a un reportero:

—¡Qué se creen estos pelotudos! Sus francotiradores se han subido a los techos, a los edificios, están apuntando a nuestro cuartel, y su comandante qué nos creerá, dice que sólo quiere proteger el Palacio. ¡Claro, como los del Ayacucho están a punto de dar un golpe de estado! No estamos buscando pelea con el Ejército, sólo pedimos un aumento y rechazamos el impuestazo, el señor Presidente tiene todo nuestro respeto.

Se escucharon disparos. La cámara se movía de un lado a otro, enfocaba el suelo y las paredes del edificio del GES, como si el camarógrafo estuviera buscando un lugar donde resguardarse de los proyectiles.

Al rato, volvió a hablar Salcedo.

—No nos queda otra que defendernos, ¡los militares están usando balas de guerra! Estamos en Clave Roja, que los civiles no vengan por aquí.

Sus palabras fueron interrumpidas por el Coyote, que apareció en los medios televisivos a través de un mensaje telefónico y anunció que se había ordenado que el ejército protegiera el Palacio de Gobierno. Le pidió a la policía, su "institución querida", que depusiera la actitud hostil.

Pero, ¿es que no sabía que estábamos viendo todo en vivo y en directo? El ejército no estaba en posición de defensa sino de ataque, y la policía, replegada, todavía no había disparado una sola vez.

El Coyote debía haberme consultado antes de hablar. Jamás le hubiera hecho decir "institución querida" a la Policía. Sonaba tan falso en sus labios.

Se escucharon más disparos en las calles. Sonidos secos y cortos, tableteos intensos, estruendos, explosiones. Había gritos y confusión. Un helicóptero sobrevoló por la plaza, el trepidante ruido de sus aspas ahogó todos los demás ruidos. Hubiera querido acercarme a las ventanas del Palacio, ver lo que ocurría allá afuera, pero no podía desprenderme de la pantalla del televisor en mi despacho. Sabía que allí vería más.

Sonó mi celular. Era Cecilia. Con la voz llorosa, me preguntó si estaba viendo lo mismo que ella en la tele.

—¡Hay francotiradores por todas partes! —se detuvo, intentó recuperar el aliento—. Y tú sigues allí… Nunca más me dirijas la palabra —gritó y colgó el teléfono.

No me dio tiempo para contestarle. Tampoco hubiera sabido qué decirle.

Ya se le pasaría.

Nadie quería abandonar el Palacio. En la cocina prepararon sandwiches para todos. Comí junto a Ada y un viceministro que le contaba por celular a su esposa que estaba bien, no te preocupes, mi vida. Apenas habíamos intercambiado palabras a lo largo de esos seis meses; sin embargo, ese rato nos unía un sentimiento de camaradería. Nos había hermanado la crisis, y esa sensación ineludible que visitaba tarde o temprano a todos los moradores del Palacio: nosotros vivíamos en un territorio especial, distinto a aquel en que vivía el resto de los habitantes del país. En el Palacio se respiraba un aire de posibilidades infinitas que no se respiraba afuera. Era un aire capaz de intoxicar al más humilde.

Llamé a Natalia. Tenía el celular apagado. Me preocupé.

Ada estaba nerviosa. Me pellizcó la mano, me pidió que la siguiera; la obedecí. Entró al baño de mujeres cerca a nuestra oficina.

—¿Ay diosito, qué va a pasar con nosotros? —dijo, mientras yo me quedaba mirando sus uñas largas y pintadas de blanco—. Mi marido está preocupado. Dice que van a entrar a saquear el Palacio, quiere que renuncie apenas pueda.

—No va a pasar nada. El ejército nos protege.

Se me acercó. La tez cetrina, los pómulos huesudos, las pestañas falsas: no era mi tipo. Se me cruzó la imagen de Natalia: ¿para qué hacerle algo que no se merecía?

No importaba: no se enteraría. La mirada ansiosa de Ada me reclamaba y la besé. Al rato nos estábamos acariciando y yo le desabotonaba la blusa. Pasamos a uno de los retretes, ella aseguró la puerta.

—¿Y si nos escuchan? —preguntó mientras me desabrochaba el cinturón.

—Todos están preocupados en otra cosa, tranquila —contesté antes de hundir mi rostro entre sus pechos.

A las tres de la tarde, la Central Obrera lanzó un manifiesto de rechazo al gobierno. El edificio de la COB se hallaba a cinco cuadras de la plaza Murillo; mientras hablaba el Secretario Ejecutivo frente a las cámaras, se escuchaban de fondo los tableteos de las ametralladoras y gritos de repudio al presidente. *Nano asesino, gringo asesino, te espera el farol.* El Secretario dijo que ya se había enterado de varios muertos y heridos en El Alto, nuestra sangre les va a costar caro; anunció paro nacional para mañana, metió sus papeles en un maletín y salió a la calle. Algunos miembros del Comité Ejecutivo lo siguieron y comenzaron a marchar. *¡Fusil, metralla, el pueblo no se calla!*

Un periodista anunció que los enfrentamientos en la plaza Murillo ya habían dejado quince muertos. Seis policías, dos militares, siete civiles. Ada se llevó las manos al rostro.

¿Dónde estaba Lucas? Quería que me dijera que esa cifra era mentira.

Debía salir a las calles, unirme a las manifestaciones que veía en las pantallas, sumarme a esas protestas en las que seguro se encontraba mi hermana.

Y sin embargo, no podía.

A las cuatro y media de la tarde, en medio de saqueos a centros comerciales y la quema de los edificios de la Vicepresidencia, del Ministerio de Desarrollo Sostenible y de las oficinas de los partidos en el gobierno, el presidente leyó desde su residencia en San Jorge un breve mensaje que yo había escrito, en el que pidió a las fuerzas armadas y a la policía nacional que se retiraran de la plaza Murillo, y anunció la derogación del decreto de reforma impositiva. Al terminar, pronunció una frase que yo no había escrito: *Dios salve a Bolivia.*

Los analistas se concentraron en esa frase y en el semblante pálido y ojeroso de Canedo, y dejaron de lado el análisis de mis palabras, tan precisas para ese momento.

2

El país no se tranquilizó con el mensaje de Canedo. Si bien a la medianoche del miércoles se firmó un acuerdo con la policía, por el cual ésta se comprometía a levantar la huelga y el gobierno a aumentar sus sueldos e indemnizar a las familias de los policías muertos; hubo todavía un día más de violencia y protestas, saqueos de tiendas y quema de edificios públicos. Los militares salieron a las calles a ejercer de policías y resguardar el orden, desbordados por la multitud, incapaces de cumplir su labor con la cabeza fría, no vieron mejor manera de intentar que el orden volviera a las calles que apretando el gatillo sistemáticamente.

El jueves de huelga nacional y manifestaciones en las principales ciudades del país, vi por televisión al lado de Nico, que protestaba porque quería que lo dejara ver sus dibujos animados, cómo la gente se congregaba multitudinariamente en la plaza San Francisco. Los maestros, los estudiantes, los campesinos coreaban insultos al gobierno y pintaban las bardas y paredes con mensajes de lucha popular.

Minutos después, francotiradores apostados en el techo del Banco Central disparaban a la multitud y la dispersaban. Vi cómo una enfermera que ayudaba a un herido en la plaza San Francisco era alcanzada por los balazos de un francotirador. Vi cómo explotaba el rostro de una doctora.

Coches blindados y tanques acordonaban la plaza Murillo; los militares pululaban en torno a los tanques, los lanzagases en posición de apresto y apuntando a los manifestantes que se les acercaban. Las paredes y las ventanas de los edificios en torno a la plaza mostraban, a manera de cicatrices, los impactos de bala de la refriega del día anterior.

El humo todavía salía por las ventanas del edificio del Ministerio de Desarrollo Sostenible, los muebles incendiados y las computadoras destrozadas en la calle. En el canal del estado, el Coyote declaraba que los que habían atacado los edificios públicos eran vándalos y criminales y que "lo ocurrido las últimas veinticuatro horas es producto de un complot contra la democracia, un golpe de Estado". Un periodista de lentes rebatió sus argumentos en otro canal: "Que el gobierno no intente criminalizar al pueblo. Estos hechos fueron una auténtica protesta popular. Nadie se robó nada, todo fue quemado. Lo único que quería la gente era destruir los símbolos del poder".

El Coyote insinuó que los francotiradores no eran militares —"esto se puede comprobar por el simple hecho de que vestían de civil"— sino que estaban al servicio de Remigio Jiménez, el principal enemigo de nuestra democracia.

Vi las tripas de los cajeros automáticos del Banco Unión. Pedradas certeras habían hecho añicos los vidrios del Burger King de Calacoto. El jefe de la seguridad privada de la Cocacola, en su fábrica de El Alto, rogaba a los militares que vinieran a proteger su empresa. Una muy maquillada conductora de un programa de noticias imploraba a los manifestantes que no atacaran la propiedad privada. Nico insistía: ¿podía ahora ver sus dibujos?

Un hombre corría por la Mariscal Santa Cruz con un herido ensangrentado en sus brazos. Un policía en Santa Cruz decía que sus jefes desconocían el acuerdo alcanzado por la policía en La Paz y remataba: que el gringo yanqui de mierda se vaya a Washington. En Cochabamba, los campesinos productores de coca enarbolaban la bandera del MAS y se enfrentaban a los militares.

A medida que avanzaba el día, los efectivos de la policía fueron volviendo a sus funciones en La Paz y lograron apaciguar a los manifestantes y mantener a raya a los saqueadores. Poco a poco, el resto del país fue tranquilizándose. Acaso porque las protestas habían sido espontáneas y carecían de un líder o una organización coherente, el gobierno de Canedo de la Tapia, que durante algunas horas se había tambaleado al borde del precipicio y sólo esperaba el soplo fatal que lo derribara, logró sobrevivir.

Al atardecer en el despacho del Coyote, después de varios circunloquios me atreví a preguntarle si había ordenado al ejército disparar a la policía y luego a los manifestantes.

—No soy de los que les gusta usar francotiradores —respondió sin mirarme.

—Confío en usted —le dije, la voz temblorosa—. Sería terrible que…

—¿Terrible qué?

—Nada, nada.

Salí de su despacho con las mismas dudas que me habían llevado a él.

Quizás lo mejor era no preguntar, aparentar no saber nada.

Esa noche, Nano volvió a emitir otro mensaje a la nación en la que hablaba del daño que se había hecho a *obras que han tardado generaciones en hacerse* y anunciaba que mandaría a su vicepresidente a que *los visite a ustedes en diferentes lugares para hablar con el pueblo en sus barrios, para visitar estudiantes en sus universidades y sus escuelas, y para decir a la gente que tiene que tener esperanza, tiene que tener fe en el futuro y escuchar sus problemas y consejos, que los vamos a escuchar con todo interés y con toda humildad...*

Había peleado con el desaliento desde hacía un par de meses, me había esforzado por mantenerlo a raya; la resistencia había sido minada del todo. Terminé de escribir el texto y me pregunté: ¿ahora qué?

Nada. El estallido popular era una muestra más que explícita de mi derrota. Mis palabras no habían llegado a buen puerto, no servían de nada. Daba igual que Canedo leyera un mensaje pletórico en ideas elevadas sobre el sacrificio y la compasión tanto como que hiciera pública una Declaración sobre el derecho a escupir de la llama.

Debía renunciar, vano escribano. En verdad no se me necesitaba en el Palacio.

Al final de las jornadas de protesta, la Comisión de Derechos Humanos dio a conocer el saldo de los enfrentamientos: treinta y seis personas muertas —veinte civiles, diez policías, seis militares— y doscientas heridas. El gobierno, que se negaba a aceptar que los francotiradores eran militares vestidos de civil y los mencionaba como "agitadores profesionales de izquierda con el objetivo de desestabilizar la democracia boliviana", pidió a la OEA que nombrara una comisión encargada de estudiar los acontecimientos y asignar responsabilidades.

Canedo de la Tapia dijo en un mensaje emitido el 16 de febrero que había escuchado la voz angustiosa de la calle y que a partir de hoy gobernaría cerca del pueblo. *Sepan que a partir de ahora nos quemaremos las pestañas para reducir el gasto público. Confiscaremos los celulares innecesarios, pediremos que los ministros ya no usen vehículos del gobierno para llevar a sus hijos de aquí para allá. Después de todo, cuando yo era niño jamás había soñado que el árbol del Estado estaría plagado de frutos maduros. Por eso es que ya no cobraré mi sueldo, en realidad lo cobraba para hacer llegar esos billetes a un orfelinato en Tupiza y un asilo de ancianos en Potosí, pero entre cobrar y no cobrar me quedo con el no cobrar, igual seguiré haciendo llegar, de mi bolsillo, ese dinerito a los niños huérfanos y a los ancianos de este país tan terco en su agonía... Dios ilumine a Bolivia. Muchas gracias por escucharme.*

Había aprendido que a Nano le gustaba mencionar a Dios al final de sus mensajes, así que ahora incluía una línea al respecto.

Hablé con papá: me preguntó a quemarropa si seguiría trabajando para ese gobierno represor. ¿Lo decía sin ironía? Si yo hubiera sido Felipe, le habría gritado eres el menos indicado para hacerme esa pregunta. Pero no lo era, así que lo único que hice fue cambiar el tema.

Quise hablar con Cecilia pero no pude: no contestaba mis llamadas.

Esa noche vi por primera vez a Natalia desde el inicio de la crisis. Tenía la cabellera revuelta, rebelde a los intentos de sujeción de un moño. En las muñecas tintineaban sus pulseras.

Quise besarla y me rechazó. Quise tocarla y retrocedió con las manos crispadas. Me dijo no he dormido bien toda la semana, no estoy de humor para caricias. No le creía.

—No es nada personal. En serio, Oscarín, esta cosa de los chalecos es la que me tiene mal. No voy a estar tranquila hasta que salga el negocio.

—Si me aseguras que vas a ponerte de buen humor, te prometo mover cielo y tierra para que el gobierno te los compre…

—¿En serio?

—Es una buena coyuntura para hablar con el Coyote. El gobierno necesita proteger a los soldados.

Me abrazó y me besó.

Éramos tal para cual: ella se quejaba de su posición de privilegio y no hacía más que abusar de ésta; yo criticaba las formas expoliadoras con las que nuestra clase había manejado el país y no podía, no sabía, o no quería romper el ciclo que me hacía ser parte de aquello que criticaba… Tener una conciencia culpable no era suficiente para alterar los viejos hábitos.

Al día siguiente, de regreso al trabajo en un Palacio resguardado por tanquetas y militares, me acerqué al despacho del Coyote. Me hizo pasar. Esperé durante diez minutos a que terminara de hablar por teléfono. Le daba vueltas a lo que le iba a decir.

—¿Algo urgente? —me dijo—. Lo noto preocupado.

—Quería ver si me podía ayudar en algo. Resulta que, bueno, este, ocurre que…

—Estás dando más vueltas que trompo de llockalla.

Le dije lo de los chalecos antibala. El gobierno los necesitaba, yo estaba dispuesto a oficiar de intermediario, sólo debía autorizar la compra, era suficiente una firma...

Se levantó de su asiento, se acercó al retrato del soldado de los Colorados. Traté de ver lo que él veía por sobre sus hombros, cada uno de los puntos en el cuadro que iban creando una mirada que no era la temerosa de nuestros soldaditos de hoy, una severidad en la quijada que hablaba de rigor y reciedumbre, los rojos del uniforme y los puntos negros de las líneas del cuello y del rostro que separaban al soldado del paisaje que lo rodeaba, los ocres de la cadena montañosa a sus espaldas. La mirada del Coyote se ha detenido en la boca, pensé: ¿qué dicen esos labios cerrados con firmeza? Ahora está circulando por el pelo pajizo, y no me dice mucho. Luego la mirada se posó en los ojos, porque siempre se podía encontrar expresión en ellos, y los del soldado en eso no eran excepcionales, decían de la familia que dejaba detrás, y del pueblito en el valle de Cochabamba, y de cómo seguía adelante y haría lo que sus superiores le dijeran aunque le habían contado que el ejército chileno tenía mucho más armamento. Su abuelo le había enseñado a ser valiente, su padre le había enseñado a encontrar un destino en el ejército, no sabía mucho de la patria grande pero sí de los compañeros que estaban junto a él en el regimiento y sí, por ellos valdría la pena morir, eso era suficiente.

El Coyote dejó de extraviarse en el cuadro, se me acercó y me dijo:

—Voy a hacer como que no he escuchado lo que me acaba de pedir. No quiero pensar que usted no tiene moral. En momentos como éste.

Me ruboricé, le pedí disculpas. La intensidad de

su mirada no me daba respiro. En ese momento sonó el teléfono. El Coyote fue a contestarlo, me alegré.

El Coyote colgó, el rostro demudado.

—El gobierno ha cedido a la presión. Nuestro presidente no tiene huevos y me está obligando a renunciar. Que la Asamblea de Derechos Humanos, que los sindicatos… Al carajo. Que se joda solo. A ver cuánto dura sin mí.

—No pueden hacerle esto.

—Ya lo hicieron. Seguro Mendoza está detrás.

Luego me enteraría que Mendoza se había reunido con Nano hasta la medianoche, y que se había marchado furioso del Palacio cuando Nano le dijo que no cedería a su pedido de sacar al Coyote del gabinete. Por lo visto Canedo había recapacitado.

—No lo puedo creer —le dije—. Es un error. Lo vamos a extrañar.

—Extrañar es un sentimiento inútil.

El Coyote puso papeles en una carpeta y luego me extendió su mano blanda. Salió de su despacho, se despidió de sus colaboradores más cercanos y abandonó rápidamente el edificio.

Encontré a Lucas en el pasillo. Salimos a la plaza. Había más policías militares de lo habitual apostados a las puertas del Palacio y el Congreso. Los curiosos se acercaban a las paredes de la casa de gobierno para ver los impactos de bala, las huellas de la refriega entre militares y policías. El cielo estaba cargado de filamentos grises que escondían los picos nevados en el horizonte. El sol todavía resplandecía en lo alto, abrazaba con su pátina las fachadas de los edificios de la plaza. Pronto las nubes lo oscurecerían.

—¿Qué has dicho lo del Coyote? —pregunté.

—Lo obligaron. A mí no, pero yo también acabo de renunciar.

Lo miré para ver si bromeaba.

—En serio, hermano, te lo juro. Se lo dije a Nano y lo tomó de lo más bien. Incluso nos fumamos un puro juntos. ¿Sabías que yo comencé a fumar puros en su primer gobierno? Lo veía con su puro en la boca y decía, ese es el toque que me falta.

—Estás muy tranquilo.

—¿Qué quieres que haga? ¿Que me ponga a llorar? Es una decisión estudiada.

—No te entiendo. Pensé que creías en el proyecto del Nano.

—Por eso mismo. Estos meses han sido agotadores, pero todo se justificaba mientras creyera en el proyecto. Ahora ya no. Después de tantas muertes, hemos perdido legitimidad.

—El gobierno no tuvo la culpa de todas las muertes.

—Una vez que la legitimidad está perdida, ya nada de eso importa. Al menos no para mí. Es cierto que el Nano está en su derecho al usar la fuerza para imponer su autoridad. Pero hay formas de imponerla. A lo bruto, no.

Se tocó la cabeza.

—¿Sabes qué significa sobrevivir a esto? Que la victoria nunca es total. Y si vives con una bomba de tiempo dentro, entonces eres consciente de que no vale la pena perder un sólo minuto defendiendo una cosa en la que no crees.

—En el fondo todos vivimos con una bomba de tiempo dentro.

—Sí, pero sólo a algunos se les hace más obvio que al resto.

—Quédate. No me dejes solo. Tú fuiste el que me trajo aquí.

—Si quieres, ándate conmigo, hermanito. ¿Qué vas a hacer aquí? No te quemes más. Este gobierno tiene los días contados.

—Eso es lavarse las manos. Nosotros también somos responsables y hay que asumirlo.

—Nadie dijo que porque renuncio hoy me estoy lavando las manos. Asumo lo que me toca, pero no quiero ser parte de lo que vendrá.

Ahora sí, me di cuenta que su tranquilidad era una fachada. Estaba desmoralizado y me contagió su desazón. Lo abracé.

Se dirigió al Palacio; me acerqué a un heladero, compré un pingüino y me senté en un banco. El sol restallaba en mi cara, las palomas picoteaban el suelo en torno a mis pies.

Constaté con angustia que aunque ya era muy consciente de que mis palabras no servían de nada, de que las palabras no servían de nada, de que el lenguaje no servía de nada, de que quizás para lograr que el presidente se comunicara con el pueblo debía inventar otro lenguaje que no pasara necesariamente por las palabras —estaba leyendo *Homo videns*, el libro de Sartori que me había recomendado Mendoza—, sabía también, de manera intuitiva, que en un momento como ese me era imposible renunciar.

El hombre de la silla de ruedas se me acercó.

—Usted y yo tendremos que hablar algún rato —dijo, ofreciéndome una sonrisa de platas y oros refulgentes.

—Si me dice el temario, encantado.

—El gobierno ha cometido una injusticia conmigo. Necesitan devolverme mi trabajo, han sido años de servicio ininterrumpido a la nación. Una vida, caballero, y así me tratan. Hay que limpiar ese Palacio de la presencia del maligno. La casa de todos se ha vuelto un Averno. Nos reunimos todos los días.

Me dio una estampita del Padre Pío. Era como un holograma: la movía y el Padre cambiaba de expresión, su rostro grave estallaba en una carcajada. Me la metí en el bolsillo de puro supersticioso; acumulaba papeles en los cajones de mi velador y las gavetas de mi escritorio, era otra de las cosas que molestaban a Natalia.

Me levanté y le agradecí la gentileza.

Al entrar al Palacio vi que seguía perorando ante las palomas.

En el depósito de los trastos, escribí un mensaje a la nación: Si voy a la botica y pregunto por la señora Anita buscando un poco de platita, nadie me contesta; pero si voy a la botica y pregunto por la señora Anita sin buscar un poco de platita, el boticario me contesta y me dice que ella ha salido, y que me estuvo esperando toda la tarde; y se calla. Yo me callo, nada más pregunto o digo de lo ya preguntado y dicho; y después de largo rato en presencia de un señor de anteojos que está parado a mi lado si voy a la botica, le digo al boticario: "Dicen que usted es potosino"; y el boticario me contesta: "Sí, soy potosino"; y se calla. Yo hago lo posible por quedarme callado…

Luego me dicté a mí mismo: Busca la palabra quimera en el diccionario, Óscar. Idea falsa, desvarío, falsa imaginación, dice, Excelencia. Eso voy siendo en la realidad y el papel. También dice, señor: monstruo fabuloso que tenía cabeza de león, vientre de cabra y cola de dragón. Dicen que eso fui. Agrega el diccionario todavía,

Excelencia: nombre de un pez y de una mariposa. Pendencia. Riña. Todo eso fui, y nada de eso. El diccionario es un osario de palabras vacías. Si no, pregúntaselo a mi tío. Las formas desaparecen, las palabras quedan, para significar lo imposible. Ninguna historia puede ser contada. Ninguna historia que valga la pena ser contada. Mas el verdadero lenguaje no nació todavía. Los animales se comunican entre ellos, sin palabras, mejor que nosotros, ufanos de haberlas inventado con la materia prima de lo quimérico. Sin fundamento. Ninguna relación con la vida...

Escribí: tengo deberes sagrados que cumplir, y los cumpliré hasta quemar el último cartucho.

Escribí: que se rinda su abuela, carajo.

Luego escribí: escribano vano. Vano escribano. Escribano vano. Vano escribano. Escribano vano. Vano escribano. Escribano vano. Vano escribano. Escribano vano...

Hubo otras renuncias y cambios importantes en el gabinete. La presión de la embajada hizo que otros partidos con representación parlamentaria —no el de Jiménez— aceptaran formar parte de la coalición oficialista, para así asegurar mayoría en el Congreso y garantizar la gobernabilidad. Hubo más protestas, pero éstas fueron aisladas: más de treinta muertos durante los dos días que duró el estallido social fueron un costo tan elevado para pagar por la catarsis que buscaba la sociedad ante la crisis, que nadie parecía dispuesto a continuar remeciendo mucho las aguas, no fuera a ser que las balas y la sangre volvieran a las calles. Todo, poco a poco, volvió a la normalidad. Eso no significaba que la gente quisiera olvidar lo ocurrido; lo notaba al hablar con Alicia, con los taxistas. La furia contra el gobierno continuaba, incluso exasperada porque ahora los muertos debían ser cobrados algún rato; los funerales de los policías caídos habían tornado en mitines coléricos, señales claras de que no se pasaría la página tan fácilmente como otras veces. Lo único que se buscaba era el momento adecuado para que el pueblo, el Oso, le asestara el zarpazo mortal a Canedo. Por lo pronto, la caída de Coyote había saciado en algo la sed de venganza, y Jiménez y otros líderes opositores podían decir que la cabeza del odiado ministro era apenas el principio del fin.

Fue Natalia la que me comunicó que, pasados los disturbios, el gobierno había aprobado con premura la compra de mil chalecos antibala. Lograr que se efectivizara el contrato había sido el último acto ministerial del Coyote. Estaba exultante, me lo agradecía y decía que me tocaría una buena comisión. Yo no sabía qué pensar, si el Coyote lo había hecho por mí o si simplemente yo apenas le había dado una buena idea; él había decidido al fin que en esos momentos, entre que los policías y los militares tuvieran o no tuvieran mil chalecos más, era mejor que los tuvieran. Lo que no me sorprendía era su capacidad de seguir dictando las órdenes, aun a punto de caer; se iría del Palacio pero seguiría estando allí, tramando su retorno.

Esas fueron las mejores semanas de mi relación con Natalia. Salíamos a restaurantes, íbamos a bares hasta la madrugada, nos emborrachábamos con fervor. Ella comenzó a sugerir que lo nuestro había alcanzado la madurez necesaria para pasar a otro nivel. No me lo decía con las palabras exactas, pero era obvio que se refería a vivir juntos. Me hacía el que no la entendía y trataba de ganar tiempo mientras me decidía.

Una noche, mareado, me quedé a dormir en su departamento en Obrajes. A la madrugada, fui desnudo al baño y me topé en la puerta con Canela, un camisón azul con volados, un oso de peluche en la mano.

—Le voy a decir a mi papá —me dijo, los ojos bien abiertos.

Me cubrí con una toalla.

—Cuidado que te atrevas —hice con mi mano un gesto como de un zarpazo. La niña se asustó y se puso a llorar. Traté de calmarla sin suerte. Vino Natalia, que estaba más borracha que yo. Canela lloró con más ganas. Natalia, exasperada, le dio un sopapo. Vi la marca en la mejilla de Canela, no dije nada. Quise desaparecer, dejar que Natalia lo arreglara a su manera, y me metí en el cuarto de los dos niños y casi me tropecé con los aviones de metal y muñecos de Lego regados en el piso. Dormían en paz, sus piernas saliéndose de las camas.

De pronto, se me vino toda la enormidad de la situación de Natalia: tenía tres hijos.

Un instante de lucidez: ella estaba buscando un compañero, pero también un papá. El alcohol me hizo asustar más de lo debido: la quería, pero no me sentía capaz de tanta responsabilidad.

Mientras Natalia calmaba a su hija, me vestí y salí del departamento sin hacer ruido. Caminé varias cuadras hasta encontrar un taxi. Apagué mi celular.

Al día siguiente la llamé para pedirle disculpas por lo ocurrido. No te preocupes, me dijo.

—Quizás salga temprano del trabajo esta tarde. Tengo ganas de estar con mis hijos. Llevarlos a tomar helados, esas cosas que solíamos hacer en familia. Soy algo floja para planear.

—Si quieres te acompaño. Puedo incluso tratar que Nico venga con nosotros.

—Andan dejados de la mano de Dios. Yo metida en lo mío, su papá que aparece en cuentagotas… Canela es la que más sufre.

—Es difícil –no sabía bien qué decir—. Uno quiere mantener la familia unida, pero la vida moderna…

—Sí. La vida moderna.

Hubo un silencio tan largo que pensé que la línea se había cortado.

—Mi marido siempre me decía, quién te va a tomar en serio si te divorcias de mí –dijo ella al fin—. Durante muchos años me la creí. Luego me dije que no me asustaría. Pero parece que el hijo de puta tenía razón. Es difícil.

—No es eso, Natalia.

—Mejor no me digás nada, para qué. Mejor cambiemos de tema.

Nunca más volvió a mencionar la idea de vivir juntos. Cuando yo se lo propuse como una posibilidad a fin de año, se rió con una carcajada feroz y me dijo hablemos de cosas serias, por favor, collinga.

3

Esa misma tarde, Nano me llamó a su despacho. Lo encontré cortándose las uñas. Tenía la mirada cansada. Noches de desvelo, pensé, de sentir la ingratitud de un país que no lo había recibido como un héroe a su retorno al Palacio. Como si no le hubiera sido más fácil abandonar la política y dedicarse a sus negocios. Podía controlar sus empresas mineras desde Washington o Miami. Pero no: sus padres le habían inculcado esa necesidad de entregarse al país donde le había tocado en suerte nacer. Lo suyo era un noble acto de desprendimiento y algún día eso se vería reconocido; quizás no en el presente, pero para enderezar las impresiones equivocadas estaba la historia.

Me preguntó si sabía por qué había renunciado Lucas. Agarró la pila de uñas sobre el escritorio, las tiró a un basurero a su derecha.

—Necesita un tiempo de descanso —mentí—. La crisis lo agotó. No es para menos.

—¿Cómo que no es para menos? Nadie nos hace un favor. Si uno quiere trabajar aquí, lo hace pensando que la crisis es la regla, no la excepción.

Se levantó y me mostró varios impactos de bala en las paredes. Salimos del despacho y me señaló otros impactos de bala en la antesala del comedor, en el comedor y en la antesala del dormitorio presidencial. Al principio de su gobierno me había intimidado estar cerca de él; ahora pensaba quién sería el primero en decirle que el emperador no llevaba traje.

—Dicen que soy un cobarde porque abandoné el Palacio por la puerta de atrás. He mostrado las balas a los periodistas para que me crean. Se atentó contra mi vida. Fue algo muy bien planeado. Un intento de golpe hecho y derecho. Los narcos están detrás de esto, y también Chávez y Castro. Todos lo usan al Remigio para desestabilizar nuestra democracia.

Asentí; no tenía ganas de discutir. No lo convencería de lo absurdas que sonaban sus ideas. Observé los impactos de bala. Un capitán del ejército y un soldado habían muerto en el techo del Palacio. No me quedaba claro si los impactos que veía eran la respuesta a los disparos que habían provenido del techo del Palacio, o si los disparos del techo habían sido la respuesta al ataque a los ambientes donde podía encontrarse Canedo.

Nano me ofreció ser el nuevo portavoz gubernamental. La oferta me tentó.

—Honor que me hace, señor presidente. ¿Me lo podré pensar hasta mañana? Le daré la respuesta a primera hora.

—Hasta esta tarde. Necesitamos definir esto con urgencia.

Iba a salir del despacho cuando me detuve. Me di la vuelta, me armé de valor, y le dije que no podía ser el portavoz. Me miró sorprendido.

—Disculpe. No va conmigo… No es mi carácter. Puedo ser más útil detrás del escenario. Escribiendo discursos, sopesando palabras... No voy a soportar ni una hora alejarme de la escritura. No voy a aguantar mucho verme en la televisión todo el tiempo…

Parecía haber anticipado mi negativa. Ni siquiera intentó convencerme. Volvió a sus papeles. Salí, consciente de haber tomado la decisión correcta.

Uno de los más criticados durante las primeras semanas después de la crisis fue el vicepresidente. Los medios de comunicación y los intelectuales, que hasta ese entonces lo habían visto como uno de los suyos, una suerte de infiltrado en el gobierno, escribieron que Mendoza no había sido capaz de dar la cara durante los peores momentos del conflicto. ¿Qué había pasado con su independencia y su probidad moral? Uno de sus mejores amigos, un columnista de *La Prensa* al que le gustaba usar la expresión "así nomás había sido", tan ufano de su importancia como intrascendente en sus opiniones, era el más furibundo y se había convertido en el cabecilla de los ataques como para demostrar que no hay peor enemigo que aquel que alguna vez fue tu aliado de confianza. Otros periodistas incluso acusaban a Mendoza de ser, junto a Canedo y al Coyote, parte de la "Santísima Trinidad, responsable de que los francotiradores asesinaran al pueblo". Algunos insinuaron que sólo recuperaría su credibilidad renunciando a su puesto.

Me llamaba la atención que Mendoza fuera atacado con más virulencia que Nano o el Coyote. Una vez me dijo de refilón que antes de ingresar en política creía saber de la ingratitud humana, pero que se había quedado corto. Creí que una sombra de tristeza se posaba por un momento en su rostro, tan acostumbrado al contacto diario con las cámaras que sabía enmascarar emociones cuando era necesario; también expresarlas si eso se requería de él. Al final, aunque no era difícil saber lo que pensaba, sí lo era descifrar lo que sentía. En público, sólo abrió la boca para lamentar tanta muerte y decir que el pillaje organizado había sido el principal responsable de la destrucción de los comercios y las instituciones públicas, entre ellas, el recién restaurado edificio de la vicepresidencia. Por lo demás, no contestó a las críticas personales. Se mantuvo callado, como si se hubiera autoimpuesto —él al que le gustaba tanto opinar—, una penitencia de silencio. No había estado de acuerdo con los métodos del Coyote para reprimir las protestas de febrero, pero, a pesar de que había amenazado con hacerlo, no se había distanciado de ellas en público. Por más que hubiera jugado la carta de independiente los primeros seis meses, no había sido capaz, por diversas razones, de una ruptura definitiva con el gobierno y por lo tanto debía asumir la parte de culpa que le tocaba. Porque todos teníamos la culpa, por más que Canedo no la admitiera y siguiera acusando a los vándalos y los agitadores de izquierda de la convulsión social.

Pero no creo que fuera casualidad que esos días llegara al Palacio un óleo que Mendoza había comisionado a un pintor potosino. Se llamaba *El presidente colgado* y mostraba a Gualberto Villarroel suspendido de un farol en la plaza Murillo; lo rodeaba la multitud, algunos con los brazos levantados en señal de triunfo, otros con los ojos desorbitados por el pánico y la sorpresa. Villarroel parecía un monigote relleno de paja, y los rostros de la gente eran grotescos; las siluetas estaban pintadas con trazos negros. Al fondo se recortaban los edificios de la plaza, rodeados por un color rojo sangre, una aurora muy viva o quizás un siniestro crepúsculo.

En el Palacio se dijo que había sido de mal gusto colocar ese cuadro en la Galería de los Presidentes en un momento de tanta tensión. Incluso Juan Luis, el nuevo portavoz del gobierno, le transmitió a Mendoza el desagrado del presidente. Traté de justificar a Mendoza, dije que con el permiso de Canedo él había comisionado cuadros meses atrás y no sabía cuándo se los entregarían. Se trataba apenas de una desafortunada coincidencia.

Intuía que no era sólo eso. En público, Mendoza cerraba filas en torno al gobierno; en privado, había cortado amarras con Nano y a través del cuadro le señalaba uno de sus posibles destinos —uno de nuestros posibles destinos—, si seguía sin escuchar al pueblo. No se podía estar al mismo tiempo a favor y en contra del gobierno, y eso, me parecía, era lo que Mendoza quería hacer.

No podía acusarlo de hipocresía porque me miraba en su espejo: a mi manera, hacía lo mismo.

Un viernes por la noche Natalia fue a cenar con Carola; luego se reunirían a jugar al póker con unos compañeros de trabajo y nos encontraríamos en el Capotraste. Yo estaba en la barra del local viendo el video de un concierto de los Rolling Stones en la pantalla, y hablando de fútbol con el encargado del bar (era stronguista y se burlaba de mi inveterada afición por el Wilster). Así fueron acumulándose las cervezas.

Era casi la medianoche y Natalia no llegaba. La llamé a su celular. Ella me contestó y de pronto escuché una voz de hombre; escuché un forcejeo, luego gritos y un sonido como del celular que golpeaba el suelo. La comunicación se cortó.

Volví a llamarla. Nadie me contestó. Me preocupé. Llamé a Carola; me dijo que hacía como dos horas que se había despedido de Natalia, no tenía idea dónde estaba. Llamé al departamento de Natalia. Me contestó Canela, le pregunté por su mamá, me dijo que no estaba y colgó.

Regresé a las cervezas. Ya llegaría, me dije.

Una hora después, estaba en la puerta del bar a punto de tomar un taxi cuando Natalia apareció. Me dio un beso, me abrazó y no se desprendió un buen rato. Le acaricié la cabellera despeinada. Tenía los ojos llorosos. Le dije que me tenía preocupado.

—Me explico —trataba de recuperar el aliento—. El póker genial, como siempre. Tipo once interrupción del póker. Llamada telefónica al celular. Dudé en contestar al ver que no eras vos. El Antonio me llama y me dice que debería ir a su casa, que es su cumple, que vaya a darle un abrazo. Acaba el póker. Dudo pero voy. Entro y paso al living. Me dice que en un rato está conmigo, que enseguida me lo explica todo, que está haciendo no sé qué. Suena mi celu, eres tú. Hablamos normal, eso pensaba yo, pero ahí nomás se puso como loco y me quita mi celular. Luché un poco con él para que me lo devolviera pero nada, él es más fuerte. Trato de razonar con él, que se tranquilice, que yo no había venido para eso. Entonces vuelve a sonar mi celular y se fija en el maldito identificador de llamadas, ve tu nombre y va, peor. Me empuja dentro de un cuarto y me encierra con llave, yo le grito que me abra la puerta. La golpeo y todo, y claro, lloro un montón porque él dice que te va a poner en tu lugar por teléfono. Nada, por fin abre el cuarto pero enseguida corre a encerrarse en otro. Golpeo también esa puerta para que me devuelva el celular y pueda irme. Nada, entonces me tranquilizo, tomo su celular y me preparo para marcharme. Llamo a un taxi. Él sale del cuarto, me dice que espere, yo ya no lo escucho, tiemblo, me bota mi celular, yo le devuelvo el suyo sin cruzar palabra. Salgo y espero al taxi afuera. Estoy llorando y pienso en qué pensará el pobre portero de ese edificio y el taxista cuando llegue a recogerme.

La tranquilicé, la llevé a mi departamento. Le dí un vaso de agua, vimos un poco de television. Le sugerí que llamara a su casa y se quedara conmigo esa noche. No quiso. Extrañaba a sus hijos, me dijo.

Se fue en un radio-taxi quince minutos después. Me pregunté si me había contado toda la verdad. Estaba rara y alterada conmigo, y no sabía si eso se debía a su pelea con Antonio o a las secuelas de aquella madrugada en que me fui de su departamento sin avisarle. Mi mala experiencia con los ex esposos me decía que debía estar alerta. Ah, los ex, esa especie extraña digna de la desconfianza: el fuego se resiste a morir, de las cenizas puede emerger un incendio.

Quizás esa madrugada mi gesto la había convencido de que era hora de buscar una pareja con más futuro. Quizás Natalia no lo sabía del todo, pero nuestra relación había, para ella, ingresado a una fase terminal.

No sabía qué hacer. No quería perderla, tampoco me animaba a comprometerme, a ofrecerle la estabilidad que ella ansiaba.

La salida de Lucas mejoró en algo mi situación. Ahora yo no tenía un intermediario que filtraba mis discursos, los corregía e higienizaba para que llegaran a manos de Nano desprovistos de cualquier aguijón. Juan Luis se ocupaba de lidiar con los medios y me dejaba hacerme cargo de los mensajes. Comencé un nuevo sistema de trabajo, por el cual me reunía con Nano dos veces a la semana. Mientras él hablaba en su despacho, yo tomaba notas. Me explicaba qué era lo que quería decir, qué temas le interesaba tocar esa semana, y yo debía traducir sus palabras a un discurso efectivo. No me hacía muchas ilusiones sobre mi capacidad de conmover a quienes lo escucharan, pero tampoco me sentía capaz de dejar de escribir mensajes. Me había resignado a la falta de poder de mis palabras.

—Mi hermana tenía razón —le dije a Natalia cuando se lo conté, un viernes por la noche con el programa de Carola de fondo en la televisión de mi cuarto—. Hace ya tiempo que me dijo que yo era un cero a la izquierda en el Palacio. Quizás lo hubiera aceptado si me lo habría dicho en otro tono.

—Pero de eso no sacas el corolario inevitable —dijo Natalia; sólo llevaba en el cuerpo un sostén color vino.

—Que es…

—Plantearte seriamente la posibilidad de renunciar.

—¿Lo harías tú?

—¿En tu lugar?

—En el mío, en el tuyo.

—No lo sé —suspiró, acomodando su cabeza en mi pecho—. Me he acostumbrado tanto a estar cerca de la toma de decisiones importantes…

—…Que seguirías allá incluso si esas decisiones fueran equivocadas.

—Ya te dije que no lo sé. Tu problema es más urgente que el mío. Yo estoy bien en mi trabajo, vos sos el que se complica la vida.

—Pues no. No me lo he planteado seriamente. No sé si lo haré.

—Todos conocemos nuestras limitaciones. Quizás ésa sea la tuya.

Al final de una de mis reuniones con Nano le pedí a Juan Luis que me sacara una foto con el presidente, para enviársela a mamá; pese a sus reparos, se pondría muy orgullosa. Hice imprimir la foto pero no me animé a mandarla: papá se molestaría. La puse en mi velador, y luego de un par de horas la guardé: no quería que Alicia la viera.

Había eliminado de los discursos de Canedo toda referencia a teorías conspiratorias para explicar los sucesos de febrero, y cualquier mención de los manifestantes como simples criminales que debían ser pasados a la justicia ordinaria. Le pedí que fuera consistente, que tampoco hiciera esas menciones en entrevistas y declaraciones. Había que adoptar una actitud más conmovida e identificatoria con las penurias del pueblo. Canedo asentía cuando se lo decía, pero en ningún instante descartaba la existencia de una vasta conspiración de izquierda para derrocarlo. Tampoco podía creer que quienes quemaron los edificios públicos no fueran pillos o vándalos o cualquier otro epíteto de ese calibre. Al menos, sin embargo, no volvió a mencionar el tema en sus declaraciones y discursos. Se refirió constantemente a la necesidad que tenía la sociedad de reencontrarse consigo mismo, y a que era "hora de darnos un abrazo entre todos los hermanos bolivianos". Yo había decidido utilizar un lenguaje e imaginería más religiosos, y a Canedo eso le pareció una idea sensible.

El problema era el de siempre: por un lado, mientras el presidente no cambiara de verdad su actitud hostil a las demandas que provenían de la calle, reflejada en la tensión en sus gestos —el ceño fruncido, el cuerpo comprimido y las manos crispadas cubriendo su pecho, como esperando que alguien lo atacara a golpes—, sus palabras, por más bien intencionadas que fueran, seguirían sonando huecas; por otro lado, algunos ministros y figuras de los partidos en el gobierno seguían emitiendo en público siniestras condenas a los culpables del febrero negro, sin que en momento alguno se les ocurriera sugerir que el gobierno tenía algo de culpa.

La OEA aceptó enviar una comisión a La Paz para investigar los sucesos de febrero. La Iglesia inició gestiones para reunir en un Diálogo Nacional a los dirigentes de los partidos en el gobierno y los opositores, y crear las condiciones necesarias para distender un clima tan hostil. Por el bien del país, sus líderes debían ponerse de acuerdo. Remigio aceptó participar, pero otros dirigentes indígenas como el Mallku se negaron a hacerlo.

Ese fin de febrero tuvimos un carnaval deslucido. Las entradas de Oruro y Santa Cruz carecieron del brillo acostumbrado. La gente no tenía muchas ganas de festejar.

Lucas me llamó para contarme los últimos chismes: habían visto a Nano en el carnaval de Oruro, sentado junto a Carola.

—Debería tener más cuidado, para eso están los bulines.

Me reí, le dije que Ada lo extrañaba.

—La llamaré uno de estos días. Extraño los polvos con ella. Aunque creo que extraño más tirármela en el Palacio. Es un gustito aparte.

Pasé los feriados de carnaval en Cochabamba. Mis papás me abrazaron como si fuera el hijo pródigo que retornaba al hogar después de décadas. Se habían puesto de acuerdo en no tocarme el tema de mi permanencia en el gobierno, y se dedicaron a inflar globos y jugar con pistolas de agua con Nico. Mamá dictaminó estás flaco y preparó mis platos preferidos: picante de pollo, causa, lomo borracho, ceviche. Se levantaba temprano todas las mañanas para ir a la iglesia de la Recoleta. Una vez me despertó para que la acompañara. Me quedé atrás, junto a la puerta —como solía hacer papá cuando íbamos a la iglesia durante mi infancia—, mientras mamá se acercaba a la estatua de la Virgen María a uno de los costados y rezaba, hincada, durante unos veinte minutos. Antes de irse encendió diecisiete velas por el alma de Felipe, y depositó monedas en un recipiente de metal al costado de donde ardían, inquietas, las velas.

No salí a festejar con los amigos y me quedé en casa escribiendo, leyendo los periódicos y viendo televisión. Las macetas de gladiolos y orquídeas habían proliferado en el living, el patio, la cocina. Cecilia no se apareció una sola vez, ni siquiera llamó. Estaba bien, aceptaba su desdén. Ya no estaba tan seguro de que se le pasaría pronto, pero no podía hacer nada para remediar la situación. O mejor: sabía lo que podía hacer, pero no quería hacerlo.

Hablé con Natalia y me dijo me aburro sola, y te extraño y si me lo pedís hoy mismo me tomo un avión y paso el resto del feriado contigo. Le pregunté con quién dejaría a sus hijos. No te preocupes por ellos, para eso están los abuelos.

Yo también la extrañaba y me hubiera gustado su compañía, pero al final le dije que no se preocupara, pronto volvería a La Paz. Una vez más sentí mi postura ambigua en torno a ella. No me imaginaba sin Natalia, pero eludía sus gestos de acercamiento; no quería que nuestra relación se acelerara más de lo que ya estaba.

Reconocía, además, que me trabajaba la desconfianza. Esa noche, mientras la esperaba en el Capotraste, podía imaginarla cediendo a los pedidos de Antonio. Y todo podía haber sido mi culpa. No le había dado la ansiada seguridad, y eso, quizás, hizo que ella comenzara a pensar en el retorno de Antonio a su vida.

Una noche, entré al escritorio de papá después de acostar a Nico. La luz de una lámpara lo partía en dos. Había una botella de vino tinto sobre una mesita a su derecha. Julián dormía en una esquina, su jaula cubierta por una sábana. Papá me leyó:

—"Si quieres pasar bien en la vida, hazte amigo del diablo. En realidad Dios consiguió mucha audiencia gracias a las tentaciones del diablo. Podemos entender a los sabios o a los tontos; tengo miedo de los medio tontos y de los medio sabios".

—Me gustan. ¿Qué son?

—Hace rato que vengo reuniendo aforismos entre filosóficos y cómicos. La vejez nos hace verle el lado tragicómico a las cosas. Me cansé de ese tonito de viejo cascarrabias de mis últimas columnas.

—Entonces, ¿qué? ¿Piensas convertir tus aforismos en columnas?

Asintió.

—Eso es lo bueno de mi trabajo. Puedo publicar lo que me da la gana.

Se sacó los lentes y los apoyó sobre un diccionario. Hubo una pausa larga, como si estuviera buscando las palabras justas para decirme algo importante. Luego, sin transición alguna, dijo:

—Felipe era un buen chico que cometió un gran error. O muchos grandes errores. Todos tenemos nuestros demonios. Los suyos eran muy fuertes y terminaron por vencerlo.

Me ofreció la botella de vino. La rechacé mientras me sentaba.

—Tu mamá siempre me culpó a mí, por haber aceptado el trabajo en La Paz. Y lo chistoso es que yo no quería aceptarlo y ella insistió. Dijo que sería una gran oportunidad para mi carrera. Tú sabes cómo me cuesta salir de Cochabamba. Yo sería feliz sin tener que salir de mi casa ni a la esquina.

Mi mirada recorrió las paredes, pasó por la foto de Únzaga y la de la promoción de papá. Siempre me había llamado la atención que no hubiera fotos de Felipe en el escritorio. Ahora lo entendía: el escritorio era el único refugio que tenía papá para escapar de la presencia abrumadora de Felipe en sus días. Un refugio condenado al fracaso, pensé.

—Pero, ¿acaso una ciudad puede ser la culpable de que alguien cambie? ¿No habría pasado nada si nos quedábamos aquí? Lo cierto es que todo ocurrió en La Paz, y… pero bueno, hay muchos chicos que viven allí y tienen la cabeza en su lugar. Así que no sé… a veces iba al cine o al fútbol con algún compañero de colegio, pero la mayor parte del tiempo salía con los hijos de nuestros amigos del mundillo político. Gente de mucha plata, hijos de políticos, diplomáticos y funcionarios internacionales. Un mundo que no nos pertenecía, pura apariencia, pero a tu mamá le encantaba, y Felipe, bueno, decía que no le gustaba pero lo cierto es que se la pasaba con ellos.

Terminó su copa y se sirvió otra.

—No podemos ser deterministas y decir que el lugar cambió a Felipe, que La Paz, los amigos tuvieron la culpa. Cada uno reacciona de manera diferente, y había algo en Felipe que hizo que su nuevo ambiente lo llevara por caminos peligrosos.

—¿Qué caminos?

—Felipe se metió con una mujer mayor, casada.

No era tan mayor, veintinueve, pero para Felipe sí lo era.

—Entonces, Cecilia no se lo había inventado.

—Esposa de Ortiz Guilarte, un ministro de Banzer que le llevaba quince años.

Sentí una violenta sacudida.

—¿Al que asesinaron durante un secuestro?

—Eso es lo más triste.

—¿Y?

—Felipe era amigo de todos los policías que trabajaban en el Palacio. De uno en particular, Hinojosa.

—La mujer… ¿Cómo se llamaba?

—Nadia. Creo que ahora vive en Miami. Para ella Felipe no fue importante. Lo dejó después de un mes. Felipe sufrió, amenazó con contarle todo a su esposo, con suicidarse.

—¿En serio?

—Era lo primero con lo que nos amenazaba apenas lo castigábamos o algo no le salía bien. Dicen que los que amenazan suicidarse nunca lo hacen. Felipe decía que estaba muy enamorado de ella. Yo no creo que lo estuviera.

A medida que hablaba, papá se iba hundiendo en su sillón. Hubiera preferido que no me enterara de nada, pero sabía que en una de las tantas bifurcaciones del destino lo esperarían mis preguntas, mi deseo de conocer. Una vez que había comenzado a hablar, lo mejor era seguir hasta el final, aunque ello significara romper alguna promesa que le habría hecho a mamá, a sí mismo o a la memoria de Felipe.

—Al mes, a los dos meses, parecía que se había olvidado de ella. Eso era lo que nos decía. Pero quedaban secuelas. Fue en esos días que en el almuerzo remataba las discusiones con el grito de que pronto daría un gran golpe contra el gobierno… por supuesto, yo no lo tomaba en serio. Ahí aparece Grover Hinojosa. Eran muy amigos. Trabajaba en el Palacio, no le di mucha importancia porque a Felipe le gustaba charlar con empleadas, taxistas, policías, saber de sus vidas.

Como yo, pensé. Una manera fácil de paliar nuestra mala conciencia.

—Hinojosa era uno de tantos de nuestros policías que defienden la ley durante el día y por las noches forman parte de una gavilla de asaltantes. Supongo que Felipe le cayó bien. O vio que podía llegar lejos con él… Lo cierto es que Felipe tuvo una idea brillante. Quería dar su gran golpe y, para de paso vengarse de la mujer, asustarla, pensó en secuestrar a Ortiz Guilarte. La casa estaba llena de joyas y cuadros valiosos, y eso interesó a Hinojosa: le hizo creer que aceptaba el golpe contra el ministro por una cuestión ideológica, cuando en el fondo sólo quería robar la casa. Hinojosa le dijo que su grupo se encargaría del asalto.

—Esa noche, a eso de las once, Felipe tocó el timbre de la casa —continuó—. La empleada se acercó a la puerta, escuchó a Felipe y abrió. Felipe entró junto a los policías… Amordazaron al ministro, asaltaron la casa. Ahora tenían que llevarse al ministro. Ahí la cosa comenzó a fallar. La empleada dio de alaridos y uno de los policías le pegó un disparo en la boca. Después, más discusiones, forcejeos, y al final el ministro trata de escaparse y lo matan por la espalda.

A la mirada de papá le costaba enfocarse en mi rostro, en mis ojos, se escapaba rumbo al techo y a las paredes, quería huir de los confines del escritorio, salir a la noche y perderse en ella, como a la larga nos perdemos todos en este mundo de fantasmas que actúan y asestan golpes mortales, y de otros que escriben y a través de la escritura actúan, ponen ideas y palabras en bocas de otros más poderosos que ellos y dejan que éstos muevan la rueda de la vida, que es dolorosa y termina por perdernos a todos.

—El caso conmovió a la opinión pública. Un ministro, imagínate… Parecía un trabajo de profesionales, no había huellas digitales, ningún tipo de pista para identificar a los asaltantes… Hasta que, dos semanas después, recibí un sobre con unas fotos. Me las enviaba Hinojosa. Me pedía plata a cambio de su silencio. Mostraban claramente la participación de Felipe en el asalto. No había sido premeditado, uno de los asaltantes había encontrado una máquina fotográfica en el living de la casa y comenzó a sacar fotos…

Se atragantó. Un poco más de esfuerzo y terminaría. Ahora entendía: mis papás habían comenzado a ser otros no a partir del suicidio de Felipe sino un poco antes. Habían iniciado su franca declinación cuando recibieron las fotos y tuvieron pruebas materiales de que el Felipe que hacían esfuerzos por negar, existía de veras, y no sólo eso, le había ganado la partida al que ellos conocían y querían. ¿Cómo unir a ambos? Eso era lo que también le había ocurrido a Ceci. Era supuestamente su amiga más cercana, su confidente, y no había visto, o no había querido o podido ver, cómo Felipe se iba tragando a Felipe.

—Entonces se trató de un crimen político —dije—. Felipe fue consecuente con sus ideas hasta el final.

—Sí y no. Después del asalto y las muertes no

hubo uno de esos comunicados en el que una organización reivindica un crimen. Felipe no asumió lo que hizo hasta que aparecieron las fotos.

—Pero el hecho es que lo asumió, ¿no?

Me levanté de la silla. Ahora era yo el que quería escapar de los confines del escritorio, buscar a Nico y echarme a su lado y pedirle que no fuera como mi hermano, tampoco como yo, que no fuera como ningún otro ser humano, que no me escondiera secretos ni se los escondiera a sí mismo, que no tuviera demonios o al menos no les hiciera caso. En ese momento me sentí lejos del Palacio, indefenso, vulnerable, aferrado de forma precaria y terca al salvaje corazón de la vida.

—Hice lo que todo ser humano haría en mi situación. Hablé con Felipe. Le mencioné las fotos y le di el chance de entregarse a la policía antes de que yo les diera las fotos. Me dijo que tenían planeado secuestrar al ministro, pero jamás matarlo. En el barullo ocurrió lo que ocurrió. Me pidió una semana.

Terminó su copa de golpe, como si hubiera decidido que el paso más lógico en ese momento era emborracharse, él que tomaba tan poco, que no le gustaba perder el control, que desconfiaba de la lucidez que, dicen, nos produce el alcohol.

—Pasó la semana. Una tarde apareció en mi oficina, agitado. Me dijo que estaba dispuesto a ser consecuente consigo mismo. Eso sí, era capaz de afrontarlo en privado pero no en público. Jamás se iba a entregar a la policía. La cárcel sería un infierno para un niñito bien como él, los otros presos se lo comerían vivo. Me pidió que le diera las fotos y luego haría lo que tenía que hacer. Le dije que no. Insistió. Me mantuve en mis trece.

—¿Por qué?

—¿Por qué no? Cosas de un padre que cree haber enseñado a sus hijos la diferencia entre el bien y el mal y que sabe que uno puede equivocarse, pero debe estar dispuesto a pagar por sus equivocaciones… Cosas de un padre orgulloso y decepcionado. Algún día me entenderás, espero. Ahí, ese preciso momento, fue cuando Felipe salió de mi oficina al gran patio y se encontró con Hinojosa, que le dio el revólver, y se pegó un tiro.

Hubo un largo silencio.

—Eso es todo.

4

Cuando caminaba por los pasillos del Palacio o me sentaba a descansar en los escalones de mármol que conducían al gran patio, me encerraba en mi diminuto depósito de trastos o me dirigía al Salón Rojo a observar el trabajo de la comisión brasilera de peritos de balística enviados por la OEA, me sentía con la suficiente fortaleza para tolerar la impopularidad del régimen de Canedo. Podía vivir con el silencio de mis papás respecto a mi trabajo y el rechazo de Cecilia, y urdía planes para contarle a Alicia y a mis vecinos que trabajaba en ese gobierno al que solían insultar delante mío, asumiendo que yo aprobaba esos insultos.

Pero esa fortaleza se evaporaba apenas salía del Palacio. A medida que me alejaba de la plaza Murillo me empequeñecía, y mientras bajaba por las aceras del Prado, eludiendo a los vendedores de libros y compacts piratas, hojas de afeitar, relojes y rollos de film, afloraban las dudas y asumía la voz de Lucas y me flagelaba con insultos a mi honra por no haber renunciado con él. Y sentía que el silencio de mis papás era peor que cualquier rechazo explícito, y que nada justificaba romper relaciones con Ceci.

Felipe: no habías sido como pensaba Cecilia, que eras tan etéreo y sensible y no pudiste resistir los embates de este mundo. Más bien eras demasiado carne y sangre de este mundo, y te perdiste en el estallido y el desgarro de su pozo humeante de tentaciones. Todos tenemos límites y la vida nos enseña a respetarlos; algunos no pueden y se quiebran, y arden en la conflagración de sus pulsiones. Tú ardiste y contigo ardieron otros. Y se acumulan los años y las décadas y todavía nos llegan las esquirlas de esa noche. Y se hunden en nuestra piel y duelen y nos revientan por dentro.

Felipe.

Una mañana hice varios llamados desde el Palacio a la policía nacional. Le pedí a uno de los comandantes que me ayudara a ubicar el paradero actual de un expolicía, Grover Hinojosa. El nombre no le sonaba, me dijo después de preguntar a sus compañeros. Sí, le dije, es de hace muchísimo tiempo. Veré qué puedo hacer, me dijo. Al mediodía, recibí su llamado: la última dirección que tenían de él era en El Alto. La anoté, le agradecí. Esa misma tarde me subí a un radio-taxi y fui al Alto.

Me bajé en la avenida Juan Pablo II. Las flotas y los microbuses paraban al lado de abigarrados puestos de venta; de las bolsas de yute y las cajas se asomaban las papas, las cebollas, las pirámides de tomates y limones. A los costados de la avenida se veían esas casas a medio construir y sin pintar que llamaban la atención de antropólogos y planificadores urbanos extranjeros; los migrantes aymaras las iban costruyendo a medida que tenían dinero, podían hacer un piso y luego esperar años para construir el siguiente. Las casas tampoco se concluían del todo, pues quizás en algunos años a uno de los hijos se le ocurriría aumentar un piso. Así, se podían ver imágenes típicas del trabajo del sueño: escaleras que conducían a un segundo piso que no existía, puertas que daban al vacío.

Cholas con sus mantas, jóvenes de jeans y tenis

pululaban por las calles de El Alto. Hacía más frío que en la hoyada; el viento cortaba el rostro. Le mostré a un policía el papel con la dirección y le pregunté si conocía la calle. Me dio indicaciones confusas. Caminé por calles de tierra llenas de huecos y aceras resquebrajadas, con pilas de basura en las esquinas y paredes con insultos a Canedo y al Coyote. La ciudad había crecido sin orden ni concierto, a medida que llegaban los migrantes se formaba un nuevo distrito; luego la Alcaldía debía hacer peripecias para dotar de luz y agua potable a sus ciudadanos. Admiré en el trayecto tres de las ochenta iglesias que el reverendo Obermaier había hecho construir en El Alto, de columnas anaranjadas y color morado intenso, con domos en forma de huevo o torres que asemejaban una cebolla inspiradas en la arquitectura de la Bavaria natal de Obermaier.

Después de una hora de búsqueda me di por vencido. Nunca encontraría la casa. Entré a un bar a tomar refresco y recobrar el aliento.

Me senté en una mesa de la esquina con una Cocacola y un sandwich de chorizo. Frente a mi mesa, un grupo de jóvenes coreaba insultos al gobierno "entreguista". En la radio, un programa popular para recaudar fondos para los damnificados por una inundación. Un gato gris se acurrucaba junto al mostrador. Había afiches del Bolívar y la entrada del Gran Poder en las paredes.

Uno de los jóvenes, con un gorro del Strongest, me preguntó por qué no me unía a los insultos, ¿o es que los defiendes?

—No sé de qué me habla.

Se miraron y se rieron.

—Yaaaaaa, hecho al capo el amigo.

Me trajeron un vaso de alcohol de quemar o algo por el estilo.

—Seco por derecha —dijo uno de ellos—. Mejor pues apurate.

La señora en el mostrador se acercó a limpiar la mesa y me susurró que tomara sin discutir.

—Es un cariño, joven.

Preferí no complicarme y apuré el vaso. El líquido quemó mi garganta. Me aplaudieron.

Uno de ellos se me acercó y me jaló la corbata.

—¿Para qué es esto pues? —dijo, la voz ronca—. ¿Para ahorcarte? ¡Armando, andá a conseguir una tijera!

—Me la puedo sacar…

—Primero nos vas a escuchar.

El joven me dijo que la gente de El Alto sentía que Nano gobernaba para intereses foráneos y no le perdonaba sus muertos de febrero. En El Alto se vivía en la pobreza y se sentía el racismo de los capitalinos: buena parte de los familiares y amigos de esos jóvenes bajaban todas las mañanas a La Paz, a trabajar de porteros y sirvientas y niñeras, a vender fruta en los mercados y compacts piratas en las calles, a oficiar de plomeros y electricistas y choferes, y al atardecer volver a la planicie gélida donde tenían sus casas. A la vez, los alteños se hallaban cada vez más conscientes de su poder: sabían que, sin mucho esfuerzo, podían estrangular a la ciudad a sus pies.

—Es la política del chás chás chás. Un chás, y les cortamos la luz.

La planta abastecedora de energía eléctrica para La Paz se encontraba en El Alto.

—Otro chás, y los dejamos sin gas. Y otro chás y les bloqueamos el aeropuerto.

Insultaron al Canedo, al Coyote, a toda esa gente del Palacio que los gobernaba pensando sólo en sus intereses mezquinos. Imaginaba lo que hubiera dicho papá: incultos, ignorantes, creen que con oponerse basta. Natalia, más agresiva, hubiera dicho estamos como estamos por la falta de neuronas de estos indios. Yo trataba de no abrir la boca para salir indemne de la situación.

Uno de ellos apareció con una tijera y me preguntó de qué lado estaba.

—Del lado del pueblo —dije—. Del lado de ustedes.

—¿Le creemos?

—Yo creo que no.

—En serio, hermanitos —dije—. Estoy con ustedes. Por favor, no sean pues así.

—Así son todos —dijo uno—. Con cualquier cosita se asustan. No tienen huevos para decir lo que piensan.

Me cortaron la corbata. Me ordenaron que me bajara el pantalón. El de la voz ronca tenía un quimsacharañi entre sus manos.

—¿No podemos arreglar esto charlando? Quizás unos billetes…

—¡Date la vuelta, carajo!

Me mordí los labios, me preparé para el primer latigazo.

Una tarde no pude más y en vez de dirigirme a mi departamento decidí hacerle una visita sorpresa a mi tío Vicente. Él podía entenderme como pocos, sabía lo que significaba trabajar para el gobierno.

Bajé del taxi y disfruté del silencio de la plaza frente

a la casa de mi tío. A veinte minutos del Palacio y en plena ciudad, me hallaba en un remanso alejado del bullicio del centro. Sin necesidad de irse de La Paz, mi tío vivía retirado de ella.

Observé desde la plaza las casas en las laderas de los cerros, la silueta de la ciudad que algún día me había prometido conquistar y reinventar a base de palabras, el color violeta del Illimani.

La empleada, una de las hijas de Eugenia, me hizo pasar al despacho. Me acerqué a la foto autografiada de Barrientos en una de las paredes. Limpié el polvo para que asomara con claridad la firma, el cariño del hombre fuerte a su secretario.

Mi tío apareció en el umbral del despacho. Se apoyaba, tembloroso y encorvado, en un bastón de madera a punto de quebrarse; las arrugas habían formado extravagantes desfiladeros en su rostro, y los ojos se le habían hundido en sus cuencas. A todos nos esperaba ese destino si llegábamos a los ochenta años: en vez de desaparecer misericordiosamente, nos iríamos aplastando sin orden ni concierto.

—Cómo anda ese joven —se dirigió a su escritorio sin esperar respuesta. Alzó un libro y me lo entregó. Era suyo y se titulaba *El prócer de los Andes*. Olía a tinta fresca.

—Acabadito de salir de la imprenta. Ni siquiera está en librerías todavía. No quiero hacer presentación, esas cosas me cansan mucho.

—Felicidades, tío. Me darás una copia. ¿Para mí? Entonces firmámela. ¿Es…?

—La biografía con la que te amenacé tantas veces —firmó mi ejemplar, no puso ninguna dedicatoria—. Me ha estado rondando durante veinte años. Al final me animé. Ese gran hombre está tan olvidado. Es más un testimonio personal que otra cosa. No he entrevistado a nadie, son mis recuerdos nomás.

Me emocioné. Había algo en los libros que era a la vez poético y contundente en su materialidad.

Leí al azar en el prólogo: "Escrito está en el dolor de los montes, en la alegría de los valles, en el éxtasis del llano y de los trópicos: varón preclaro, es el bien amado, el bien extrañado, aquel que avivó la Patria en los dormidos y aceleró su ritmo en los extraviados". Rogué que el libro no continuara así.

—Tú dirás, jovencito. ¿Qué te trae por aquí?

Podía darle largas al asunto o saltarme los prolegómenos e ir directo al grano.

Me desahogué y le conté todo lo que me había ocurrido desde la crisis de febrero. Me escuchó sin interrumpirme; yo no podía detenerme. Al final, me preguntó cuál era mi problema. Me quedé un rato en silencio, luego le dije si debía renunciar.

—Si sigues trabajando para el gobierno es que has decidido quedarte. Te gusta tener acceso a Canedo, que te tenga tanta confianza.

—No estoy de acuerdo con que para defender al Estado se tenga que recurrir a la violencia. Como dice Camus…

—Ah, ese problema —carraspeó—. Lo que te faltará ver todavía. No hay que verlo como un problema político sino más bien como uno moral. Así lo veía Maquiavelo, aunque lo han leído mal. Cuando le daba consejos al Príncipe para mantenerse en el poder, no lo hacía por maquiavélico, con el perdón de la palabra, sino por moralista. Los grandes problemas políticos son siempre conflictos de valor. Una vez que estés dispuesto a jugártela por un sistema de ideas, por una concepción del país, tendrás que asumir que uno de los costos de la defensa o consecución de ese sistema es la violencia.

—El Coyote estaba dispuesto a eso y lo sacaron.

—¿Y cuál era su visión del país?

—Decía que sin orden no había país. Había que garantizar primero el orden, lo demás venía después.

—Tenía una visión del orden, entonces, no del país. La violencia, ¿era sólo para mantenerse en el poder? ¿Era un cobarde o estaba dispuesto a responsabilizarse de sus acciones? Esas son las preguntas que tienes que hacerte y no otras.

Mi tío tenía razón: yo había planteado el problema de forma equivocada. Se me ocurrió, de pronto, que adolescente y todo, ingenuo y todo, mi hermano había tenido desde el primer momento la mirada más clara que yo… Me detuve. Felipe, ¿había en verdad cometido un secuestro y un asesinato motivado por ideas políticas? Otra posible lectura de los hechos era que todo se había tratado de la broma pesada de un chiquillo despechado, una broma que se le había ido de las manos. Lo ejemplar era que, ya fueran motivadas por una ideología o producto de un accidente, había asumido las consecuencias de sus acciones, las había pagado con su propia vida.

—Tengo miedo a terminar colgado de un farol.

—Eso puede ocurrir aunque hagas lo correcto. Es uno de los riesgos de trabajar en el Palacio. Por ejemplo Uría, el secretario de Villarroel. ¿Quién se acuerda de él? Estaba leyendo el decreto de renuncia de Villarroel, cuando comenzaron los disparos.

—Yo pensé que Villarroel estaba sólo en el Palacio.

—Villarroel se había quedado allí adentro con Uría, sus edecanes y unos cuantos militares leales. Había dicho que no abandonaría vivo el Palacio, y todos le creían… Esa mañana, el comandante del regimiento Calama llamó por teléfono a Uría y le dijo que una multitud había ingresado a la Alcaldía y se había llevado armas y municiones. Uría se preocupó, pero otros militares le dijeron que no era nada serio. Tomó algunas precauciones y luego subió al segundo piso, donde Villarroel se preparaba para presentar su renuncia.

—O sea que…

—Sí, quería renunciar. Pero no le alcanzó el tiempo… Uría leía el decreto en voz alta cuando comenzaron los disparos. Se acercó a una de las ventanas y vio que el ataque al Palacio era llevado a cabo no sólo por civiles sino por soldados con las viseras de las gorras al revés. Se lo dijo a Villarroel, quien musitó un resignado: "Así tenía que ser".

Resignado y bíblico, pensé. No me convencían esas frases últimas tan justas, tan providenciales. ¿Sería verdad o ya parte de la leyenda?

—La puerta principal fue embestida por un tanque de asalto. Algunos soldados se rindieron y los civiles y militares que encabezaban el asalto los dejaron salir y evitaron su muerte a manos de la muchedumbre que esperaba afuera. La guardia de honor del Palacio se quedó hasta el final.

Escupió una flema en su pañuelo.

—Había muchos muertos y heridos en las escalinatas y pasillos. Villarroel y uno de sus edecanes, Ballivián, se habían escondido en dos alacenas grandes en las oficinas de reorganización administrativa, a la izquierda de la entrada. Cuando los asaltantes llegaron a las oficinas, Ballivián disparó desde adentro de la alacena. Los disparos de respuesta a las dos alacenas dieron fin con Ballivián y Villarroel.

—Qué muerte poco gloriosa.

—Los cadáveres fueron arrojados a la calle desde un balcón, arrastrados por el empedrado e izados por cuerdas de los faroles que se encontraban frente al Palacio… En cuanto a Uría, la turba lo encontró en su despacho. Había escrito un mensaje en un papel: "Que Dios misericordioso ampare a mi mujer y a mis hijos". Fue asesinado y luego también colgado de un farol. La turba saqueó el Palacio.

Le pregunté por qué había ocurrido todo eso si Villarroel era nacionalista y socialista, alguien que gobernaba para el pueblo. Sabía cuáles eran las hipótesis manejadas por los historiadores, pero, aun así, me costaba aceptarlas.

—Esa entidad que llamamos pueblo tiene razones que la razón no conoce —carraspeó—. Y puede equivocarse. Lo único cierto es que mejor no estar cerca cuando se despierta. Alguna vez pensé, en los mejores momentos del primer gobierno de Paz Estenssoro, o después, con Barrientos, que se podía dirigir y controlar a esa masa. Entenderla, gobernar para ella, pero no dejar que dictara el curso de los acontecimientos. Se puede, pero no por mucho tiempo. Nuestra única suerte es que tiene una enorme paciencia. Cuando la pierde, no queda otra que escapar.

¿Eso era lo que ocurría hoy? ¿Era tiempo de escapar?

Había ido a la casa de mi tío a que me asegurara que estaba haciendo lo correcto. Ocurrió todo lo contrario.

Lo volví a felicitar por el libro y me despedí.

Cuando bajaba hacia mi departamento por la empinada calle Salazar, la luz del atardecer era de un dorado brillante, como el fulgor de una explosión que nos enceguece con su intensidad antes de desaparecer para siempre. Los ejecutivos volvían a sus casas, los taxi-trufis atestados y los micros congestionaban las calles. Había ruido de bocinazos, ciclistas que maldecían a los automovilistas, perros que se escapaban con suerte de ser atropellados. Compré chicles de una vendedora llena de mantas, con su bombín haciendo equilibrio en la cabeza y escuchando una radio en aymara.

Pensé que vivía en un Palacio encantado. El maleficio de la historia jamás le daría sosiego. El país se había construido con base en la represión y sangre. En el momento más inesperado, lo reprimido retornaría y terminaría por devorarnos. Como en el mito peruano del Inkarri, el inca desmembrado se reconstituiría para acabar con la opresión blancoide.

Nosotros, los habitantes del Palacio, nos creíamos los poderosos domadores de la bestia, pero en el fondo quizás no éramos más que ese carne fresca que de cuando en cuando se le da a la bestia para que ésta se sacie, al menos por un tiempo. Una bestia herida y desconsolada, las más de las veces impotente, pero capaz de arrasar todo a su paso si se la provocaba mucho.

Seguí preguntando acerca de Grover Hinojosa. Nadie lo conocía, nadie era capaz de darme una pista para encontrarlo. Treinta años no pasaban en vano.

El período de calma continuó a lo largo de marzo y abril. La explosión catártica del febrero negro había dejado a la gente sin muchas fuerzas para continuar agitando las aguas. La resaca provocaba una confusa sensación de orgullo y remordimiento ante lo hecho. Orgullo por haber quemado el edificio de la vicepresidencia. Remordimiento por haber quemado el edificio de la vice-presidencia.

En las encuestas, Canedo de la Tapia apenas llegaba al quince por ciento de apoyo. ¿Con qué capital político podría plantear de manera realista la posibilidad de que el gas fuera exportado por un puerto chileno? Yo sabía que, terco como era, ese proyecto no había desaparecido de sus planes, incluso ahora que los peruanos, hábiles estrategas, ofrecían toda clase de ventajas para que Bolivia escogiera uno de sus puertos (le había escuchado decir al viceministro de hidrocarburos que el Perú estaba más interesado en sabotear el proyecto con Chile, que en hacer realidad su propia, débil opción).

Nano no había llegado al año de su mandato y ya era un presidente incómodo. En realidad, lo era desde el primer día de su mandato. Lucas me había contado que el día de su posesión, Nano había preferido ingresar al Palacio por la puerta de la calle Ayacucho y no por la plaza, porque tenía miedo a que lo esperaran insultos y rechiflas. Y eso que se había tenido la precaución de no dejar que cualquiera entrara a la plaza: para ello se ne-cesitaban entradas, repartidas por los partidos de la coali-ción oficialista, entre sus seguidores más fieles.

Natalia y yo hablamos de esto un sábado en mi de-partamento, con Nico dormido en el sofa y Bob Esponja en el televisor. Ella me escuchó y me dijo con oficialistas así, no es necesario tener opositores.

—No cuestiones mi lealtad, me ha hecho romper con mi hermana.

—Es que es imposible vivir con tantas dudas —se pasó una mano nerviosa por su cabellera, revolviéndola—. Quizás lo mejor es renunciar antes de terminar perdiendo la razón.

Me sugirió que al menos tratara de encauzar tantas dudas positivamente. En la penumbra de la sala, percibí un ceño que se fruncía con facilidad, el rictus amargo de las comisuras de los labios.

—Eso trato de hacer en cada uno de mis discursos.

—Yo también tengo algo que contarte —dijo después de una pausa—. Me han llegado rumores… Mendoza se ha enterado del costo de los chalecos y ha pedido una auditoría. Sabe que está involucrado el Coyote, pronto se enterará que yo lo estoy. Me han dicho que la única forma que él cree de tener éxito en esto y llegar al fondo de las cosas, que Canedo no se oponga a su investigación del Coyote, es pasar toda la información que tiene a un canal o un periódico para que la haga pública.

Apoyó preocupada el rostro en sus manos.

—Mi suerte es que ni el uno por ciento de los que han hecho negocios con el gobierno han llegado a la cárcel. Feo que se haga público, pero ese era el riesgo. En todo caso, tú sos amigo de Mendoza…

—He hablado un par de veces con él, pero no sé si me puedo llamar su amigo…

—Podrías hablarle de este tema, pedirle que lo maneje confidencialmente.

—No creo que me escuche. Es tan hecho al hombre probo, al íntegro…

—De todos modos podrías intentar. Si querés. O mejor no. Esperemos, no queda otra.

Las pulseras de Natalia tintinearon cuando se levantó y se dirigió a la cocina a servirse un vaso de agua. Mis respuestas la habían desilusionado. Pero, ¿es que en serio me creía capaz de influir en Mendoza?

Vi al Coyote entrar y salir varias veces del Palacio. Se dirigía con paso apurado al despacho de Nano; lo seguían diputados y senadores de la guardia vieja del MNR. Alguna vez intenté acercarme, pero me detuve: no sabía qué decirle. El Coyote no era como Mendoza, no podía preguntarle qué películas había visto esa semana, qué libros acababa de leer. Cuando lo visitaba en su despacho había tenido la sensación de que mis segundos en su presencia estaban contados, que debía hablar de inmediato —y hacerlo de cosas prácticas, concretas —, o callar para siempre.

Quizás le hubiera dicho que lo necesitábamos en el Palacio.

No estaba el Coyote, y extrañaba a Lucas. Mendoza había dejado de visitar las oficinas de UNICOM con la frecuencia de los primeros meses.

Me agobiaba una inmensa sensación de soledad.

Vi muchas películas en DVD. Natalia encontraba excusas para no pasar las noches conmigo, tenía mucho trabajo, sus hijos la extrañaban.

Mis papás me habían dicho que Ceci estaba en La Paz, para un congreso de la carrera de sociología de la UMSA. Me hubiera gustado ir a verla, pero tenía la sensación de que no sería bien recibido. Por eso, me sorprendió que me llamara. Quedamos en encontrarnos en un café al frente del edificio principal de San Andrés.

Llegué con media hora de retraso. Ella ya había tomado un café con leche; en un plato había restos de un alfajor y un rollo de queso. Los manteles de las mesas eran de aguayo, ideales para los turistas. El Grillo Villegas sonaba en los parlantes. En una esquina una pareja se besaba con desesperación; los imaginé amantes, ella se despedía de él, había decidido seguir con su esposo.

—Disculpas que te haya hecho esperar, hermanita —le dije dándole un beso frugal en la mejilla—. A veces es difícil escaparse del Palacio. Además que no conseguía taxi y decidí venirme caminando.

—Apuesto que si la cita era con un congresista importante, te escapabas nomás.

—No comencemos, Ceci.

Tenía las manos aferradas a su cartera negra, como temerosa de que se la robaran.

—Está bien —dijo—. La única forma que tenemos de mantener nuestra relación es no hablando de política. Nunca te entenderé y supongo que viceversa. No te puedo forzar a nada, pero no apruebo lo que haces y punto. Lo de febrero, me imagino que muchos en el gobierno estaban espantados como tú, lo entiendo. Pero eso no importa tanto como lo que uno hace una vez que se da cuenta de la clase de gobierno para el que está trabajando.

—Renunciar es un camino muy fácil. Lo difícil es continuar poniendo el hombro...

—A veces el mejor camino es el más fácil.

Pedí al mozo un capuchino y un sandwich de jamón y queso.

—En fin —dijo Ceci—. Sabrás lo que haces. Somos hermanos y eso va a impedir que la sangre llegue al río. Tú tampoco apruebas muchas de las cosas que hago. Por ejemplo esto.

Sacó de la cartera un comunicado de la Facultad de Derecho al que varios profesores y universitarios de otras carreras, entre ellos Ceci, se habían adherido. Leí un fragmento: "Debemos seguir en la lucha para conseguir la revolución social que desplace del poder a la burguesía sirviente de las transnacionales y rompa con las cadenas de opresión imperialistas. La revolución popular debe imponer una nueva relación de producción, la propiedad social. Sólo así tendrá sentido redactar una nueva Constitución. El gas es nuestro, recuperarlo es un deber".

—Suena a los setenta —dije—. Ese tipo de soluciones fracasó. Debemos buscar nuevas respuestas para los nuevos desafíos.

—Suena a los setenta porque seguimos viviendo como en la colonia.

No había caso de seguir discutiendo. Pasamos a hablar de la salud de los papis, tema en el que ambos nos sentíamos más a gusto.

El mozo llegó con el capuchino y el sandwich. Un conocido novelista entró al café; tenía el pelo canoso, una sonrisa amplia que mostraba las encías.

Hubo un silencio. Se me ocurrió que ella estaba buscando la manera de incluir a Felipe en la conversación, como esos religiosos que no pueden pronunciar largas parrafadas sin mencionar a Jesucristo. Decidí adelantarme:

—Felipe... ¿Sabes cuánto la quiso a esa mujer?

Esa frase la despertó.

—No lo suficiente como para suicidarse por ella, si te refieres a eso.

—¿Cómo lo sabes?

—Lo sé.

—¿Estás segura?

—Lo sé y punto.

Aunque no me daba un argumento convincente, me tranquilizé. Acaso más que oír razones de peso lo que quería era una excusa para calmarme. Me alegré por la imagen de Felipe que yo también había comenzado a construir.

—Sé por qué eres así —dije—. Por un torpe sentido de lealtad. Siempre supiste todo lo que ocurrió y no tuviste valor para enfrentarte al papi. Permitiste que por el qué dirán se negara lo que hizo Felipe. Quizás eras muy chica y no podías haber hecho otra cosa. Y pasaron los años y luego la inercia hizo lo suyo. Y tu manera de mostrar tu descontento no fue poner las cosas en su lugar con el papi sino continuar la lucha de Felipe. Hacer lo que creías que él haría hoy si estuviera vivo. Porque esto no te va a ti, Ceci.

—La lealtad nunca es torpe —dijo ella por toda respuesta.

—Quizás. Pero haz lo que tú quieres hacer, no lo que crees que haría Felipe. No actúes como si él te estuviera mirando desde otro mundo que a lo mejor no existe.

—¡Estas son mis ideas! ¿Es que es tan difícil creer eso? Que coincidan con las de Felipe no es mi problema.

—Eso de que se acabe la neocolonia. Un poco ingenuo, me parece. Si hay justicia, no hay país. Este país existe porque existe la injusticia.

—Entonces mejor que no haya país. Felipe lo sabía. ¿Sabes qué decía la nota que le dejó al papi antes de suicidarse? Que Ortiz Guilarte simbolizaba a "todos los perros fascistas como mi padre". Que en realidad al que quiso secuestrar en principio fue a él, y si alguien debía morir era el papi.

Era sobre todo por eso, pensé, que papá había decidido no dar a conocer las razones del suicidio de Felipe, echar un manto de olvido y avergonzarse por lo sucedido.

Me acompañó hasta la plaza del Estudiante, me dijo que quería husmear un rato en la Yachayhuasi; en Cocha era imposible conseguir novedades editoriales que no fueran las de Paulo Coelho, Isabel Allende o la Rowling.

—Quizás nos deberíamos dedicar a escribir libros infantiles —dije—. Nos iría mejor. La saga de Johnny Quispe, un niño aymara con poderes mágicos aprendidos en una escuelita de adobe en Tiwanaku.

Me iba despedir de ella, cuando Ceci me sorprendió con un abrazo cálido.

Me dio la espalda y se fue. Emprendí mi camino rumbo al Palacio.

5

Un miércoles fui con Natalia al departamento de Carola en el edificio Isabel La Católica. Era su cumpleaños.

Fuimos los primeros en llegar. Carola tenía un apretado pantalón negro y un top que le dejaba la cintura al descubierto y se sujetaba con un nudo ligero en la espalda; bastaba un pequeño esfuerzo para que se desanudara el top. Casi le di un beso en los labios por accidente.

—Cuidado que me pongo celosa —dijo Natalia, sonriendo.

—De mí no te tenés que preocupar, hermana. Yo te lo cuidaría bien.

Mis pasos se hundieron en una mullida alfombra roja. Había cuadros de Mamani Mamani en las paredes, series de caballos y pueblos altiplánicos en estilizadas y coloridas estribaciones montañosas. Sobre un aparador había payasos de cristal de Murano. En la mesa ratona se apilaban libros de arte de pintores como La Placa y Arnal. Había muebles coloniales, un espejo con marcos cuzqueños que nos multiplicaba. La decoración daba cabida con audacia a lo colonial y a lo contemporáneo. Pensé que Carola debía ganar bien como modelo y de presentadora. Demasiado bien.

Entre risas y cuchicheos, Carola y Natalia se perdieron en el baño. Me tentó seguirlas, conocer la intimidad de esa mujer de tatuajes y sonrisas y la estela de un perfume de cítricos tras de sí. Caminé por el pasillo detrás de ellas; el corredor desembocaba en una habitación que tenía la puerta abierta. Ingresé.

Había un enorme oso de peluche sobre la cama con el cobertor rosado, una caja abierta de alfajores Havana sobre el velador. Sobre una mesa se alineaban, como en formación antes de la batalla del fin de semana, las cremas humectantes y las lociones. Contemplé la vista de la ciudad desde el gran ventanal, las luces encendidas en los departamentos de los edificios cercanos. Los detalles delicados con que Carola había decorado la habitación —las cortinas de seda, las almohadas de pluma de ganso, los colores tenues de las paredes— indicaban que la quería para el amor, para el romance, pero el vertiginoso panorama del ventanal me invitó a pensar más en el sexo.

Volví con sigilo al living. Carola y Natalia salieron del baño; seguían riéndose.

Las demás invitadas fueron llegando. Me saludaron y luego me ignoraron: hablaban de novios y trabajo, de conjuntos que les quedaban bien, de viajes a Santiago o los Yungas el fin de semana. Reconocí a una presentadora de un show matinal de la televisión, a otra que trabajaba en algún ministerio y había visto en las recepciones en el Palacio.

—Tienes suerte —dijo Natalia—. ¿Te gusta alguna?

—Tú y Carola.

—Sorry, Carola ya está muy ocupada.

—¿Y tú?

—Ahí todavía tenés chance —me besó.

Natalia había pedido comida de una chifa. La conversación giró en torno al programa de Carola, a las nuevas Magníficas que había elegido Manzoni. Luego de la cena, Carola abrió los regalos. Aplaudían, gritaban, celebraban cada caja de chocolates o pulsera.

El celular de Natalia sonó a eso de la una de la mañana. Se levantó, se dirigió a la terraza a hablar. Volvió dando saltos. Me codeó.

—Tenemos que irnos.

—Cómo así.

—Nada, apurate. Vienen visitas.

El rostro de Carola se iluminó cuando Natalia le contó la noticia. Ambas se lo comunicaron al grupo. Hubo aplausos y carcajadas. Todas se levantaron en busca de sus carteras y abrigos.

Pocos locales seguían abiertos a esa hora en un día de semana. Encontramos un karaoke por el Hernando Siles. La iluminación era escasa, apenas podíamos ver nuestras siluetas; del techo caían serpentinas plateadas como un irritante toque de distinción. Había dos parejas de manos afanosas en los privados y otras dos en la sala principal; los mozos se apoyaban en la barra con displicencia. Una mujer de cara hombruna le cantaba a su pareja, sentado en una mesa en primera fila: *Laura no está/ Laura se fue/ Laura se escapa de mi vida/ y tú que si estás/ preguntas por qué/ la amo a pesar de las heridas/ lo ocupa todo su recuerdo/ no consigo olvidar/el peso de su cuerpo.*

Me fijé mejor: se trataba en realidad un travesti. Había un gesto de enojo en los labios y el ceño, como si estuviera de veras molesto ante la ingenuidad que había tenido alguien de preguntarle las razones de su amor por Laura, o por el hombre que representaba Laura en la canción. Tenía collares y aretes de cuentas refulgentes, como piedras preciosas artificiales; zapatos descubiertos de tacón alto y afilado, blancos y con broches dorados; un pantalón negro que mostraba la rigidez de sus caderas, lo poco hospitalarias que eran —o al menos así me lo parecían a mí.

—Conmovedor —le dije a Natalia, señalándole con el codo al hombre al que el travesti le cantaba, flaco y con un corte militar, sentado solo en una mesa con una Primavera en la mano y mirando embelesado a su pareja.

Pedimos un par de whiskies.

—Gol de media cancha —dije—. Visitarla en su cumpleaños… Ahora se la ganó para siempre.

—Carola es la que hace rato se lo ganó solita —dijo Natalia.

—Deben ser los tatuajes. O su charla.

—Seguro.

—En serio. ¿No la viste en su programa? Sale bien parada. Linda y viva, ¿qué más se puede pedir?

Pusieron una canción de PK2 y Natalia quiso cantarla. Me negué a salir, le dije que no había nacido para cantante.

—Te la pierdes —se dirigió a la tarima de madera que hacía las veces de escenario. Agarró el micrófono, contoneó las caderas como si se imaginara que era Christina Aguilera en el escenario. Detrás de ella, en una pantalla gigante, los de PK2 se daban un baño de multitudes en un concierto en Santa Cruz.

Natalia me lanzaba miradas provocativas, acariciaba el micrófono. Yo no paraba de reír de la seriedad con que Natalia se tomaba la canción, tan excesiva que se convertía en algo desaforadamente cómico.

Natalia me invitó al escenario. Me estaba acercando con pasos tímidos, pensando en la fama de desafinado que tenía entre mis amigos, cuando, de pronto, alguien apareció desde atrás, me ganó de mano y, de un salto, se encaramó sobre el escenario e hizo caer a Natalia de un tirón de los cabellos. Cuando reaccioné, ese alguien estaba sobre ella, en el suelo, y la agarraba a patadas. Los de seguridad tardaron en controlarlo. Era su ex.

—¡No tienes respeto por tus hijos, puta! —gritaba—. ¡Eres todavía una mujer casada, mierda!

A Natalia le salía sangre de la nariz, lloraba sin parar, tenía un ataque de nervios. La abracé, traté de tranquilizarla.

—¡No la toques, cabrón! —gritó Antonio.

Le mostré mi dedo. Mientras los de seguridad se lo llevaban a un rincón, llamé a la policía. Traje la chamarra de Natalia, pagué la cuenta y salimos del karaoke.

Con la voz entrecortada, Natalia me preguntó si creía que Antonio nos había visto besándonos.

—¿De qué te preocupas? ¡El hijo de puta tiene un hijo con otra!

—Ya sé, ya sé, pero igual…

No lo sabía pero contesté que no. Fuimos a la clínica más cercana; la llevaron a una habitación y la sedaron. En menos de diez minutos dormía un sueño profundo. Di vueltas por la sala de espera hasta que me aseguraron que no había ningún hueso roto tras las mejillas hinchadas. Luego me dormí en un sillón en la sala de espera.

Encendí el televisor. Remigio Jiménez decía a las puertas del edificio del Congreso que habían pasado dos meses de los sucesos de febrero negro y el gobierno no había pasado a los culpables a la justicia ordinaria. Agitaba las manos, amenazaba con organizar marchas por todo el país, paralizarlo llegado el caso. El gobierno insistía en que no haría nada hasta que la OEA emitiera su informe en mayo.

Esa era la dinámica que marcaba los destinos del país: la oposición a la ofensiva, el gobierno paralizado, ambos incapaces de ofrecer respuestas o alternativas concretas que fueran más allá del rechazo a ultranza o la defensa tímida del modelo neoliberal. Quienes cuestionaban el modelo lo habían herido de muerte; Nano lo sabía, pero ni él ni su equipo de colaboradores disponían de la lucidez o las fuerzas necesarias para salirse de sus esquemas preconcebidos. Se trataba sólo de apagar incendios, de vivir en la coyuntura.

Creo que por eso se requirió más que nunca de mis servicios. Nano no se animaba a improvisar, a hablar por cuenta propia; para todo debía consultarme y tener mi aprobación. Se había iniciado el Diálogo por la Paz que la Iglesia auspiciaba, y el presidente se servía de mis palabras para enfrentar los continuos cuestionamientos de sus rivales en la mesa de negociaciones. Jiménez aparecía cada rato en los medios y se había convertido en un favorito de la prensa internacional como uno de los referentes más importantes del movimiento anti-globalizador; Canedo quería luchar contra el carisma de Jiménez y aunque su paranoia lo hacía desconfiar de la prensa, comenzó a dar más entrevistas, a ser más accesible.

Nano solía llegar al Palacio al mediodía, por lo que comencé a ir a San Jorge por las mañanas. Llegaba a eso de las diez y media; muchas veces lo encontré durmiendo todavía, y no faltó la ocasión en que nos reunimos con él en pijamas, los ojos rojos y el pelo revuelto. Juan Luis nos acompañaba con una carpeta con las últimas encuestas; sus edecanes montaban guardia; su esposa iba y venía por la casa, organizándolo todo, siempre elegante y con una palabra cordial para soldados y jardineros. Ni en un incendio perdería la compostura; mientras se desplomaban las vigas del techo, estaría indicando con una sonrisa cuáles eran las vías de escape a utilizar, y por favor no pisen el pasto.

Canedo hablaba sin cesar y yo escribía frases en una libreta. A primera hora de la tarde, con él ya en su despacho, le hacía llegar algunas páginas en limpio con el discurso, si le tocaba hablar ese día, y unos párrafos con declaraciones preparadas sobre diversos temas.

Disfruté mucho de esas reuniones en San Jorge porque descubrí un lado más íntimo y humano del presidente. Ese hombre tan odiado en el país era alguien que quizás hubiera estado más contento pasando las horas con sus nietos que lidiando con problemas irresolubles. Era un hombre sitiado, y él lo sentía así: el pueblo, para él, era el Oso, alguien en quien no se podía confiar pues cualquier momento irrumpiría en la casa y nos devoraría. La primera vez que dijo "no hagamos esto, porque sino el Oso se nos viene", tardé en darme cuenta a que se refería. Luego su yerno me lo contó.

Yo también, pese a que me negaba a aceptarlo, empezaba a ver al pueblo como el Oso de Canedo. Padecía de ese síndrome de abroquelamiento que suele atacar a todos los habitantes del Palacio, quienes sueñan con llegar al poder para cambiar los destinos de ese pueblo con el que se identifican, pero que, una vez en los pasillos y los despachos de esa mansión imponente, comienzan a ver fantasmas por todas partes: dejan de actuar guiados por una vocación de servicio y lo hacen por el deseo de asirse con fuerza a ese lugar al que les ha costado tanto llegar. Lo que es un medio para un fin se ha convertido, imperceptiblemente, en un fin en sí mismo. Y cierran las puertas y las ventanas, no vaya a ser que de un zarpazo el Oso dé fin con ellos.

Al Oso lo habíamos creado nosotros. Si la información de que disponía no era la correcta, eso no significaba que estaba equivocado, sino que desde el gobierno habíamos hecho un pésimo trabajo para cambiar las percepciones. Circulaba el rumor de que el gobierno estaba dispuesto a vender a Chile todo el gas, no sólo nuestras reservas sino también el licuado, el que la gente utilizaba diariamente para cocinar. Podía ser que fuentes interesadas de la oposición hubieran difundido ese rumor tan absurdo como efectivo; pero, si la política era una batalla cotidiana por el control de la información y por la creación de efectos de verdad, entonces estábamos perdiendo la batalla.

Había algo de optimismo en mi razonamiento. No se trataba tanto de lo que podíamos hacer o dejar de hacer desde el gobierno; más allá de nuestro alcance, de nuestra capacidad de influencia, el Oso entendía lo que quería entender. Era de ilusos no pensarlo así.

Mendoza me llamó a su despacho en el edificio de la vicepresidencia. Quería mostrarme el cuadro que acababa de hacer instalar. Yo curioseaba en su escritorio mientras me hablaba: había fotos de sus hijos, pero no de su esposa. ¿Tendría en uno de sus cajones fotos obscenas de la paraguaya o la francesa? Ojalá: había comenzado con la camisa arremangada y poco a poco el cargo lo había vuelto solemne. Por algún lado debía escaparse tanto aire contenido.

El cuadro se hallaba detrás de su escritorio, la foto oficial de Canedo a la izquierda y el escudo de Bolivia a la derecha. En el óleo dominaban el negro y el rojo, y se podía observar el incendio del Palacio. Las llamas y el humo salían por las ventanas del tercer piso, espesas bocanadas cubrían los edificios aledaños a la Catedral y al Congreso.

—En las películas de los gringos muchas veces la Casa Blanca aparece destrozada. Es una de sus ansiedades, una de sus pesadillas apocalípticas, el sueño de algunos incluso. En la realidad, sin embargo, la Casa Blanca es intocable. En cambio, nosotros nos podemos dar el lujo de decir que una vez incendiamos nuestro Palacio presidencial hasta que no quedaron más que cenizas. ¿No es para sentirse orgullosos? Y lo peor es que luego nadie se acuerda por qué el Palacio Quemado se llama así.

—Fue en el gobierno de Frías, ¿no? —dije, haciendo un esfuerzo de memoria—. Si mal no recuerdo, hubo una asonada en Cochabamba y Frías fue con sus tropas a sofocarla…

—Y hubo otra asonada en Cobija —completó Mendoza—. Los militares a cargo de Daza fueron allá, con lo que La Paz quedó desguarnecida. En el Palacio quedaban unos cuantos ministros y una tropa de voluntarios. Estábamos a punto de cumplir cincuenta años de independencia, pero el incendio ni siquiera ocurrió por una razón trascendental ligada a ese aniversario. Fue simplemente una más de las sediciones que jalonan nuestra historia.

Mendoza sacó un libro de un estante, lo hojeó hasta encontrar lo que buscaba.

—Daniel Calvo se hallaba en el Palacio —dije—. Mira lo que le escribió a su esposa.

Me pasó el libro. Leí: "A las dos de la tarde nos tomaron la casa de policía frente al Palacio; el combate desde entonces fue de una vereda a otra, entretanto que por la catedral nos arrojaban sábanas incendiarias a los techos: las primeras pudieron ser sacadas, pero las sucesivas prendieron: a las tres ardía el tercer piso, a las cuatro y las cinco tomaba proporciones colosales: crujían las vigas de la casa y aullaba alrededor la bestia popular: de cinco a seis de la tarde el espectáculo era horroroso, se desplomaba el Palacio por todas partes y era temible que se incendiase el parque: por otra parte arreciaba el ataque, se contaban por miles las cabezas de cholos. ¿Qué hacer? Entre morir en medio del incendio o por las balas de los bandidos, optamos por lo segundo… ¿Sabes cuántos han defendido el Palacio por ocho horas? Cuando más treinta y tantos, de ellos quedan fuera de combate dieciocho heridos y tres muertos. El pobre Joaquín Peña murió a mi lado, y la bala que lo acabó atravesó mi sombrero rozándome los cabellos…"

Se contaban por miles las cabezas de cholos. ¿Qué diría Calvo ahora?

—Fue una intentona fracasada —dije—. Las tropas del gobierno llegaron a tiempo.

—¿A tiempo? Hubo ciento treinta muertos y el Palacio terminó reducido a escombros, abandonado durante siete años.

—Frías fue uno de nuestros presidentes más ilustres. Aun así.

—Así es. Un hombre desprendido, poco interesado en aferrarse al poder. Una vez que hubo rumores de golpe, antes de irse a dormir le dio a su secretario el bastón de mando y la medalla presidencial, y le dio instrucciones de que, si se concretaba el golpe, entregara el bastón y la medalla a los alzados y que por favor lo dejara seguir durmiendo. Un ejemplo para todos nosotros, que lamentablemente no sigue.

Imaginé que estaba pensando en el Coyote, en el hecho de que a pesar de su renuncia seguía visitando el Palacio como si no hubiera pasado nada; incluso debía seguir tomando decisiones gubernamentales desde su puesto en la cúpula del MNR. Entendía la queja de Mendoza, pero me parecía que el desprendimiento de Frías tampoco nos conducía a nada, excepto a entregar las llaves del Palacio a alguien quizás más obsesionado por el poder que nosotros.

Cambiamos de tema, me habló en tono altisonante de las sorpresas que pronto develaría en su lucha contra la corrupción, como si de veras creyera que Nano le había encomendado ese trabajo para algo más trascendente que lucir su retórica.

—Ah, sí —dije—. Me enteré del caso de los chalecos.

—Van a rodar muchas cabezas. La gente se va a sorprender.

—Es un tema delicado. Quizás haya que manejarlo confidencialmente, por lo menos al comienzo.

Me miró como si supiera a quién me refería. Me pasó el brazo por los hombros, me dijo:

—Espero que entiendas que en ciertos casos la amistad tiene sus límites.

—Lo entiendo, lo entiendo. No he dicho nada.

La asistente de Mendoza entró al despacho. Me

miró como se mira a una mariposa que aparece en una de nuestras habitaciones: como una cosa rara, que incluso puede ser preciosa, pero a la que de todos modos hay que sacar del recinto lo más pronto posible. Le dijo al vicepresidente que tenía un par de llamadas urgentes que responder, y que se lo necesitaba en el Congreso en cuarenta y cinco minutos.

Al salir del despacho me sentí mal: le había fallado a Natalia, no había podido ayudarla. Nuestra relación continuaría a marchas forzadas. Hacía rato que ella se mostraba distante y yo buscaba maneras de reconquistarla. La nueva dinámica establecida era que yo intentara acercarme, burlar su coraza protectora, mientras ella se refugiaba en un espacio al que yo no llegaba y que no compartía con nadie. ¿Adónde habían ido a dar esas primeras semanas de maravilla y sorpresa? Pasada esa intensa etapa inicial, Natalia había dejado de mirarme como a un cómplice con el cual podía compartir todo e incluso planear el resto de su vida, y me trataba con desconfianza, como si yo fuera de una especie rival dispuesta a explotar sus debilidades, a aprovecharse de ella si se abría más de lo necesario.

No podía culparla. Había sido mi actitud la que produjo su cambio.

Sabía que no todo estaba perdido, que si yo cambiaba ella podría hacer lo propio. Pero ese cambio genuino no me nacía, y tampoco podía forzarme a hacer algo que no sentía.

Esos días soñé con presidentes colgados, palacios ardientes, mujeres vestidas con chalecos antibala y adolescentes que se pegaban un tiro en la boca en patios presidenciales.

Había dejado de usar corbata. A veces, cuando me duchaba, recorría las nalgas con mi mano para ver si quedaban huellas del quimsacharañi.

6

En mayo la OEA emitió su informe sobre los hechos de febrero y deslindó de responsabilidades al gobierno; la única culpable era la policía. Algunos policías y organizaciones sindicales iniciaron una huelga de hambre, quejándose de la parcialidad del informe.

En el Chapare hubo enfrentamientos entre los militares y los campesinos cocaleros; fue detenido un peruano que formaba parte del grupo, hecho que aprovechó el gobierno para volver a lanzar sus dardos contra Jiménez e insistir en que había una conspiración contra la democracia fomentada por el narcoterrorismo internacional. Jiménez se rió de las acusaciones y emplazó al gobierno a probarlas. Las preguntas de mi tío no habían sido respondidas en positivo, todavía no sabía cuál había sido el modelo de país que había querido defender el Coyote a las balas, pero, a la vez, extrañaba su presencia fuerte en el Palacio para contrarrestar las andanadas sin sosiego de la oposición.

Cuando Alicia no vino al departamento tres días seguidos, me preocupé. ¿Cómo haría para lidiar solo con Nico el sábado? No era mucho tiempo, pero al menos necesitaba un par de horas libres en el día. Ella era tan correcta que de alguna manera se las hubiera ingeniado para avisarme de su ausencia; si no lo había hecho era porque algo le había ocurrido. Habíamos seguido discutiendo sobre el gas y otros temas, pero la disputa no era tan enconada como al principio y creía que, como en un matrimonio viejo, habíamos aprendido a tolerar nuestras desavenencias, a convivir con ellas, incluso a extrañarlas cuando no aparecían en una discusión. ¿Me habría equivocado?

Alicia apareció el viernes por la mañana a la hora del desayuno. Había venido a recoger las pocas cosas que tenía en el cuarto, quería que le pagara lo trabajado en el mes. Tenía el pelo mojado, estaba lloviendo. Evitaba mirarme de frente.

—¿Le ha pasado algo a tu hija? —me animé a preguntar mientras ellas arreglaba sus pertenencias en el cuarto.

—Mi hija está bien, joven.

—Entonces qué.

Después de un rato me dijo:

— Usted debió haberse sincerado conmigo —me hablaba dándome la espalda.

—No entiendo.

—A la señorita Natalia se le escapó el otro día dónde trabajaba usted…

—Ah, es eso. No es para tanto.

—Igual, debió habérmelo dicho. Va disculpar, joven, pero…

—Yo no soy de los que toma decisiones, no tengo nada que ver con el gobierno mismo…

Se dirigió al ascensor con un bolsón en la mano. La seguí, insistí, le prometí que no coincidía con Nano y el Coyote, que estaba allí por una cuestión estrictamente alimenticia. Dudaba. Le imploré que lo hiciera por Nico, quién me ayudaría los fines de semana. No quería quedarse, pero tenía miedo a perder su trabajo. La vi morderse los labios, la mirada escurridiza y las manos que no dejaban de moverse, inquietas. Seguro no me creyó nada, pero al final decidió que estaría conmigo un tiempo más, hasta que encontrara a alguien que la reemplace, "sólo por Nico".

Entramos al departamento. Alicia fue a su cuarto a dejar el bolsón, yo respiré aliviado y luego me sentí pésimo: me había sido tan fácil decir que yo no tenía nada que ver con lo que ocurría en el Palacio. Recordé cómo era mamá con sus empleadas, tan altanera, tan despectiva. Las cosas estaban cambiando rápido. Yo le seguía pagando el sueldo a Alicia, pero ahora decía o hacía muchas cosas con tal de conseguir su aprobación, con la esperanza de que ella no se fuera de mi lado.

Una madrugada, con la luz comenzando a filtrarse entre las cortinas de mi habitación —esa luz paceña tan diáfana y fresca, como si trajera consigo el aire cristalino de las cumbres nevadas que rodeaban a la ciudad—, el timbre del teléfono me despertó. Al principio había creído que ese sonido insistente era parte de mi sueño; luego, todavía adormilado, concluí que no; estiré la mano y contesté con la voz aún perdida en las inclemencias de la noche.

—¿Quién carajos llama a esta hora?

—Grover Hinojosa. Le daré mi dirección. Lo espero en mi casa a las nueve.

La casa se hallaba en Irpavi, en un callejón sin salida que terminaba al pie de la ladera escarpada de un cerro donde años atrás se habían producido deslizamientos del terreno y hundimientos de casas. Toqué el timbre bajo la lluvia, escuché los ladridos de un perro. Al rato se abrió la puerta. Antes de que apareciera su silueta ya lo había adivinado: Hinojosa era el anciano de la silla de ruedas en la plaza Murillo, el que hablaba de malignos y avernos. Estaba en su silla arrebujado con una manta de tocuyo, el rostro moreno, aindiado; tenía la respiración entrecortada.

—No tenga miedo de Huguito —dijo cuando me vio retroceder apenas su boxer se acercó a olerme los pies—. No mata una mosca... Debe ser el único boxer inofensivo del mundo... si lo supieran los ladrones nos visitarían seguido, y luego lakaj pum ya estamos... Hugo, ¿qué te he dicho? Silencio, me estás haciendo rabiar...

La sala era pequeña y oscura, olía a almendras amargas. Escuché ruidos en la cocina: ¿la esposa?

Me indicó un sofá plastificado. El boxer se echó bajo la mesa de vidrio de la sala. Una vaharada pútrida me golpeó: Huguito parecía haberse revolcado en un basural.

—Usted dirá... —tosió—. Sé que le interesa el primer gobierno del general Banzer.

—Después de verlo en la plaza pensé que vivía en la calle.

—Me gusta que me vean allí.

—Quiénes.

—Todos. Que mi presencia les recuerde sus pecados. Las injusticias que han cometido conmigo.

—Lo que me interesa de ese gobierno es algo muy específico.

—Disculpe que no le ofrezca nada, mi refrigerador está vacío... Lo escucho, joven.

—Pensé que era usted el que quería hablar conmigo. ¿Cómo así me reconoció?

—Imposible reconocerlo pues, la memoria no nos da para tanto. Alguien nos dijo que usted quería hablar conmigo.

—Mi papá.

—Se dice el pecado no el pecador.

Era mi papá, me dije, no había otra opción.

—Usted conoció al chico que se suicidó con su revólver en el patio del Palacio. El 74.

—Como no. La gente no se suicida todos los días en el Palacio. Aunque debería. Se pegan un tiro los menos indicados, no los que deberían.

—Felipe. Era mi hermano. Trabajar allí hace que no haya día que no piense en él. Y como no tengo todos los datos de lo ocurrido, pensé que usted me podría ayudar... Por ejemplo, alguien me dijo que ese no era su día de turno. Y, sin embargo, se encontraba en el patio principal.

Hinojosa se agitó en la silla. Huguito movió la cola.

—En efecto, joven, no era mi turno.

—¿Y qué hacía allí?

—Lo estaba esperando al Felipe... En realidad fui con él al Palacio... Eramos amigos. No ponga esa cara. ¿Tan difícil de creer es eso? Y mientras él hablaba con su papá, yo esperaba.

—¿Y por qué?

—Tendrá que pensar un poco en mí. Es que somos muy pobres.

Extraje todo lo que tenía de mi billetera y lo puse sobre la mesa. Hinojosa contó los billetes.

—Bien poco es pues, joven.

—Es todo lo que tengo.

—Nos han dicho que usted sería más generoso. Puedo esperar. Sabe dónde vivo.

Me indicó la puerta con un gesto. Su garganta emitió un ruido quejoso, luego hubo el chirrido de la silla.

Le ofrecí mi reloj y lo aceptó.

—Está limpia la casa ¿no? —dijo con la voz entrecortada—. Una de mis hijas se ha pasado dos días limpiando todo. Con lo que nos dura. Sin embargo, debemos decir que antes era peor. Cuando recién nos divorciamos, solíamos empujarle unos alcoholes solos. A veces ella venía y nos encontraba tirados en el piso, la cama toda vomitada. Tan preocupada la Raquelita, se vino a vivir conmigo.

Se entretuvo un buen rato en hablar de lo peligrosas que eran las lluvias por esa zona. Se desplazaba en la silla con agilidad, aunque se le notaba incómodo: sus piernas gruesas y su estómago con capas superpuestas de grasa se desbordaban.

Lo escuché, nervioso e impaciente. Quería que siguiera hablando de lluvias y a la vez que me contara de mi hermano. Al fin, dijo:

—¿Creyera, joven, que yo nunca he probado? Alcoholes, con mucho gusto, pero la droga no es para nosotros… Una vez, para ganarme unos pesos extra, fui a cuidar autos en la fiesta de la hija de un ministro. Me sorprendió cómo los changos salían al jardín de la casa y a la calle a meterle duro y parejo… Y se peleaban, que si tienes más, que no tienes, que de dónde conseguimos, que conozco un taxista en una parada en Miraflores… Abrí los ojos. Podía ser una buena forma de ganarme unos pesos, de intermediario, unas comisiones… Usted sabe, con el sueldo que tenemos no nos alcanza ni para la semana…

Se desplazó a la cocina y me gritó si quería tomar

algo. No se preocupe. La lluvia arreciaba, golpeaba los cristales de la casa con tanta fuerza que pensé que se quebrarían. Huguito aullaba, metido bajo la cama en el cuarto de Hinojosa.

—Nosotros teníamos una banda también —dijo al volver—. No teníamos plata pues... El asunto es que un día, en uno de los baños del Palacio, encontré a tu hermano pitillando.

—No le creo.

—Entonces le devolvemos su reloj y todos felices.

—Siga, siga.

—Se asustó, pensó que lo iba a denunciar... Aproveché para hacerme su amigo, ganarme su confianza. Le pregunté cuánto le costaba y que lo que quería podía conseguirle más barato. Creyó que se trataba de una trampa. Pero al rato ya estaba riendo y hablándome de precios.

Tosió.

—El hecho es que siempre nos preguntaba si estábamos felices con la situación. De qué nos hablas, le decíamos, claro que sí. Y él nos hablaba de cómo los milicos habían arrinconado al Allende en Chile, nos decía así quiero morir yo, esa es una muerte digna. Y los milicos habían matado al Che y el país no tenía perdón, y luego habían matado a las guerrillas que querían seguir el ejemplo del Che, y luego sería peor, un manto de violencia recorrería el continente, la CIA ponía el billete y nuestros gobiernos eran unos títeres y seguiríamos siendo explotados por siempre jamás. Hablaba bien y lo escuchábamos pero mucho caso no le hacíamos, y decía que no aguantaba que su papá fuera un perro al servicio del gobierno y nosotros ajá, yo le decía entonces nosotros también somos perros, guau guau, trabajamos en el

Palacio. Y él decía no ustedes, pero quiero hacer algo, un escarmiento, y luego nos propuso secuestrar a su papá, asustarlo ajá, obligarlo a firmar un documento comprometiéndose a la lucha junto al pueblo, a renunciar a su cargo. Y nosotros estás loco, con los papás no se mete uno, dejate de esas vainas, tendrá sus razones. Es un facho, decía, de los que cree en esto del orden, paz y trabajo. Nosotros también creemos en lo mismo, le dijimos. Luego lo convencimos de buscar otra víctima, y luego nos habló de la mujer con la que había salido, o había entrado, la dueña de la susodicha casa... Era esposa de un ministro, del tal Guilarte Ortiz, ¿o era Ortiz Guilarte? Él podía ser un buen blanco, nos dijo, y nosotros sí, sí, ajá, pero no le hacíamos caso. Hasta que un día nos dijo que la susodicha era una descuidada y dejaba sus joyas por todas partes y era hasta que se animara a entrar a su casa, se conocía sus horarios y todo. Iba a ser bien fácil secuestrar al ministro. Paramos las orejas y ahí nomás, en frío, o en caliente, le propusimos un trato, mitad mitad, nos hacía entrar en la casa y nos ocupábamos de lo demás, él no tenía que hacer nada, si quería podía esperarnos en la entrada... Lo iba a pensar, nos dijo, pero le brillaban los ojos. Al día siguiente volvió con el visto bueno a la idea. Y ya está, le metimos sobre la marcha. En frío o en caliente.

—¿Qué fue exactamente lo que hizo mi hermano?

—Ajá, quiere que nos apuremos...

—¿Y las fotos?

—Las susodichas. Uno de nosotros vio la máquina en un velador. Se puso a sacar fotos como loco, clik clik sonría. La cosa se complicó cuando la empleada se largó a gritar. El Clefas le dio un golpe en la cabeza y comenzó a desangrarse hasta que se hizo todo un charco. Estiró la pata ahí mismo. Felipe estaba nervioso, hizo caer las lámparas y las sillas. Eso hizo que se despertara el ministro, la ñatita estaba en su día de jugar a las cartas, rummy, loba, qué sé yo… Iba a gritar, pero le metimos un trapo en la boca.

Me mordí los labios.

—El tal ministro lloraba pues, bien asustado estaba. Lo encerramos en su cuarto y propuse que nos fuéramos… porque nosotros nomás le habíamos hecho creer, sólo queríamos quedarnos con las joyas, no nos convencía eso de darle un escarmiento al gobierno. ¿Qué escarmiento, si el gobierno nos pagaba el sueldo? Y Banzer no era mal tipo, no era un Pinochet cualquiera… Felipe estaba preocupado, nervioso, el ministro no se callaba pese al trapo en la boca. Pataleaba, hacía bulla. Le dijimos que podíamos resolver eso fácilmente. Nos dijo que no era necesario llegar a algo tan extremo. Dijo que lo intimidaría como para que no abriera la boca por el resto de su vida. ¿Qué se le habría ocurrido? ¡A ver Hugo, silencio!

El perro se calló.

—Uno de nosotros se acercó a la ventana del cuarto y se puso a ver por entre las cortinas. Había un espacio pequeñito, se podía ver… Felipe le puso un revólver en la boca al ministro. Todo un espectáculo, un hombre fuerte meándose en los pantalones. No somos de lo mejor, joven, debimos haber parado la cosa ahí. Y en vez de eso nos peleamos por ver lo que pasaba. Un asco pues. De lo que más me arrepiento en mi vida, joven. El maligno a veces nos lleva por mal camino. Por eso le decimos que el averno se ha instalado en el Palacio, tiempo ha. Y a mí me han botado y me tienen que recontratar pues, para que así me toque una jubilación justa, estoy bien jodido si no, yo siempre he sido movimientista; hay cuoteo de pegas para todos y me tiene que tocar, es una injusticia, hay que sacar al maligno de ahí, un exorcista hay que llamar, un entendido en la materia, si no vamos a seguir así, a los tumbos, zas Caifás.

Se persignó.

—¿Qué carajos pasó? Deme detalles, todo lo que sepa, no me voy a asustar, en serio…

—Hubo un flash, dos flashes, uno de nosotros sacó las fotos, ahí nomás nos dimos cuenta de la gravedad del asunto, nos dimos cuenta que estábamos marcados de por vida, el ministro nos había visto las caras y nunca podríamos volver a trabajar en el Palacio mientras él estuviera vivo, ajá. ¿Qué mierdas hacíamos, me puede decir? Entonces justo el susodicho ministro lo empujó con todas sus fuerzas al Felipe y Felipe chataj al suelo, y el ministro se puso a correr y pasó a nuestro lado y lo dejamos pasar y uno de nosotros plik plik dos balazos en la espalda y ya era el ministro, joven. Ya era. Eso fue todo, joven. Nos fuimos corriendo. Ya no había ganas de gestos revolucionarios en el Felipe, de escarmientos, esas cosas.

Me quedé seco, incapaz de pronunciar palabra. Hinojosa continuó:

—Al día siguiente ya nos dijo que quería suicidarse… La idea se le metió y no se la pudo sacar. Su papá se siente culpable desde entonces, pero no fue por la pelea, fue de antes la cosa… Yo sólo lo ayudé a que hiciera lo que quería. Entre paréntesis, joven, fue lo mejor que pudo pasar. La policía es bien lenta, pero yo tenía mis amigos y las investigaciones estaban bien encaminadas. Felipe se pegó un tiro antes de que lo arrestaran. Dejó una nota a su papá, allí contaba las razones de la muerte del ministro, él no lo había matado pero se sentía responsable.

—Ustedes chantajearon a mi papá con las fotos.

—Tiene que entendernos joven, necesitábamos unos pesos, el Felipe seguro ha entendido eso y nos ha perdonado hace rato, no había mala voluntad. Y su papá jamás mostró esa nota y la prensa nunca se enteró de la conexión entre la muerte del ministro y el suicidio del Felipe. Y la señora lo supo, y la policía lo supo, pero prefirieron quedarse callados, era mucho escándalo, ajá, y creo que su papá pasó billete a medio mundo y ya está, el suicidio se quedó sin explicación y a nosotros en el fondo nos dio un poco de pena, qué quiere que le digamos, al menos la muerte del Felipe hubiera servido de algo.

—¿Y ustedes?

—No había pruebas contra nosotros, pero un día, al salir de mi casa, alguien gramputa cahuete nos disparó. Nos quedamos en esta gramputa silla. Lo que más extraño es el fútbol. Bien nomás jugaba, defensor era. Supongo que ésa fue la venganza de la señora, joven, o del mismo gobierno. Era bien fácil, esos días. No nos fue tan mal como a los otros dos que participaron en el asalto. Amanecieron fiambres y nunca se supo quien los mató.

—¿Tiene copias de las fotos? ¿Qué se podía ver?

—Ya no nos acordamos. Le dimos todo lo que teníamos a tu papá. Para eso nos pagó.

Tuve ganas de acercarme y agarrarlo a golpes. Me contuve; sólo sabía hacer eso, contenerme.

Me fui dando un portazo, retumbándome en los oídos su voz gruesa, su cansado resollar.

Me pregunté qué hubiera hecho Felipe si a Hinojosa no se le ocurría chantajear a papá. ¿Habría decidido asumir su responsabilidad en la muerte del ministro? Y las razones de Felipe, ¿eran en verdad políticas? ¿O estaba tan despechado que quiso vengarse de la mujer de una manera tonta y le salió mal?

Si bien me hubiera gustado dejar a Felipe en la ambigüedad, quizás para convertirlo en un ser más fascinante y complejo de lo que en realidad había sido, me quedé con la sensación de que era un mocoso arrogante, más niñito bien de lo que quería ser. Había muchísimos ejemplos en la generación del setenta de verdaderos actos de idealismo, jóvenes de clase media que habían cortado de verdad con sus familias, no a medias como Felipe. Su idealismo no era convicente del todo.

Caminé bajo la lluvia hasta la entrada a Irpavi. Terminé empapado, el agua chorreándome por el pelo y la cara, la camisa y el pantalón pegados al cuerpo.

Mi hermano fue un chico que cometió un error grave, irreparable. También fue algo más: un hombre que había asumido la plena responsabilidad por sus acciones. No importaba si había llegado a esa conclusión por su cuenta o atenazado por Hinojosa; el hecho era que la aceptó e hizo suya. Era quizás lo único rescatable en medio de sus múltiples equivocaciones.

Volvía a las preguntas de mi tío: no se trataba de dilucidar si la violencia justificaba el fin; había que aceptar que ésta podía existir a la hora de defender las ideas, y ver si éstas justificaban la violencia y responsabilizarse de ella.

Tenía un sabor a plomo en la lengua y el cansancio en las piernas. Quería hablar con Ceci. Quería ver a Natalia.

Quería… No sabía qué quería.

7

Escribir para Canedo se convirtió en una forma de catarsis: tanta rabia y desazón acumuladas debían tornarse en algo constructivo. Con la música de Queen resonando en mis audífonos a todo volumen, en mi departamento o en el Palacio, tecleaba con dos dedos; pese a arrepentirme de no haber tomado un curso de mecanografía, escribía rápido, muy rápido, una palabra que devoraba a la siguiente, una frase que se iniciaba sin haberle puesto el punto seguido o aparte de la que no acababa de terminar.

Me rondaba el tema de que la decepción ante las falencias del país no debía ser obstáculo suficiente para desinteresarse por su futuro; era fácil querer a un país capaz de infundir esperanza y optimismo a sus ciudadanos. El desafío consistía en entregarse cuando no se nos daba mucho a cambio, se nos impedía soñar en grande y teníamos trabas que complicaban nuestro diario vivir. Cuando escribía al respecto, en el fondo estaba escribiendo sobre mi hermano, tratando de que la escritura me ayudara a sobrellevar tantas verdades aprendidas en los últimos meses.

A veces, en el depósito de los trastos, me quedaba inmóvil frente a la pantalla de la computadora, incrédulo ante la frase que acababa de escribir. *Tanta decepción acumulada en nuestra historia no debe impedirnos pensar en el futuro, y pensar en grande.* ¿Era posible? ¿Cómo pedirle a gente como Alicia, a los que me habían atacado en El Alto, que creyera en el gobierno? Si yo no podía hacerlo, tampoco lo harían quienes escucharan esas palabras de boca de Nano. Borraba la frase y buscaba algo más modesto, en lo que yo pudiera creer. *No olvidemos tanta decepción acumulada. Pero que el rencor y la amargura no nos devoren por dentro. Tratemos de creer, y si no podemos, al menos nos sentiremos orgullosos de haberlo intentado.*

Borré lo que acababa de escribir.

Al final, encontré inspiración en un discurso de Roosevelt en la antología de Safire. Lo traduje y luego cambié algunas cosas: *Sólo pido que lo que cada boliviano pide de sí mismo y de sus hijos sea pedido de Bolivia. ¿Quién de ustedes les enseñaría a sus hijos que lo fácil debe ser la primera cosa a considerar, el objetivo final a conseguir? La nación es lo que son sus individuos. Es mucho mejor pensar en grande, lograr triunfos gloriosos aunque los acompañe el fracaso de tanto en tanto, que consolarse junto a quienes no disfrutan ni sueñan mucho porque no saben ni de victorias ni de derrotas...*

A Nano le encantó el llamado al sacrificio que contenía el discurso. Lo pronunció en una reunión de empresarios en Santa Cruz. Luego volvió a utilizar en otros mensajes las frases que habían cosechado más aplausos.

En junio y julio las protestas recrudecieron. Canedo había ordenado a las Fuerzas Armadas y a la policía que fueran tolerantes con las manifestaciones que sacudían a todos los departamentos; tan tolerantes, que incluso los policías abandonaron el pueblo de Sorata (en ese cálido valle como un respiro a los pies del Illampu y del Ancohuma) porque los pobladores los insultaban y les tiraban piedras; no volverían hasta que los pobladores se comprometieran a guardarles respeto. La pérdida de poder coercitivo había deslegitimado tanto al Estado que Jiménez seguía proclamando, sin que nadie osara desdecirlo, que en Bolivia había dos presidentes y uno de ellos era él, el más auténtico pues gobernaba desde la calle, junto al Estado Mayor del pueblo. Jiménez había dejado de asistir al Diálogo Nacional coordinado por la Iglesia porque Canedo se había negado a incluir en el temario su pedido de una Constituyente. Santa Cruz y Tarija hablaban de la autonomía regional y de tomar medidas más duras —¿la creación de las Repúblicas de Santa Cruz y Tarija?— si el gobierno cedía a las protestas y no aprobaba la salida del gas por Chile. Hubo discusiones en el gabinete con respecto a la futura línea a seguir; Mendoza seguía defendiendo a rajatabla la idea de que nada justificaba que el gobierno se manchara las manos con la sangre del pueblo; otros ministros afirmaban que "si no nos quieren por lo menos nos tienen que temer", y que lo peor ahora era que el pueblo ni quería ni temía al gobierno; nadie, sin embargo, defendía la posibilidad del uso de fuerza con la convicción con que lo había hecho el Coyote.

El gobierno navegaba a la deriva, arrinconado por la oposición, incapaz de hacer cumplir la ley y de rectificar el curso cuestionado durante los hechos de febrero. Nano pronto cumpliría un año de mandato y todavía no podía darnos una visión global de lo que quería para el país.

Mendoza seguía sin encontrar un espacio de poder en el gobierno. Lo más humillante ocurrió cuando un canal de televisión filmó a unos soldados trabajando en la finca de la hermana del Canciller en Santa Cruz. Se destapó el escándalo: muchos soldados eran obligados a trabajar como peones en propiedades privadas, cosechaban algodón en la finca de un amigo del ministro, construían la casa de un militar de alto rango. El vicepresidente, en su calidad de encargado de la lucha contra la corrupción, se hizo cargo de una investigación que reveló que el ministro de Defensa aprobaba las prestaciones gratuitas de los soldados. En una reunión de gabinete, Mendoza pronunció un discurso contundente sobre la importancia de la ética para el buen gobierno de la República, y dijo al final, en el tono grandilocuente que le gustaba utilizar, como convencido de que su dictamen era el definitivo:

—Creo que el ministro de defensa debería renunciar.

Canedo carraspeó, como el sacerdote en el silencio de la iglesia, para anunciar que su sermón comienza. Pero sólo hubo unas cuantas contundentes palabras:

—No creo que sea para tanto, Luisito. Será más cuidadoso la próxima vez y punto.

—Tiene razón Luis, Nano —dijo el ministro de Planeamiento—. ¿Qué van a decir de nosotros? Que no cumplimos con lo que prometemos.

—Ya he cedido con lo de los impuestos. También con el Peñita. Con eso tienen para rato. No pienso ceder más, ir entregando ministros así como así.

—Ceder no es de débiles si la causa lo amerita —dijo Mendoza enfurruñado.

Una frase citable más. Pero no sirvió para convencer a Nano.

Ese mismo día Mendoza dio una conferencia de

prensa e hizo públicas las acusaciones. Canedo salió en defensa del ministro y lo ratificó en el puesto.

Ante la humillación sufrida por Mendoza, se tejieron conjeturas en los pasillos del Palacio: ¿renunciaría al puesto? Hubo editoriales sugiriendo que no le quedaba otro camino. En una entrevista que molestó a Canedo y sus allegados, Mendoza dijo que había perdido una partida pero no la guerra: seguiría luchando para cumplir la tarea que el presidente le había encomendado. Los políticos de los partidos oficialistas cerraron filas en torno a Canedo, y Mendoza volvió a quedar en evidencia como una figura incómoda en el Palacio.

Le pregunté a Mendoza en el gran patio:

—¿Arte mayor o vertedero de los mezquinos? Tiene diez segundos para contestar.

Esbozó una media sonrisa, apretó, nervioso, su corbata, y siguió su camino.

Fui un fin de semana a Santa Cruz con Natalia. Se lo había prometido, le dije que si lo quería nos podíamos quedar todo el día en la habitación del hotel o en la piscina. Ni siquiera contestaría el celular, y estábamos prohibidos de hablar del trabajo. Yo quería hacer un esfuerzo por volver a los mejores días de nuestra reunión, quizás sorprenderla al regreso ofreciéndole que viviéramos juntos.

Ella estaba radiante, despreocupada, feliz incluso con el clima húmedo. Llevaba minifalda, zapatos dorados de taco alto, una escotada blusa violeta; podía competir con esas chiquillas hermosas que pululaban por la ciudad.

El viernes por la tarde nos dimos una vuelta por la Monseñor Rivero y a la noche cenamos en un restaurante peruano en Equipetrol, una mesa al aire libre. Tomamos un pisco sour agrio, comimos ceviche y arroz con mariscos. No hablamos mucho, me di cuenta que si no tocábamos el tema del trabajo o los chalecos no teníamos mucho que decirnos. Le conté de Alicia.

—Se ha quedado a trabajar conmigo, pero de mala gana. Como si me estuviera haciendo un favor.

—Es que te lo está haciendo. El otro día en el mercado mi casera apenas me dio yapa, me dijo que cuando el Remigio subiera al poder ya no habría yapa para nosotras.

—Me da no sé qué que me lo siga cocinando. De por ahí escupe en la sopa, qué sé yo.

—Ella no es así. Su hija me llamó, está buscando trabajo.

—Le tendré que decir que tú también trabajas para el gobierno, para que estemos a mano.

—Alicia sabe que trabajo en el ministerio. Pero no impresiona tanto como trabajar en el Palacio.

—Además, es cierto, si quisiera asegurarse de que la que la contratara es votante del Remigio no le sería nada fácil…

—Te sorprenderías. Tengo varias amigas que dicen que en la próxima elección votarán por el Remigio. Son unas cínicas. Una dice que la mejor manera de acabar con los bloqueos es votar por los bloqueadores. Otra dice que de una vez le tiene que tocar a un indio, así nos dejan de joder. Lo harán mal, y luego volveremos a lo de antes.

Caminamos a un bar a dos cuadras del restaurante, las paredes pintadas de rojo, televisores sobre la barra y la ubicua bandera de Santa Cruz en una esquina. Tomamos varios whiskies, Natalia me sorprendió mirando a unas adolescentes sentadas en una mesa cerca nuestro, me dijo debería darte vergüenza, tienen edad como para ser tus hijas. Reímos, nos abrazamos y besamos. Volvimos al hotel. Nos desvestimos y nos dimos una ducha con agua fría.

Salimos de la ducha, me sequé, encendí el televisor y me tiré en la cama. Natalia no salía del baño. La llamé. No me contestó.

La encontré apoyada en el lavabo, a un costado cocaína en un papel de aluminio. Seguía desnuda, hilillos de agua discurrían por su piel.

—Dale, métele —dijo, aspirando por la nariz.

—Eso no Natalia, *please*.

—Antonio no se corría de nada.

—Por eso lo dejaste.

Me dio un sopapo. Me toqué la mejilla, dolido.

—Por lo visto te ha enseñado muchas cosas buenas –dije.

—Cojudito. Niñito bien. Tú no sabés por lo que he pasado. No has sufrido, todo te ha tocado bien facilito.

—De por ahí tienes razón –dije, sin ganas de discutir—. Ya que lo has dicho tantas veces…

—Una vez estaba hablando con un amigo en una esquina en San Miguel. Él tenía que pasar a buscarme. Vi el auto, me acerqué, y se pasó de largo. Era tan celoso. Tuve que tomar un taxi. Llegué a la casa, abrí la puerta y, de pronto, recibí un sopapo que me hizo hincar.

—Eso es lo que no entiendo, te ha tratado tan mal y todavía le tienes miedo.

Sus labios temblaban, las aletas de la nariz no dejaban de moverse. Los hilillos de agua en su rostro y en el pecho me ponían nervioso, tuve ganas de agarrar una toalla y secarla.

—Quizás le tengo miedo porque me trató tan mal. Pero por suerte me vengué. Y nunca lo supo. A veces quisiera que se enterara. Una vez con un compañero de trabajo, otra con un italiano en el baño de un restaurante, cuando salí con mis amigas. Otra con uno de mis exjefes. Hace poco me encontré con él en la calle, le mandó saludos a Antonio, yo a su mujer.

No quería que siguiera, no necesitaba que me diera imágenes que me hicieran difícil conciliar el sueño. No quería conocer más de Natalia, lo que ya sabía era suficiente para la inseguridad y la inquietud.

—¿Le vas a meter? —dijo, señalando el papel de aluminio con cocaína.

—Natalia…

Sentí su lengua en mi boca, en mi cuello.

—A ver, demostrame que te gusto.

—¿Aquí? No tengo protección.

—¿Y? Terminas afuera.

—Es peligroso, Natalia…

Me miró con furia. Se dio la vuelta, buscó una toalla y se dirigió a la habitación. Se tiró en la cama y apagó el televisor. Me eché a su lado, le acaricié la espalda pero no obtuve reacción alguna. Jugué en vano con su cabellera, me puse a masajear sus hombros y se alejó de mí con un movimiento brusco. Asumí que mi reacción visceral había malogrado el progreso de ese fin de semana.

Canedo me llamó a su despacho. Estaba con Juan Luis, tenía en la mano una carpeta con los resultados de las últimas encuestas. Sobre el escritorio se hallaban el *Financial Times* y un ejemplar de *The Economist*. Una luz cálida se filtraba por las ventanas.

—El mejor periódico —dijo señalando al *Financial Times*—. Y la mejor revista. Tienes que suscribirte.

Nano me preguntó si seguía en contacto con Arancibia. Le dije que no.

—Tenemos que convencerlo de volver. Lo necesitamos.

—Al que necesitamos es al Coyote... —dije—. Perdón. Al señor Peña.

—No te preocupes por él. Siempre está por aquí. En realidad nunca se ha ido.

No era lo mismo que cuando tenía un despacho en el Palacio. A los enemigos les asustan las leyendas acerca de que el fantasma del visir asesinado vaga por el castillo que quieren tomar, pero no tanto como les atemorizaba saber que, cuando el visir estaba vivo, iba de sala en sala del castillo dando las instrucciones precisas para la defensa y señalando los caminos a seguir para el futuro ataque.

—Los resultados son claros —dijo Juan Luis, volviendo al tema—. Nos falta una política de comunicación y enseñanza de nuestros logros.

—Estamos perdiendo la batalla de las ideas —dijo Canedo—. La gente no quiere que vendamos el gas a nadie. Con eso, Santa Cruz va a preferir ser parte de Brasil y Tarija de Argentina. Vamos a terminar como una republiqueta andina, con warlords como en Afganistán.

—Yo que usted no confiaría tanto en las encuestas —me aventuré a decir—. Son muy limitantes. Una cosa es la opinión de la gente, otra el comportamiento colectivo.

—Yo soy producto de las encuestas. Así he ganado elecciones.

—Tampoco nos fue bien con la política de comunicación cuando Lucas estaba a cargo.

Canedo se levantó, caminó por su despacho con los brazos en las espaldas. Su yerno seguía de cerca todos sus movimientos.

—Las transnacionales que descubrieron el gas están en el país desde la apertura de la economía que yo inicié cuando era ministro. Sin ellas no tendríamos las reservas que tenemos ahora. Y ahora resulta que son las culpables de la explotación de nuestros recursos… Qué ironía, soy víctima de mis propios éxitos…

—Antes de su primer gobierno el 71% de los bolivianos era pobre —corroboró el yerno—. Hoy, sólo el 59%. Lo que pasa es que hubo una revolución de expectativas.

—Ahora hay un nivel de esperanza muy alta. Y eso que Banzer no creía en nuestras reformas y permitió que se las desacreditara. Fueron muchas las cosas que se hizo. Yo cambié todo. Lo que se movía, lo cambiaba. Reforma educativa, Participación Popular, Ley de tierras, Bonosol. Irónico, soy el máximo representante del neoliberalismo aunque la mayoría de mis reformas no fueran económicos. Y nuestro neoliberalismo… Se quejan, cuando en realidad no hubo suficiente neoliberalismo. La empresa privada, por ejemplo, no cumplió el rol que se le asignó, es corporativista y no quiere la libre competencia.

Juan Luis contestó su celular. Canedo continuó hablando en un tono melancólico pero vigoroso.

—Las reformas y la democracia funcionaron pero el gobierno no pudo responder con la rapidez debida. Me olvidé que las reformas son muy caros, lo reconozco. No producimos lo suficiente como para poder pagarlas. Nuestro problema no es plata para el desarrollo sino para el déficit.

Tosí.

—Volví porque quise corregir errrores y mejorar aciertos. No me di cuenta que el país había cambiado… Soy la reencarnación de Pantaleón Dalence, un abogado frustrado que cree que la ley te da el poder. Pero no. El caballo es brioso y el jinete, malo… Debí haber subido el precio de la gasolina porque a la clase media no se le puede tocar con impuestos. No controlo el parlamento, pero tengo una gran capacidad para descontrolarlos. Los congresistas son brutos pero no comen vidrio. Y me joden la vida. El Remigio elude sistemáticamente el diálogo y luego se queja de que no quiero dialogar. Y con los socios que tengo ya no necesito enemigos.

En sus frases podían encontrarse rescoldos del político carismático que pese a su acento se había ganado al pueblo cuando irrumpió en el escenario nacional. Frases llenas de chispa y humor, en las que hacía suyos dichos populares que lo acercaban a la gente. ¿Qué se había hecho de ese Canedo? La nueva versión era más grave. ¿Era la crisis inmanejable la que le había hecho perder el humor?

—El Remigio dice que el gobierno se niega a discutir el tema de la Constituyente —dije—. El comité cívico cruceño también se ha manifestado de acuerdo con la Asamblea.

—Pueden patalear y no lo tendrán. No conmigo aquí. La Constitución lo prohibe. Si no se puede, no se puede. ¿Para que pase como en Venezuela? Chávez hizo lo que le dio la gana y así Venezuela está como está.

Él sabía que en verdad todo se podía. Si la Constitución lo prohibía, se podía cambiar la Constitución. En un momento tan delicado para el gobierno, le convenía aparecer conciliatorio, dispuesto al diálogo. Si se cerraba con tanta firmeza, si se aferraba con afán a la ley escrita, corría el peligro de ser desbordado por ese Oso al que tanto temía.

—En fin. Uno tiene que ser tolerante en la tercera edad. Porque llega la muerte, incluso para nosotros. ¿Qué es la solución? No sé, no sé. Tuve un buen equipo durante mi primer gobierno. Y controlaba dos tercios del Congreso, tenía todos los gatos en la bolsa. El equipo de ahora es mediocre. Y lo que más rabia me da es que Mendoza me supera en las encuestas.

Me mostró un gráfico: Mendoza tenía el 36%; él apenas llegaba al 20%.

—El vicepresidente es más popular que yo porque no tiene que ordenar matar. Pero ya lo quisiera ver en mi lugar. No duraría una hora. Sería tan débil, todos harían lo que les da la gana. A veces hay que hacer el mal para lograr el bien.

Me mostró los números de Jiménez.

—No llega al 20%. Ese es nuestro gran líder de la oposición. Qué país. Ni los que ganan las elecciones, ni los que protestan en la calle tienen apoyo.

—¿Será que nadie representa al pueblo?

—¿Será que estamos tan divididos que nadie puede representarlo del todo? Las naciones también mueren.

—No creo que sea para tanto, señor presidente.

Movió la cabeza, dirigió la vista hacia el piso alfombrado.

—No sé —puso su brazo derecho en mis hombros—. Al paso que vamos, estamos haciendo todo lo posible para escribir nuestro final de la manera más indigna posible.

Nano no sólo se mostró intransigente con los pedidos de convocatoria a una Constituyente y un referéndum para decidir el tema del gas, sino que, en la reestructuración del gabinete llevada a cabo durante las fiestas de agosto, sorprendió con el retorno del Coyote como ministro de Defensa. Los feriados patrios amortiguaron las protestas, pero yo sabía que la reaparición del Coyote significaba un endurecimiento de posiciones. Se presagiaban días más difíciles de los que habíamos vivido a lo largo del año.

Aunque sabía lo que se vendría y todavía no sabía qué pensar sobre el Coyote, me alegré al enterarme de la noticia. Me sentí más protegido.

Estaba en Cochabamba pasando los feriados con mis papás. Papá había vuelto a cambiar el tono de sus columnas, ahora eran más filosóficas y su temática alejada de la política. En vez de cartas dirigidas a las autoridades, sus artículos se habían convertido en compendios de aforismos que destilaban sabiduría y humor: *Cuando veo sacar a un triunfador en hombros pienso en la muerte: los muertos hayan hecho el bien o el mal siempre salen en hombros; La Historia es saber todo lo que se ha escrito, pero ignorar lo que realmente sucedió; El dentista nunca dará un puñete por miedo a romper una muela; Un solo amor es demasiado; Un buen amigo es el que te dice la verdad salvo que ésta sea agradable.*

Había tenido una discusión con papá en su escritorio; a lo lejos ululaban los eucaliptos en el atardecer ventoso en que el frío del Tunari comenzaba a posarse en la ciudad. Le había reprochado ocultarme a mí y a todos el porqué del suicidio de Felipe. No había de qué avergonzarse de ello: hacerlo saber sería, más bien, la mejor manera de honrar su memoria.

—Tuve mis ideas y las defendí —dijo papá—. Salí al exilio por ellas. Tu hermano fue injusto conmigo.

—No eras inmaduro, no tenías su edad.

—A los dieciseis yo ya pegaba afiches contra el MNR.

—Él sólo estaba haciendo lo que le enseñaste, papá. Defender sus ideas.

—Yo nunca maté por ellas.

—Tú nunca te mataste por ellas.

—Lo hubiera hecho, llegado el caso.

—No lo creo. Yo soy como tú. Buscamos siempre formas civilizadas de defender lo nuestro. No entendemos eso de la pasión excesiva, de la sangre y la violencia y las balas. Nos parece irracional. Más que un adolescente Felipe siempre te pareció un irracional. Por eso nunca lo comprendiste.

—No me digas que tú lo comprendes.

—Aunque no lo creas, este año en el gobierno me ha preparado para comprenderlo.

Papá se levantó. Nuestras discusiones terminaban por abandono, no por convencimiento de alguno.

Así fueron pasando los días. René y Cecilia a veces venían a almorzar a la casa; Ceci parecía más tranquila últimamente. Quise hablar de política con ella pero no pude. "Si hablamos de ciertos temas vamos a terminar mal", dijo, "así que mejor calladitos como en misa". Me dijo que ninguno iba a convencer al otro de nada, los dos nos encontrábamos en líneas paralelas, "y las paralelas no se tocan". Preferí no insistir.

No quería descuidarme de Nico y me esforzaba por disfrutar del tiempo que pasaba con él, de no pensar en otras cosas cuando lo llevaba al parque Vial o la heladería Globos. Por las noches, Nico se venía a mi cama; se movía tanto que yo terminaba durmiendo en el sofá.

Me gustaba la sensación de compañerismo que nos unía. Cuando lo llevaba al baño, orinar juntos se convirtió en un ritual. "¿Quién va a ganar?", decía apenas entrábamos al baño, y eso le despertaba su espíritu competitivo y antes de que alzara la taza él ya se había bajado los pantalones.

Una mañana, armaba un rompecabezas del Rey León con Nico cuando la radio encendida en mi cuarto interrumpió su programación para anunciar los primeros triunfos del Coyote: un grupo de mineros que marchaban de Oruro a la plaza Murillo apertrechados con dinamitas había sido detenido a treinta kilómetros de La Paz; el saldo era de dos mineros muertos. Cuatro campesinos del sindicato de productores de coca habían sido capturados en un operativo en el Chapare; los cuatro habían quemado cinco vehículos de la FELCN y se dieron a la fuga, pero la pronta reacción de los efectivos de la FELCN logró dar con ellos.

Las cosas pronto volverían a ponerse interesantes.

Antes de salir se me ocurrió entrar al cuarto de Felipe. Dejé la puerta entreabierta, era algo supersticioso. La vaharada de olores me golpeó nuevamente; mamá cambiaba los floreros cada día, mantenía frescas las flores.

Agarré un Tribilín de plástico. Unos guantes rotos de arquero. Una colección de llaveros. Un banderín del Bolívar. Discos de vinilo de los Monkees. Nada que hiciera presagiar la tormenta, ningún retrato de Castro o Allende, ningún libro de esos que nos cambian la vida, el diario del Che o algún manifiesto trotskista. ¿Cómo pudo ser que esos retazos de infancia y juventud hubieran desembocado en una conciencia social? Exageraban mis papás y Ceci. Todo no había sido más que un interés periférico, y las turbulencias del corazón de mi hermano, sus desasosiegos, tenían más que ver con una educación sentimental que con un aprendizaje político.

¿Había que elegir? Todos nosotros teníamos espacio suficiente para vivir ambas cosas a la vez.

Hacía mal en buscar a mi hermano en esa deshilvanada colección de objetos que habían concitado su interés. Quizás éramos capaces de sorprendernos a nosotros mismos y no siempre se podía encontrar una línea de continuidad entre nuestras diferentes etapas de vida, armar una narrativa coherente que uniera al niño pedaleando en un triciclo a los tres años con el joven conmovido quince años después por los abusos de una dictadura, o con el mismo joven dispuesto a pegarse un tiro en la boca para saldar cuentas con su conciencia.

Y, sin embargo, no se me iba esa sensación de que estos objetos no sólo ayudaban, de manera algo confusa, a entender a Felipe, sino que también tenían conexión con el presente de Cecilia. Aquí había un enigma y quizás no me había sido dado a mí resolverlo, encontrar las líneas invisibles en el aire que unían al Felipe que había sido un niño más con mi hermana.

Me eché en la cama de Felipe, de lado. Quise que estuviera vivo. Quise tener un hermano mayor que me ayudara a entender la muerte de mi hermano mayor, que se equivocara por mí, que me hiciera encontrar el camino. Había llegado hasta donde estaba gracias a mi poder de simplificarlo todo, a mi capacidad para dedicarme a una obsesión costara lo que costara. Había tenido una hermana mayor, pero no me había ayudado mucho; sus juicios continuos, su superioridad moral, me habían predispuesto contra sus consejos.

Quizás sí, había tenido ese hermano mayor: Felipe

había acertado y se había equivocado por mí para que yo pudiera encontrar el camino. Se había apartado de la vida para que yo encontrara la mía a tientas.

Cerré los ojos y lo extrañé. Me concentré, como si estuviera convocando su presencia en mi propia sesión espiritista. Lo vi en recuerdos en los que no había estado presente: el domingo de mi primera comunión; la noche de la fiesta de mi bachillerato; mi despedida de soltero y mi matrimonio; el día en que volví a trabajar en el Palacio…

De pronto, sentí que unos labios húmedos se posaban en los míos. Tuve miedo a abrir los ojos. Conté hasta diez. Hasta cincuenta. Cien.

Volví a sentir unos labios húmedos en los míos.

Un aliento frío me recorrió el cuerpo. Jamás debí haberme echado allí.

Debía desterrar esas supersticiones. Felipe jamás había dormido en esa cama, vivido en ese cuarto.

—Papi, tú no puedes ser una calavera todavía. Tenemos que jugar a los piratas.

Abrí los ojos. Era Nico.

Lo agarré entre mis brazos, lo apoyé contra mi pecho, lo escondí en un abrazo interminable.

8

Mendoza pronunció el único discurso interesante del día de la patria. En tono firme, dijo que no estaba dispuesto a seguir tolerando que incluso dentro del gobierno se viera a la vicepresidencia como "la quinta rueda del carro", y que para cumplir lo que se le había encomendado en la lucha frontal contra la corrupción estaba dispuesto a enfrentarse a todos aquellos que le ponían trabas dentro del gobierno. El discurso fue leído por los analistas como un gesto oficial de ruptura de Mendoza con Canedo. En una entrevista publicada en *La Razón*, Mendoza hizo público lo que todos sabíamos en el Palacio: no había sido consultado acerca del posible retorno del Coyote al gobierno, se había enterado la misma tarde de la toma de posesión del nuevo gabinete.

Hablaba de todo esto con Natalia, que había abandonado su inicial ambivalencia y apostaba, esta vez sin reservas, por lo que representaba el Coyote. Aparte de las razones familiares, había otras más personales: la comisión de lucha contra la corrupción, presidida por Mendoza, había denunciado que la reciente compra de chalecos antibala por parte del gobierno era un gran negociado y había citado a Natalia a declarar a principios de la semana siguiente. Ella se había reunido con el Coyote un par de veces, para coordinar lo que declararía ante la comisión; yo había notado el abandono de su ambivalencia después de esas reuniones.

—Dirás que no soy objetiva y que estoy defendiendo al Coyote porque Mendoza se ha metido conmigo. ¿Me ves preocupada? Es pura publicidad lo que quiere, debería meterse con los peces gordos. El Coyote por lo menos es sincero. Mendoza es hecho al intelectual, pero maneja lo mediático muy bien, no es un caído del catre, tantos años en la tele no pasan en vano. Y además un hipócrita, aparece en los actos oficiales con su mujer pero todo el mundo en La Paz sabe que anda con otra.

—Pero no se ponen de acuerdo en los nombres, lo cual me hace pensar que son chismes.

—No lo defendás. Los malabarismos que debe hacer Mendoza para autojustificarse. Es nuestro Mitterrand de bolsillo. Su pobre mujer…

—De por ahí lo quiere y punto. Tú qué sabes de ella.

—Tenés razón. Volvamos a lo importante. El hecho es que necesitamos mano dura para poner las cosas en orden. ¿No has visto cómo es este país? Un poco más y hasta los ciegos se declaran en huelga y le piden al Estado que les devuelva la vista.

Decía que no estaba preocupada pero lo estaba. Hacía rato que unas ojeras profundas habían encallado en su rostro y se resistían a abandonarla.

—La Paz está destrozada —continuó—. Antes ponían piedras y troncos para bloquear las calles. Ahora cavan zanjas, hacen pito el pavimento, arruinan las jardineras. Cada uno hace lo que le da la gana.

—Está claro que La Paz ha fracasado como capital.

—Y el gobierno, bien gracias, paralizado, con miedo a tomar decisiones. Dime cómo vamos a atraer así a los inversionistas. La democracia también tiene derecho al estado de sitio, al toque de queda, a confinar a los sindicaleros de mierda. ¿Creés de verdad que se puede negociar con ellos? Te apedrean si no estás de acuerdo con lo que piensan.

Natalia se refería a un incidente ocurrido un par de semanas atrás, cuando el gobierno mandó a tres ministros a las oficinas de la Central Obrera, a negociar con sus dirigentes; no hubo negociación, y los ministros, al salir de las oficinas, fueron abucheados; hubo incluso empujones, y les tiraron cáscaras de naranja.

—Si se trata de aferrarse al poder como sea, no estoy de acuerdo —dije.

—¡Mendoza está equivocado! La cosa no es tan simple. Ellos mandan al choque a su gente porque quieren muertos para utilizarlos después. Yo lo he visto al Filipo en una manifestación hace unos años, cuando la policía disparó y hubo un muerto. El Filipo se acercó al cuerpo, se manchó las manos de sangre y comenzó a gritar. "¡Ésta es la sangre del pueblo!" Estaba feliz, tenía algo para mostrar a la prensa.

—Tú eres la que se ha creído lo de Nano y su conspiración narcoterrorista.

—Lo único que sé es que hay que pararlos. Si no, se nos vienen. Van a entrar a nuestras casas, van a saquearlas. ¿No has visto lo que está pasando en Venezuela?

Entendía, por fin, que durante todo este tiempo yo había estado jugando un juego llamado Palacio Quemado. Allí Felipe, pese a mis reservas, era el héroe, y yo el villano oportunista. Había admirado a Mendoza como admiraba a Felipe, entendía las razones de Mendoza, me sentía cercano a ellas. Pero era el Coyote con quien yo de veras me identificaba: el Coyote era como yo, alguien que hacía todo en función de su permanencia en el poder.

El tablero del Palacio Quemado de mi infancia se había convertido en el Palacio real del presente. Aquí, las esquirlas de la conflagración herían de verdad.

Esa noche Natalia y yo hicimos el amor de manera mecánica y desganada. No quiso quedarse a dormir; me dijo que Canela estaba resfriada. No intenté retenerla. Me dormí pensando que, en una pareja, un pestañeo era a veces suficiente para que se derrumbara lo construido con tanta dificultad. Otras, todo se resquebrajaba por dentro, aparecían microscópicas líneas de tensión que, sin que nadie se diera cuenta, se iban ampliando hasta carcomer los cimientos del edificio y hacerlo desplomar en un inesperado segundo.

Me reuní con Lucas en el café La Paz, atestado como siempre a las cinco de la tarde. Lo había llamado a instancias de Canedo. El sol refulgía en la calle, pero en el interior del local hacía frío. Me gustaba el ambiente del La Paz, el rumor de las voces que se entremezclaban, el sonido de las tazas y las cucharillas tintineantes, el estrépito de un plato que se rompía, el fuerte olor del café yungueño.

Mientras esperábamos que nos trajeran el pedido, Lucas me dijo que se había enterado de lo de Natalia.

—Te han tocado semanas movidas.

—Así es —dije—. Ni Mandrake la salva de ésta.

—No lo creas. Un par de coimas bien puestas y ya está, se hizo justicia. Pero yo que tú, me cuidaría de ella.

—Estoy tratando de no meterme.

—No me refiero a eso. Me han contado que la vieron en un café de San Miguel con su ex.

—Tienen tres hijos. Tendrán cosas de qué hablar.

—Igual, mantén los ojos abiertos.

Llegaron los cafés.

—Buenos los últimos discursos. Le has agarrado la mano a nuestro presi. Lástima que no diga nada concreto. Muy lindas palabras, sacrificio, abnegación, todo ese rollo. ¿Quién podría estar en contra de eso? Palabras para aplaudir, que te hacen sentir bien, pero que no duran mucho. De lo tiene que hablar es de la Constituyente…

—Ha sido claro: la Constitución impide que haya una.

—De un referéndum para decidir por dónde se exporta el gas…

—Sabes que será por Chile. Está esperando que se tranquilice un poco el ambiente…

—Claro, para eso lo vuelve a poner al Coyote de ministro. También de una nueva política de hidrocarburos. Las transnacionales apenas pagan impuestos, se están haciendo millonarias con nuestros recursos…

—No me digas que ahora estás de acuerdo con el Remigio.

—He tenido un par de reuniones interesantes con él. Me ha recordado en lo que siempre creía, en mis días kataristas al lado del Víctor Hugo. Me voy a unir al MAS. No quiero sacrificar mi vida en defensa de…

—…los culitos blancos.

—Quiero estar con el pueblo.

—Una minoría radical de exaltados que se hacen llamar pueblo —escuché en mis palabras los argumentos de papá, de Natalia. Así como cuando hablaba con ellos defendía instintivamente razones contrarias a las que esgrimían, ahora podía, sin problemas, utilizar las suyas para oponerme a Lucas. Algunos me hubieran tildado de incoherente; otros, de oportunista; había algo de verdad en ambos casos, pero yo prefería verme como un ser por naturaleza contrario a la rigidez ideológica, dispuesto siempre, más que a costruir un sólido edificio de ideas, a quebrar las ideas de los otros.

—Siempre se necesita una minoría para orientar a los demás —dijo Lucas, tan sorprendido por mi postura como yo lo estaba por la de él—. Y esa minoría ruidosa defiende hoy al pueblo. Este gobierno nos ha traicionado. No sólo es imperdonable lo de febrero…

—El informe de la OEA absolvió al gobierno…

—Gaviría se la pasa apagándole incendios a Canedo.

—Yo vi los impactos de los disparos cerca de su despacho.

—¿Tú también te has creído esa patraña? —se rió.

Bajó la voz y me dijo que fuentes confiables le habían contado que el Coyote, después de darse cuenta del error cometido al ordenar a los militares que atacaran a la policía, había ordenado que algunos francotiradores dispararan en dirección al Palacio, por los salones que frecuentaba el presidente.

—Usaron el tipo de balas que usaba la policía… Y se sirvieron de eso para decir que había un plan para derrocar a Nano, que detrás de esto se encontraban el Remigio y el narcoterrorismo. Todo bien planeado, como sólo se le podía ocurrir al Coyote. La prensa y la OEA se tragaron el anzuelo. Y caídos del catre como tú, también.

Lo miré tratando de digerir sus palabras.

—Métete esto a la cabeza: nunca hubo intento de golpe. Tienes que renunciar ya.

—¿Fuentes confiables? Debe ser un rumor más. Nano…

—Si lo sabe es un buen actor. De por ahí no lo sepa. De por ahí él también se haya creído la versión del Coyote. Si hasta Mendoza se la creyó, y eso que él es el primero en desconfiar hasta de lo que respira el Coyote.

Apoyé la barbilla entre mis manos. No era necesario ofrecerle que volviera al gobierno. Me quedaba claro que no lo aceptaría.

Me pregunté cómo andaba la bomba de tiempo que tenía dentro suyo. Pareció ver algo en mi mirada, porque me dijo, sacándose la boina y tocándose el cráneo:

—Tengo que volver al doctor. Han reaparecido ciertas molestias. Juro que le tengo menos miedo a la enfermedad que a la quimio.

—No va a pasar nada.

—Y si pasa, qué se le va a hacer, ¿no?

Me iba a marchar cuando me dijo que las puertas del partido estaban abiertas para mí. Todavía no me hacía a la idea de Lucas en el MAS. Nunca había estado del todo de acuerdo con las ideas de Canedo, pero las había tolerado; la política del gas con respecto a Chile era algo que no había podido aceptar. En ese tema coincidía con Jiménez. A partir de ahí, imaginé que Remigio no habría tardado en despertar en Lucas su fervoroso pasado indianista.

No dije nada. Nos despedimos con un cálido abrazo.

Mientras caminaba por el Prado rumbo a mi departamento, me dije que sería irónico si terminaba escribiendo los discursos de Jiménez. ¿Quién sabía? Ya nada me sorprendía en materia de política. Ya nada me sorprendía de mí.

Un cuadro que es un collage de fotos y dibujos, hecho por una pintora checa radicada hace más de veinte años en Santa Cruz. Está apoyado en una de las paredes de la galería. Es el que ha terminado por desbordar la paciencia de algunos políticos; lo han calificado de ininteligible, de poco representativo de la estética popular. Canedo, que no quiere darle más temas a la oposición, ha ordenado que la galería vuelva a su estilo tradicional: los cuadros comisionados por Mendoza deberán ser descolgados. Volverán a las paredes los retratos oficiales de los presidentes.

En una reunión de gabinete el Coyote defendió los cuadros de Mendoza, no tanto porque le gustara su proyecto sino por su decisión de mostrar un gobierno fuerte, que no cedía a ningún tipo de presiones. Nano estuvo de acuerdo con él; es más, dijo que le fascinaban los cuadros de Mendoza, le habían traído un aire nuevo al Palacio; al final, sin embargo, se mantuvo firme:

—No se trata de ceder sino de no darle nuevos temas de ataque a la oposición. Suficiente con lo que ya tenemos en nuestras manos. Debemos guardarnos las fuerzas para las peleas que vale la pena pelear.

—Esta lo vale —dijo Mendoza.

—Sabes a lo que me refiero, Luisito —respondió Nano dando por terminada la discusión.

Volví a verme con Ada en el cuarto de baño.

Me quedé despierto hasta la madrugada leyendo, por fin, *El prócer de los Andes*, libro que había yacido ignorado durante semanas en el velador. La prosa engominada de tío Vicente había visto mejores días. Quizás era su admiración personal la que le impedía guardar la distancia crítica y lo hacía estallar en responsos exaltados.

Me salté páginas. El último capítulo comparaba al aviador Barrientos con Saint Exupery. Después me topé con un "Documentos para la historia" de ciento cincuenta páginas. Eran los mensajes presidenciales más importantes de Barrientos a la nación. Los tiempos habían cambiado: el último mensaje, del 2 de enero de 1969, constaba de cuarenta páginas. Leí: "Conciudadanos: Amante del diálogo con la ciudadanía y la explicación constante de mis actos de presidente, quiero trazar un panorama de este año difícil pero constructivo de 1968, durante el cual hemos afrontado tantos problemas, escollos y situaciones de emergencia, que habrían derribado a cualquier otro gobierno. Por suerte hemos contado siempre con el apoyo moral del pueblo boliviano, con su rechazo a la agitación y a la demagogia, con su convicción de mantener el orden jurídico y acelerar el desarrollo económico-social".

Mi tío era el que le escribía los discursos a Barrientos. Un secreto tan bien protegido que prefirió no decirme nada de ello a pesar de que tuvo muchas oportunides para hacerlo. Me maravillé ante la ironía de nuestros destinos paralelos.

El anonimato cansaba. El apéndice profuso en mensajes era la manera en que mi tío salía a la luz susurrando a voz en cuello (si eso era posible) que su trabajo había sido excelso, inmarcesible —palabras que él hubiera usado—, que en el fondo el creador del Prócer de los Andes era él y no otro.

Entendía el deseo de ser reconocido, yo luchaba con esas mismas pulsiones. Sin embargo, hubiera querido que mi tío se aferrara a su propio código de invisible escritor de discursos. No sólo eso: hubiera querido que fuera capaz de percibir las limitaciones de nuestro trabajo, darse cuenta de las insuficiencias comunicativas de nuestras palabras, las imposibilidades de cualquier lenguaje para cerrar la brecha que existía entre lo que queríamos expresar y las formas de hacerlo, y el hecho feroz de que los oyentes podían hacer cualquier cosa con nuestras palabras, tergiversarlas, satirizarlas, interprertarlas mal, o bien apagar la televisión o tirar el periódico a la basura. Mi tío recopilaba sus discursos en *El prócer de los Andes* porque de veras creía que habían ayudado a construir un país mejor; habían sido la argamasa para que Barrientos diseñara su proyecto de nación.

Me dormí convencido de que yo jamás sería como mi tío.

No podía avanzar en un mensaje que estaba escribiendo para el Coyote. Lo llamé, pero su secretaria me dijo que estaba en una reunión. Esperé unos minutos y me dirigí a su despacho. La reunión continuaba.

Al rato la puerta se abrió y me topé con Natalia. Iba a decirle algo pero no me dejó: me dio un beso efusivo, tenía buenas noticias. El Coyote había logrado que se retrasara su presentación a declarar por el caso de los chalecos. Le había sugerido que se fuera a Santa Cruz por un tiempo, hasta que se calmaran las aguas.

—Eso voy a hacer —dijo, sus dedos jugueteando con su collar—. Dejaré a mis hijos con su papá. Y que me den licencia de mi trabajo o me manden de comisión.

—¿Y para cuándo?

—Ya nomás. La sola idea de irme a Santa Cruz me pone de buen humor.

—Tal vez te termines quedando allá.

—Quién sabe. Pero no es mala idea.

—Seguro te va a ir bien.

—Espero que me visités.

La secretaria me pidió que pasara. Me despedí de Natalia recordando aquella vez en que yo estaba en Cochabamba y ella estaba desesperada por visitarme. A pesar de la invitación, ahora era obvio que sus planes no me incluían.

Epílogo

A principios de septiembre, los bloqueos de carreteras comenzaron a tornarse violentos, con flotas, minibuses y autos apedreados en Senkata y Ventilla. A mediados, los bloqueos dejaron aisladas a tres mil personas en Sorata y la Central de Trabajadores Campesinos se opuso a la venta del gas por Chile, mientras que Nano anunció que habría una consulta popular sobre el gas, pero que ésta no sería vinculante: la decisión final la tomaría el gobierno. El gobierno decidió intervenir en Sorata. Mientras el viceministro de gobierno buscaba una salida dialogada a la crisis, el Coyote llamó al coronel Machicao, a cargo del GES, y le dijo que la prioridad eran los setenta y cinco turistas extranjeros que habían quedado atrapados en el valle. Él mismo se haría cargo de la operación de rescate; los convoyes salieron por la madrugada con cuatrocientos soldados y policías.

Un edecán me contó que en Sorata el Coyote ordenó vuelos rasantes con su helicóptero LAMA en torno a los campesinos, y que luego descendió en la cancha de fútbol del pueblo y se dirigió a la plaza junto a su edecán.

—¡Metan a los turistas a los camiones! –dijo.

Luego se agarró a gritos con algunos dirigentes. ¡Cabrones!, exclamaba. Déjennos trabajar, mierdas. ¿Qué nomás quieren? Un dirigente comunario contestó:

—Queremos ganar como ustedes.

—No molesten, indios de mierda.

Enfundado en su chamarra negra, se dirigió hacia el helicoptero junto a su edecán. Algunos pobladores, furiosos, bordearon la cancha y lograron interceptarlos. El Coyote recibió tres puñetazos en la cara y uno en la espalda; sus lentes quedaron destrozados y el traje manchado con sangre. El piloto del helicóptero tomó su ametralladora y disparó al aire; los comunarios retrocedieron. El helicóptero partió (los comunarios quemaron y saquearon el hotel Copacabana, propiedad de un alemán que, decían, era amigo del Coyote). La caravana se encontró con un bloqueo en Warisata. El Coyote, desde el helicoptero, pidió a los militares y a los policías que rompieran el bloqueo a la fuerza. Hubo disparos y gases; los campesinos respondieron con fusiles Mauser de la guerra del Chaco. La resistencia hizo que las fuerzas combinadas del Ejército y la Policía irrumpieran en el pueblo en busca de los hombres; se allanaron casas, se decomisaron armas. Hubo dos soldados y cinco campesinos muertos, entre ellos Marlene Rojas, una niña de ocho años.

Como represalia, los seis caminos de ingreso y salida de La Paz fueron bloqueados, aislando por completo a la ciudad y desabasteciendo sus mercados. La COB anunció su huelga general indefinida, sin Jiménez —que se hallaba fuera del país— pero con el apoyo de siete sectores importantes, entre ellos los maestros, los transportistas y los trabajadores en salud. El gobierno anunció la ruptura del diálogo con la oposición y anunció un plan de seguridad ante los saqueos a mercados y tiendas en La Paz. Así terminó septiembre. La prensa ya había bautizado al conflicto como la guerra del gas, y comenzaban a verse los enfrentamientos sociales de los últimos años como simples preparativos a nivel local de la batalla que ahora tenía lugar en el escenario nacional.

No fue fácil vivir esas semanas. Había tanta escasez que cuando veía una cola frente a una tienda me sumaba a ella sin saber si era para comprar pan o huevos: todo servía. Al principio, quienes trabajábamos en el gobierno nos vimos favorecidos por contactos con proveedores que ganaban comisiones especiales para dotarnos de provisiones; eso no duró mucho. Mamá me enviaba carne con amigos que venían en los esporádicos viajes en avión a La Paz (no faltó quienes se quedaron varados dos días en el aeropuerto de El Alto e, imposibilitados de bajar a la ciudad, debieron volver a Cochabamba). Los autos no circulaban por las principales arterias de la ciudad, no había taxi ni transporte público; yo iba caminando todos los días al Palacio, fuertemente custodiado por militares. Con el transcurso de las semanas, hasta eso se hizo difícil: los bloqueos y las manifestaciones impedían que nos acercáramos a la plaza Murillo.

El gabinete de emergencia sesionaba en San Jorge. A Nano le preparaba, para sus continuos encuentros con la prensa, algunas frases concisas y concretas sobre la crisis. En sus intervenciones, debía hacerlo aparecer dispuesto al diálogo, pero me era imposible limar del todo las asperezas de su posición irreductible en cuanto a las demandas de la oposición. Algunos pensaban que eso se debía al Coyote, que era él quién manejaba los hilos del Estado; ¿acaso no había aprendido el gobierno de los hechos de febrero? Sin embargo, estaba seguro que, al menos en eso, el Coyote no influía en Canedo: éste se había mostrado terco e inflexible desde su asunción al poder, apegado a la ley con un formalismo de abogado constitucionalista y no de político. Por supuesto, la posición de Canedo le daba al Coyote la suficiente legitimidad para que éste utilizara la fuerza para imponer la autoridad.

Una vez más, Mendoza y otras voces menos rígidas del gobierno se hallaban aisladas. En San Jorge, Nano había creado un cuarto de guerra en el que se reunía con su entorno más cercano: el Coyote, Juan Luis y un par de ministros y asesores.

Yo trataba de ignorar al Coyote, pero no era posible del todo. Me pedía textos y yo cumplía, vano escribano.

Una madrugada, Natalia me llamó del aeropuerto: "No te olvidés de mí, muchachito con buena conciencia", dijo y colgó mientras yo intentaba despertarme. Entendí que la llamada había sido su forma de cortar conmigo. Después la llamé a su celular y confirmé mis sospechas. Luego me enteraría de sus deudas, del dinero recibido del gobierno y no entregado a sus socios. Me dispuse a olvidarla. Sin embargo, poco después comenzó a trabajarme la nostalgia. Los traumas de Natalia, los terrores que me hicieron sabotear nuestra relación desde el principio, las peleas y discusiones motivadas por nuestra incompatibilidad de caracteres, fueron desapareciendo, reemplazados por sus virtudes innumerables, las coincidencias sorprendentes, los momentos intensos de placer y felicidad.

Una llamada de Carola me sorprendió. Quería hablar conmigo; se me ocurrió que tenía novedades de Natalia. Había dejado el departamento de la Isabel La Católica y estaba viviendo en la casa de una amiga de su madre en San Miguel. Quedamos en que pasaría por la casa al día siguiente por la tarde.

A la salida de la ciudad, el taxista debió dar un rodeo para evitar la 6 de agosto y la 20 de octubre: se preparaba una gran marcha de la Central Obrera en apoyo a la huelga general indefinida que acababa de declararse. El aire estaba cargado con el ruido de cohetes y los gritos pidiendo la renuncia de Canedo. Había despliegue de militares y efectivos policiales por las avenidas y los puentes principales. Estaba acostumbrado a los bloqueos, a las manifestaciones, al caos en que las protestas tenían sumida a la ciudad; lo que no toleraba eran las huelgas indefinidas. Para vencer a los enemigos del pueblo, sus representantes debían castigar primero al pueblo mismo, que era quien sufría los efectos del desabastecimiento en los mercados, la escasez de gas y el pavimento destrozado de las calles, el cierre de los colegios y la falta de atención en los hospitales. La Paz era tomada como rehén hasta que los habitantes del Palacio inclinaran la cerviz. Con el Coyote a cargo de la defensa de la postura gubernamental, la huelga sería en verdad indefinida.

Mientras el taxista bajaba por la Kantutani y yo observaba distraído, a mi izquierda, las casas como colgadas de los cerros —en el horizonte, el Illimani aparecía con intermitencias, y se recortaba el perfil de la Muela del Diablo—, una vez más se me ocurrió que debía haber renunciado. Lo había pensado mucho desde mi charla con Lucas. Todavía estaba a tiempo, me decía. Sin embargo, no podía hacerlo. Me imaginaba en la soledad de mi departamento sin saber qué hacer, rumiando mil teorías acerca de Felipe. Tampoco era capaz de darles la espalda a Canedo y a Mendoza. Acaso se trataba de una lealtad mal entendida, pero era la única que conocía.

A la puerta de la urbanización, grité mi nombre desde el taxi al intercomunicador; los agentes de seguridad nos hicieron pasar después de que dejara mi carnet de identidad en la puerta. Ingresamos por calles con jardineras bien cuidadas. Calacoto, San Miguel: en la zona sur se respiraba un aire de placidez. Con razón quienes vivían en estos barrios tenían tanto miedo a que algún día los alteños bajaran a tomar sus casas, a quebrar ese bucólico remanso que les había costado tanto construir en una ciudad que sólo sabía de tensiones. Había crecido en la sociedad privilegiada de Cochabamba, pero su riqueza era de oropel cuando se la comparaba con la de las clases acomodadas de La Paz.

La casa estaba pintada con un color azul chillón —mexicano, me diría después Carola—. El taxista me dejó junto al portón de la entrada. Toqué el timbre. Un jardinero decrépito me dijo que pasara, la puerta estaba abierta y me esperaban. Ingresé por un sendero flan- queado por rosales; entré a la casa y fui a dar a una sala inmensa. Me vi reflejado en varios espejos, observé los cuadros que atiborraban las paredes: tenían una cualidad *naif*. Todos insistían en el mismo tema: eran retratos, des- de diversas perspectivas, de una niña de pestañas grandes y cuello largo que parecía flotar en un ambiente etéreo. Mediocres pero bien intencionados.

Escuché unos pasos bajando por la escalera. Carola se asomó; llevaba jeans de corte bajo, un cinturón suelto y una camisa que realzaba las curvas de su cintura. Tenía la cabellera mojada, parecía haber salido recién de la ducha. ¿Es que nunca bajaba la guardia? ¿Debía vestirse todos los días como para conmover a los hombres?

Hizo una sonrisa amplia, como si se alegrara en serio de verme. Me agarró las manos, me besó en la me- jilla; luego me hizo pasar al living. Tintineaba al caminar; eran las cuatro pulseras toledanas que tenía en cada mu- ñeca. El ruido de las pulseras me trajo el recuerdo agri- dulce de Natalia.

Me senté en un sillón de cuero verde; la luz inundaba el recinto, hería mis ojos. Una empleada con mandil azul apareció con dos vasos de Papaya Salvietti.

Hablamos de la situación social, me dijo que La Paz era invivible, pensaba volver a Santa Cruz. Mucha gente que conocía se había ido del país, a Chile, a los Estados Unidos, incluso al Perú. Los que no querían irse del país se marchaban a Santa Cruz.

—Algún rato los cambas se cansarán de nosotros, de tantas huelgas, tantos problemas. Pero no entiendo por qué te vas. Pensaba que te estaba yendo bien en tu programa.

—La respuesta de la gente ha sido muy positiva, no me puedo quejar —se sentó sobre sus piernas en el sillón, sentí el olor a manzanas de su champú, del gel para el cuerpo que quizás había usado—. Pero a veces una ciudad puede ser muy grande para que vivan en ella dos personas. Me entendés, ¿no?

Asentí.

—Debería haber una ley en la Constitución que prohiba postularse a quienes tienen más de setenta años. Con tantos problemas, más que experiencia lo que necesitamos es alguien joven, dinámico, con mucha energía.

—No creo que pienses así en serio.

—Sí y no… Jamás me imaginé ser la otra. Será que soy muy orgullosa, o que nunca me han faltado los hombres. Si lo acepté fue porque realmente... Ya no sé. Con la pena que me daba su mujer. Me cae tan bien, siempre tan elegante y tan… en su lugar.

Quería mostrarse esperanzada y sonriente pero había tristeza en su voz, y a ratos se posaba en su semblante una sensación de fragilidad. Era una mujer desvalida que hacía esfuerzos por no parecerlo.

—Además —continuó—, las cosas que me prometió... Natalia me dice que fuí una tonta al creerle.

—Tu amiga es un poco cínica para ti.

—Con todo lo que ha vivido con su ex, no la culpo.

—Pero tampoco puede generalizar y pensar que todos los hombres somos como su ex.

—Eso fue lo que le dije.

—A veces, sin embargo, he pensado que Natalia no se ha olvidado de él.

—Quién sabe. Había cosas que la hacían extrañarlo, lugares, recuerdos. Pero también le tenía mucha rabia, tenía mucha mierda encima. ¿Jodido, no? Lo siento por ella. Yo nunca he querido generalizar. Por eso, a pesar de que me lo advirtieron tanto, me metí de cabeza a la relación… Tenía las más buenas intenciones, incluso me enfrenté a todas las habladurías, no les hice caso. ¿Sabés lo que significa que todo un país esté hablando mal de ti? Que es una aprovechadora, que él le consiguió trabajo en la tele… Mi reputación se fue al carajo y no me importó. ¿Y todo para qué? Para que un día me llamen para decirme que la situación estaba complicada, que no había que darle más temas a sus enemigos, que por favor no lo buscara ni lo llamara, nada de nada.

Me abrazó. La consolé con unas palmadas en la espalda. Comencé a sospechar que en verdad estaba enamorada.

Hablamos durante un buen rato con las manos entrelazadas. A ratos apoyaba mi mano en sus piernas y ella no me la quitaba. Su rostro se acercaba al mío y podía ver las líneas de su piel que el maquillaje escondía, el temblor en las aletas de la nariz, el gesto que tenía de repasar cada tanto sus labios con la punta de la lengua.

Eso me hizo imaginar cosas. Quizás ella necesitaba un consuelo que iba más allá de lo emocional; quizás quería que alguien la abrazara. Y quizás yo había querido a Natalia como una forma de acercarme a Carola; quizás en el fondo yo sólo quería a Carola.

Le dije que me tenía que ir. Me acompañó a la puerta. Antes de salir al jardín, se detuvo y suspiró.

—Y ahora —dijo—. ¿Qué haré?

—Darte tú una oportunidad. Olvidarlo.

Le puse una mano en la cintura, acerqué el rostro al suyo, vi que ella no retrocedía e intenté besarla. Me dio un sopapo.

—Lo siento —dije.

—Todos nos confundimos.

Se despidió con un beso sin gracia, apenas el seco apoyarse de una boca en mi mejilla. Me desesperé.

—Carola… No te apures. Deberías quedarte en La Paz. Podríamos… podrías…

Se dio la vuelta y la vi perderse en su casa.

A principios de octubre, El Alto inició un paro cívico indefinido y pidió la renuncia del presidente. Era la primera vez desde el inicio del conflicto que se pedía la renuncia de Canedo; hasta ese entonces, las medidas de presión se habían concentrado en pedidos específicos. Sentí que todo comenzaba a resquebrajarse bajo mis pies: quizás si Nano hubiera cedido en algo la crisis no habría alcanzado a cuestionar su legitimidad… Lo único que me consolaba era que el pedido de los alteños era aislado. Por el momento.

Estaba en San Jorge cuando nos enteramos del enfrentamiento en El Alto entre militares y grupos de manifestantes: fue una jornada violenta, marcada por explosiones de dinamita y el uso indiscriminado de gases por parte del ejército; los manifestantes respondían con piedras. Hubo alrededor de veinte heridos. Azuzado por el Coyote, Nano había pedido a sus ministros que firmaran el decreto autorizando a las fuerzas armadas a mantener el orden a como diera lugar. Los ministros fueron llegando uno a uno y firmaron; cuando ingresó al cuarto de guerra, Mendoza dijo que ese decreto era una barbaridad. Él no había necesitado firmarlo porque sólo era necesaria la firma del presidente.

—Callate hermanito y sentate —dijo Nano—. Discutamos esto como la gente.

—La historia me dará la razón —dijo Mendoza.

—Aquí sólo hay que preocuparse de los próximos cinco minutos —respondió el Coyote.

—Por favor, cálmense —dijo Nano—. Necesitamos la cabeza fría, de nada sirve pelearnos entre nosotros.

—Claro que sí sirve —dijo el Coyote—. Tenemos que limpiar el gobierno de quintacolumnistas. Los que no están con nosotros están con los otros.

—Lo de Warisata ha sido tu culpa nomás —dijo el viceministro de gobierno—, tú has actuado solo ahí, nosotros estábamos negociando una salida.

—Ni estoy con ustedes ni estoy con los otros —dijo Mendoza.

—Eso siempre se ha sabido —dijo el Coyote—, y espero que te acuerdes de mí, carajo, algún día: el que juega solo se queda solo.

Mendoza salió tirando la puerta.

En los noticieros de la mañana siguiente, el Coyote anunció que el gobierno no toleraría más cuestionamientos a su autoridad; poco después, Mendoza aparecía criticando el manejo violento de la crisis. Admiré su postura, la capacidad para mantenerse firme en sus convicciones en un momento en el que era tan fácil extraviarse en la duda. No lo llevarían lejos, pero al menos eran coherentes. El Coyote también era coherente. Lo había extrañado cuando no estaba en el Palacio, pero ahora comprendía que era fácil apoyar su noción del orden; lo difícil era defender los métodos que utilizaba para imponer esa noción.

La Paz comenzó a sentir los efectos de la falta de distribución de gasolina, pues los camiones cisternas que venían de Senkata a La Paz quedaban detenidos en El Alto. Recordé mi visita a El Alto, la forma en que me habían humillado esos jóvenes destemplados en el bar. La política del chás-chás-chás se mostraba una vez más tan simple como efectiva. No salí de mi departamento durante todo el fin de semana, plagado por una ola de rumores: había habido toma de represas, tiendas comerciales en Cochabamba habían sido saqueadas, habían dinamitado una gasolinera, habían incendiado el bosquecillo en La Paz. Nada de eso era cierto. Las calles de la ciudad estaban desiertas; de vez en cuando pasaban caimanes del ejército, y el silencio era interrumpido por cohetes y dinamitazos.

Mamá llamaba a cada rato para cerciorarse de que me encontraba bien. Mi refrigerador estaba vacío, agoté mi reserva de provisiones y el domingo desayuné café con pan duro. No tenía ganas de bajar en busca de alguna tienda abierta; me esperarían largas colas.

Alicia no había aparecido desde el comienzo de la huelga en El Alto; deseé que no le hubiera ocurrido nada.

Cansado de las malas noticias, el sábado por la tarde apagué la televisión y me encerré en mi cuarto a leer. Fue papá el que me despertó al atardecer con las novedades:

un convoy de camiones cisterna con gasolina, custodiado por militares, había intentado pasar el bloqueo en El Alto para llegar a las gasolineras de La Paz; la reacción de los bloqueadores terminó con un enfrentamiento con los militares. Había habido dos muertos y veinte heridos. Colgué el teléfono y encendí la televisión. Se hablaba de actos de vandalismo en diferentes puntos de la ciudad. Llamé a Juan Luis para preguntar si mis servicios eran requeridos. Me dijo no pero por favor mantente a la expectativa. Al rato, me llamaron para que escribiera un mensaje.

Esa noche, Nano se dirigió a la nación y anunció que estaba dispuesto a dialogar con la oposición el tema del gas. Era el primer gesto de flexibilización del gobierno. Me fui a dormir con una sensación de esperanza. Después de semanas de enfrentamiento, sentía que ambas partes se hallaban agotadas y ansiaban encontrar una salida. Estaba equivocado.

Después de un choque con los militares el domingo, los dirigentes alteños anunciaron que su resistencia civil no cejaría hasta lograr la renuncia de Canedo. Las juntas de vecinos destruyeron tres pasarelas en la avenida Juan Pablo II, con lo que esa vía clave de enlace de La Paz con otras ciudades importantes quedaba clausurada. En los barrios aparecían wiphalas ondeando orgullosas en el viento, se fabricaban precarias catapultas con tablones de madera, latas, bañadores y pitas para enfrentarse al ejército, se erigían barricadas y se fabricaban cocteles Molotov. En un farol en Villa Bolívar D se colgó un perro blanco con un cartel de repudio al Coyote. Miles de residentes alteños, munidos de palos, piedras y dinamitas, comenzaron a marchar rumbo a La Paz, destruyendo todo a su paso: a una gasolinera en Río Seco se le prendió fuego (los tanques de combustible explotaron, matando a cuatro personas: ¿se los contabilizaría a ellos también como víctimas del gobierno?); la agencia de BancoSol quedó reducida a escombros; las cabinas de peaje de la autopista, recién reconstruidas después de haber sido destrozadas en febrero, volvieron a ser derribadas. Las fuerzas armadas habían anunciado que se mantenían leales al presidente. El Coyote, con la anuencia de Canedo en uno de sus conciliábulos en el cuarto de guerra, dio la orden a los militares para que sofocaran las marchas y tomaran El Alto. Al final de la jornada, había veintiseis muertos: veinticinco civiles y un soldado.

Luis Mendoza apareció en San Jorge para decirle a Nano que rompía con el gobierno.

—Mi conciencia me impide aceptar las medidas violentas que se han dispuesto para hacer que retorne el orden al país.

—Entonces, ¿renuncias? —preguntó Canedo.

—Rompo con el gobierno pero no renuncio.

—¿Qué quieres que haga, Luisito? —dijo Nano levantando las manos, el tono implorante—. No puedo dejar que saqueen el país, que unos cuantos anarquistas sindicales nos lleven al abismo. Si te hago caso nos quedamos sin nada, y el último que apague la luz.

—No se trata de defender por defender —dijo Mendoza—. Al final, ¿qué diablos es lo que defendemos? ¿Qué hemos hecho todo este año? ¿Qué esperanzas hemos ofrecido?

Cuando escucharon a Mendoza haciendo pública la ruptura, mamá y papá lo criticaron: es un calzonazo, o está o no está, qué es eso de lavarse las manos pero seguir en el poder. Era cierto: si Mendoza era tan fiel a su conciencia como decía serlo, debía haber renunciado a su cargo.

Después de una reunión de emergencia con su gabinete en San Jorge, Canedo volvió a dar un mensaje a la nación. Insistió en que no renunciaría, lamentó la postura de Mendoza y acusó a Jiménez de dirigir un plan subversivo con el objetivo de derrocarlo. Prometió que sólo se exportaría el gas después de una consulta popular, pero insistió en que ésta no debía ser vinculante. Terminó con un tono lírico: *El país va a perdurar, no se va a dividir, va a estar aquí y nuestra democracia va a florecer y va a ser como dije el otro día, un árbol que nos va a dar frutos, nos va a proteger del viento y de la lluvia y que nos va a proteger a nosotros y a nuestros hijos y los hijos de nuestros hijos.* Un lugar común, la analogía de la democracia con el árbol; a estas alturas ya no me importaba el estilo de mi escritura, y además sabía que a Nano lo conmovería.

El presidente era capaz de mantener firmeza porque no se sentía solo: lo apoyaban las fuerzas armadas, los Estados Unidos y la OEA. Sólo sus aliados en la coalición oficialista se habían mostrado dubitativos en la reunión de gabinete. Más tarde, Nano dijo que no negociaría con Jiménez, "alguien financiado por el terrorismo internacional, en especial el gobierno libio". Una serie de organizaciones civiles, intelectuales y dirigentes importantes como la exDefensora del Pueblo se sumaban al pedido de renuncia de Nano. Con tantos muertos en sus espaldas, se había llegado a la conclusión de que no tenía legitimidad para seguir gobernando. Ya no sería suficiente que cambiara de postura. Ahora el país no se tranquilizaría hasta que se fuera. El lunes recrudeció el enfrentamiento.

El país estaba militarizado, y se multiplicaban las movilizaciones y marchas, los paros y los bloqueos. Hubo crisis de gabinete, renunció un ministro. Cuando escuché en la televisión que ese día se podían contabilizar veintiocho muertos y más de cien heridos, pensé que el periodista se equivocaba. Luego me lo confirmaron. Por la noche hablé con mis papás y me dijeron que los últimos acontecimientos habían terminado por socavar su apoyo a Canedo. Tiene que irse, dijo mamá. Que se defienda la democracia, pero no de esa manera. Y espero que tú renuncies ya nomás, dijo papá. No los puedes seguir respaldando. Me alegré por primera vez de que Felipe no estuviera vivo: así se libraba de presenciar las convulsiones epilépticas de un país al borde de su desintegración. Y a mí quizás me hubiera valido quedarme inconsciente para siempre, aquella vez que me caí en bicicleta a los doce años.

El martes por la mañana fui a San Jorge decidido a presentar mi renuncia. Apenas me dejaron entrar los soldados en la puerta, debí llamar a Juan Luis. Me pregunté si ya había comisionado una encuesta entre la población para saber qué se opinaba de la forma en que Canedo había manejado la crisis.

Juan Luis me dijo que me sería difícil hablar con Nano, estaba en una reunión con el Coyote y algunos ministros. Nos quedamos a esperarlo en la antesala de su despacho. Juan Luis fue informado por celular de que los partidos de la coalición oficialista mantenían su apoyo a Canedo, pero no se responsabilizaban de las muertes. Todos querían seguir el ejemplo de Mendoza: estar pero no estar. ¿Se puede saber qué es tan urgente? Puedo entrar un segundo y decirle.

Escuchamos gritos tras la puerta. El viceministro de gobierno interpelaba al Coyote: en el lío en que nos has metido, mierda. El Coyote respondía:

—No te laves las manos, carajo. Tú también has firmado el decreto…

—Sí, pero fue tu idea.

—Todo el gabinete firmó de callado. Yo no los obligué. Hay que mantener la calma. Mientras los otros partidos y el ejército nos sean leales, no pasará nada…

—Despertá, por Dios. ¿Sabes cuánto nos está costando esa lealtad? Hemos tenido que usar de los gastos reservados para que esos partidos nos sigan apoyando. Lo que se compra con billete se puede dar la vuelta en un segundo. Mi mujer y mis hijos han tenido que irse a vivir a un hotel, han amenazado con quemar mi casa.

—Mejor el sacrificio de unos cuantos a que la indiada tome el Palacio. Ahí te quiero ver, vas a ser el primero en darme la razón. Te recuerdo que no pisas fuerte, tus funciones son sólo operativas.

Escuché golpes y forcejeos. Luego el viceministro me contaría que le había dado al Coyote una patada bajo la mesa y un puñete en la cara. El canciller había tenido que separarlos.

Escuché a Nano proponer que el gobierno se trasladara a Santa Cruz. Allí tenía respaldo.

—Un cambio de sede no resuelve nada —dijo el viceministro—. Lo único que haremos será llevarnos los problemas con nosotros.

Juan Luis volvió a preguntarme de qué le quería hablar a Canedo.

—Se me han ocurrido un par de frases para un futuro mensaje.

—Le haré saber —me dio una palmada en la espalda—. Saldremos de ésta, hermanito.

—Eso espero —me levanté y me fui.

Ese día fui caminando por la ciudad y observé

varias manifestaciones y vigilias de repudio al gobierno. Por la plaza del Estudiante, campesinos, universitarios, mineros recién llegados de Huanuni y gente de clase media se abrazaban mientras entonaban jubilosos cánticos de protesta. Había banderas bolivianas y wiphalas. Imaginé lo que estaría ocurriendo en El Alto. Si caía Nano, quedaba claro que el triunfo había sido de los alteños.

Estuve tentado de plegarme a la multitud. No lo hice; había perdido mi oportunidad mucho tiempo atrás y sentía que el regocijo popular no me pertenecía. Vi todo con la agridulce melancolía del hombre que sabía que los días en que su casta gobernaba el país estaban contados, pero no hacía nada para acomodarse a los nuevos tiempos. Muchas cosas debían cambiar y, ojalá, nada permanecería igual.

Me quedé despierto hasta la madrugada escribiendo discursos para Nano. En uno disolvía el Congreso a la manera de Fujimori y me declaraba dictador. En otro anunciaba que no negociaría con Remigio y los otros líderes de la conspiración narco-terrorista. En otro nombraba a Bart Simpson como mi sucesor. En ninguno de ellos se me ocurría renunciar por el bien de la nación.

Antes de dormirme le escribí un largo correo electrónico a Natalia. Le dije que la extrañaba y quería volverla a ver. Me sorprendió su respuesta inmediata: ¿estaba leyendo sus correos en la madrugada? Hacía unos días que había regresado a La Paz, luego me contaría las razones. Me pidió disculpas por no haberme llamado. Le pregunté si podía visitarla, si era necesario iba caminando a su departamento, pero ya no me contestó. Me convencí de que el final era definitivo. Me armé de valor, me apresté a aceptarlo.

El miércoles el gobierno cedió y se comprometió

a convocar a un referéndum por el gas y a una Constituyente. Jiménez y la COB dijeron que era tarde y que
ahora lo único que les haría deponer sus medidas de presión sería la renuncia de Canedo. Seguían los bloqueos y
los paros, las marchas y los saqueos. Hubo tres muertos en Patacamaya. El ejército decomisó dos mil qui-
nientos cartuchos de dinamita y una caja de munición
FAL de los mineros en Patacamaya. El Coyote acusó a
Mendoza de "haberse puesto al servicio de otra causa o
prestarse a supuestas fórmulas políticas". Se contabili-
zaban cuarenta y seis piquetes en huelga de hambre pidiendo la renuncia de Nano. Una marcha multitudinaria
se llevó a cabo en La Paz bajo la consigna de no bajar los
brazos hasta que renunciara. Vi las imágenes en mi
televisor de la inmensa concentración de gente en la plaza
San Francisco; la multitud, eufórica, no se decidía entre
sentirse esperanzada por la unidad que mostraba el pueblo
o dar rienda suelta a su rabia hacia el gobierno asesino.
Cuando vi a Lucas en el balcón desde el cual los dirigentes
de la oposición se dirigirían a la multitud, tuve sensacio-
nes encontradas. Primero, envidia: tanta gente, yo debía
haberle hecho caso a Lucas, podía haber escrito el mensaje
de Jiménez, que seguro estaría plagado de lugares comunes. Después, resignación: las horas del gobierno estaban contadas.

Al mediodía del viernes fui llamado de urgencia a
San Jorge. Juan Luis me esperaba en la puerta y me condujo al cuarto de guerra. Junto a Canedo se encontraban
el Coyote, un par de ministros y asesores.

—Vas a tener que buscarte otra pega pronto —me
dijo Canedo, tratando de sonreír—. No es mi voluntad,

pero no me queda otra. Voy a escribir mi carta de renuncia.

—Señor presidente…

—La situación es insostenible. Los mineros amenazan enfrentarse con dinamita al ejército. He hablado con el alto mando. No quieren más derramamiento de sangre. Y los partidos de la coalición no quieren seguir pagando el costo político…

—No son inocentes —dijo el Coyote—. Ellos se lo han buscado.

—De todos modos —dijo Nano—. El Oso está desatado y nuestra vida corre peligro. Ya he hablado con la embajada. Saldremos del país esta noche, en un vuelo de American. Un helicóptero nos trasladará a Santa Cruz.

—No se vayan —dije de pronto.

Me miraron sorprendidos.

—Tienen que quedarse a explicar lo que han hecho —dije—. Defender cada una de sus acciones.

—¿Estás loco? —dijo el Coyote—. Imposible hacerlo con el clima tan caldeado.

—Hay que asumir nuestra responsabilidad —dije.

—No es el momento —dijo Nano—. Ya habrá tiempo para asumirla… Mi última esperanza es que si el Congreso acepta mi renuncia hay una salida constitucional y no se cede a la presión golpista. Mendoza es mil veces preferible al Remigio. ¿Se imaginan al Remigio en el poder, junto a sus asesores trostkistas? Santa Cruz no va a aguantar un solo día. Se va a declarar independiente y va a ser el fin del país.

—Mendoza es un traidor —dijo el Coyote—. Fue un gran error ofrecerle la vicepresidencia.

—No importa —dijo Nano—. Está claro que fracasamos con nuestros métodos. Quién sabe, quizás los de Mendoza funcionen.

Ahora caían todos y el único que gozaba de legitimidad y apoyo popular era Mendoza. Al apartarse del gobierno había logrado mantenerse firme a sus convicciones de que ninguna ideología justificaba la muerte de una persona. A la vez, al no renunciar, se había mostrado pragmático, capaz de ver más allá de esos cinco minutos del Coyote. Tendría una nueva oportunidad para remodelar el Salón de los Retratos. Quizás había ya encargado un óleo que retratara la gestión de Canedo. Un cuadro colorido, con un Palacio sitiado por la multitud, con un presidente pidiéndole a su escritor de discursos un mensaje con el cual apaciguar los ánimos exaltados del pueblo. Al escritor se lo ve nervioso en el óleo: no cree en lo que escribe, pero su trabajo no consiste en creer sino en escribir acerca de lo que otros creen.

—Vivimos días difíciles —dijo Nano—. Pero eso no es nada nuevo. Este país siempre ha vivido días difíciles. Lo diferente ahora es que nos jugamos nuestra supervivencia como nación.

—¡Eso jamás! —dijo el Coyote—. No vamos a permitir que unos cuántos inadaptados destruyan nuesta tierra.

—Manos a la obra —dijo Nano—. No tenemos mucho tiempo.

Me tomó cuarenta y cinco minutos escribir el discurso de renuncia al Congreso. Mientras lo hacía me invadió una enorme desazón. Extrañaba el Palacio. Nunca olvidaría esos meses agitados en los que habité en el que había sido, era y sería mi verdadero hogar hasta que mi calavera se pudriera bajo tierra. Acaso descubrir la verdad en torno a Felipe había sido la señal que necesitaba para comenzar a marcharme; mi hermano ya no me requería para custodiar el Palacio, debía asumirlo e irme con el corazón intranquilo para siempre.

—Todo está consumado --dijo Canedo, irónico, al aprobar la versión final.

A las tres de la tarde efectivos de las Fuerzas Armadas vinieron a recoger a Nano, el Coyote y sus familiares. Un helicóptero los esperaba en la Academia de Policías de Següencoma. Canedo se me acercó y me dijo: "Vente con nosotros. Quién sabe lo que te puede pasar". Me animé.

Nos dirigimos a Següencoma en una caravana de camionetas con vidrios oscuros y jeeps del ejército. Alguien nos gritó al pasar: ¡Chilenos!

El helicóptero estaba en el patio central de la Academia. Juan Luis lo abordó junto a su mujer e hijos. Luego lo hizo el Coyote, solo, y el otro hijo de Nano; la esposa de Nano llevaba un santo de madera entre sus manos, al despedirse les había pedido a los oficiales que rezaran por su esposo, porque pronto retornemos. Las aspas trepidaron, ahogando el rumor de las voces militares que pululaban alrededor de nosotros.

Una mujer apareció en el patio acompañada por dos soldados. Era Natalia. Sorprendido, intenté saludarla. Hizo un leve movimiento de la cabeza, como para decirme que me había visto. Los soldados la escoltaron al helicóptero. Al principio no entendí nada. Luego me acordé de la última vez que la había visto en el Palacio Quemado, y comprendí. Con el conocimiento vino el dolor; sentí que me quedaba sin respiración.

Nano se despidió con abrazos de sus edecanes y me pidió que nos apuráramos.

Era tentador. Pero yo había decidido, como Cecilia, seguir el camino de Felipe a mi manera. Debía asumir las consecuencias de mis actos, equivocados o no. Debía asumir incluso las consecuencias de lo que yo no había hecho pero aprobé, o toleré en un silencio cómplice, o rechacé pero terminé aceptando al no renunciar. Ya no tenía miedo de morir colgado de un farol.

Se me vino a la mente el rostro luminoso de Nico, el zigzagueante corte de pelo. Una punzada, una vacilación: por él, sólo por él, debía pensar sobre todo en sobrevivir. Fue un instante: al rato regresaron mis convicciones.

—Señor presidente, muchas gracias pero me quedo.

Nano suspiró. Tenía puesta una camisa blanca recién estrenada y un terno negro de corte inglés; la corbata de diseños búlgaros estaba ladeada hacia la izquierda, y fulguraban, impecables, los gemelos.

—No seas loco, Oscarito —dijo—, no están los tiempos para heroísmos. El que se rinda su abuela carajo, ya pasó.

—Ya lo sé, señor presidente. Yo sólo quiero hacer lo que tengo que hacer.

—¿Y qué nomás es lo que tienes que hacer?

—Lo que quiero hacer —respondí con la voz temblorosa.

Me iba a decir algo, pero esbozó una media sonrisa y se quedó callado. Me estrechó la mano, me deseó suerte. Me devoró la decepción. Hubiera querido aullar, que un largo lamento saliera de mi pecho, agarrarlo a golpes o dejarme ir en llanto.

Se dio la vuelta y se dirigió rumbo al helicóptero. La ráfaga de viento creada por las aspas sacudió su terno. Apretó el saco con sus manos.

El helicóptero se fue alejando. Lo seguí con la vista hasta que desapareció en el azul intenso del cielo. El reflejo de los rayos del sol en mis ojos me impidió ver con claridad si alguien agitaba una mano de despedida. Ya no importaba.

Agradecimientos

Para las secciones relacionadas con la historia del Palacio Quemado, me ha sido fundamental el libro de Mariano Baptista Gumucio: *Biografía del Palacio Quemado* (La Paz: Editorial Siglo, 1984). Para la reconstrucción del período que va de agosto del 2002 a octubre del 2003, me han ayudado varias personas, y los archivos de los periódicos *La Razón*, *La Prensa*, *Los Tiempos* y *El Deber*. También he consultado *Pulso* y *El juguete rabioso*. Por supuesto, como se trata de una novela, he utilizado toda la información de la manera que más convenía a la trama.

Amigos y familiares han leído el manuscrito y han aportado con valiosas sugerencias. Agradezco, sobre todo, a Willie Schavelzon, Ricardo Baduell, Silvia Matute, Diego Salazar, Rodrigo Hasbún, Fernando Iwasaki, Jorge Volpi, Gustavo Faverón, Alejandra Echazú, Raúl Paz Soldán y Marcelo Paz Soldán. Demás está decirlo: la responsabilidad final es sólo mía.

Índice

Impreso en los Estados Unidos
por HCI Printing & Publishing
en octubre de 2006